待ち焦がれたハッピーエンド

Miku & Dieter

吉桜美貴
Miki Yoshizakura

EB
エタニティ文庫

目次

待ち焦《こ》がれたハッピーエンド

序章

「女優志望？」

「なにか問題でも？」

成瀬美紅《なるせみく》は精一杯の愛想笑いをした。

さすがに秘書面接で女優志望はまずかった？

「いや、問題ない。むしろ好都合だ」

重厚なプレジデントデスクについた紳士《しんし》は、美紅の履歴書《りれきしょ》を見ながら質問を続ける。

「二十二歳、現在無職か。秘書の業務経験は？」

「三年です。スケジュール管理や文書作成といった基本的なことはマスターしています」

「十歳のとき母親がアメリカ人と再婚。それで渡米してきたと」

いかにも高級そうなダークスーツに身を包んだ紳士《しんし》は、黒い革張りの椅子《いす》にもたれ、長い指で履歴書《りれきしょ》をめくった。紳士《しんし》のブロンズ色の髪は櫛《くし》で丁寧に梳《と》かされ艶《つや》めいており、鼻梁《びりょう》はギリシャ彫刻《ちょうこく》のように高い。エキゾチックな美形だが、日本人に見えなくもない。その声は低く、事務的で、感情らしきものは読み取れない。

　彼の質問は淡々と続く。

「女優を目指したきっかけは？」

「はい。初めてブロードウェイミュージカルを観たとき、すっごいドキドキワクワクしたんです。本当に夢のようで、素晴らしくて」

　美紅は当時の感動を思い出し、目を輝《かがや》かせた。思わず声が大きくなってしまう。

「私にはもうこれしかないって思ったんです。どんな方法を使ってでも、この舞台に立ってみせるって！」

「それでニューヨークに？」

　なんの感動も示さないまま、紳士《しんし》は言った。長い睫毛《まつげ》に囲まれたグレーの瞳は、無機質で冷たい。

　それでも美紅は怯《ひる》まず元気よく質問に答える。

「はい！　パートタイムで働きながらアクターズスクールの講座を受けています」

「特技は、ショーギシアツ……？」

「将棋《しょうぎ》と指圧《しあつ》です。日本で習いました」

「ふむ。家族は？」

「実父は私が七歳のときに、母は三年前に亡くなりました。二歳年上の姉がいますが、日本の祖母のところで暮らしています」

「再婚したお父さんは？」

「アメリカに移住してすぐ離婚したので、今はどこでなにをしてるか。継父《けいふ》とは、もともとそんなに仲良くなかったですし」

「……なるほどね」

紳士《しんし》は涼しげな目をすっとこちらに向けた。

そのクールな視線に美紅はドキリとする。

うわっ……。すごっ。雑誌で見るより断然イケメン。しかも超セクシー！

眼前の美麗《びれい》な紳士《しんし》は、日系ドイツ人のディーター・アウグスト・キタヤマ、二十八歳。ソフトウェア会社のＣＥＯ――最高経営責任者でＩＴ業界の革命児と呼ばれている。父親は世界的自動車メーカー・キタヤマグループの創業者だ。ディーターは十代で起業したこの会社を、切れ過ぎる頭脳と強引な買収で世界規模に拡大させた。利益のためには手段を選ばない、冷酷非道《れいこくひどう》な野心家として知られている。ゴシップ誌によると女優やセレブと浮き名を流すも、特定の恋人は作らない独身プレイボーイらしい。

「国籍は？　パスポートは持ってるね？」

言いながらディーターは氷のような視線を履歴書《りれきしょ》に戻した。

美紅は改めてディーターを観察した。抜群《ばつぐん》に洗練された、他を圧《あっ》するオーラ。精神と肉体が成熟した男だけがまとう静謐《せいひつ》な色気。これは只者《ただもの》じゃないぞ、と美紅は評する。

いっぽう、本日の美紅は完全に面接仕様だ。栗色のロングヘアをひっつめ、丸めてお団子にしている。髪の量が多いせいか大きな玉ねぎが脳天に載《の》っているみたいに見える。親友のステファニーから借りたブカブカのねずみ色スーツを着込み、近眼のため大きな眼鏡《めがね》を掛けている。肌は白く、ぱっちり二重の瞳は琥珀色《こはくいろ》だ。日本人にしては色素が薄いほうだろう。そばかすの散った鼻の下にある、厚めの唇が色っぽいと褒《ほ》めてくれる人もいるが、美紅自身は気に入っていない。

ここはニューヨークのウォール街にあるIT会社『グレイルソフト』のオフィスビル最上階。秘書の求人に応募した美紅は最終面接を受けている真っ最中《まっさいちゅう》だ。プレジデントデスクの正面に置かれたスツールに美紅は腰掛けている。ディーターの背後は全面ガラス張りで、眼前にマンハッタンの迫力ある摩天楼《まてんろう》が広がっている。

この部屋の内装は一流企業の役員室にふさわしくシックだ。デスクやソファは流線型、照明とコーヒーテーブルは惑星や宇宙船を模《も》した形で、まさにニューヨーク最先端のデザインという感じ。壁には大きく引き伸ばされた深海の写真が飾られている。

もしかして海が好きなのかしら？　と美紅は想像する。

「ミス成瀬？　国籍とパスポートは？」

「はっ！　すみませんっ！」

美紅は我に返った。やばいやばい。面接中だった！　ボーっとしている場合じゃない。

「国籍はアメリカです。パスポートの有効期限はあと五年ぐらいあります」

「独身か？」

「はい」

「恋人は？」

「……失礼？」

まさかビジネスの場でプライベートな質問をされると思わなかった美紅は聞き返す。

「恋人はいるのかと聞いているんだ」

「プライベートに関して答える必要はないと思いますが？」

「必要があるから聞いているんだ、ミス成瀬」

ディーターは答えを促《うなが》すように大きな手を美紅のほうへ差し出した。上流階級の紳士《しんし》らしく、手入れが行き届いておりつるりとしている。ディーターは苛立《いらだ》ったように声を大きくした。

「時間が惜《お》しい。答えてくれないか」

「いません、が」

「好きな人は？」

「いません！」

「身長は？」

「一六〇センチです」

「スリーサイズは？」

「は？」

「ミス成瀬。何度も同じことを言わせないでくれ」

ディーターは指先でデスクをトントン叩く。しかも早く答えろと美紅を睨《にら》んでいる。

美紅は唖然《あぜん》とした。なんなの？　セクハラ？　面接でスリーサイズを聞くとか有り得ないんですけど。

「質問に答えたまえ」

ディーターは眉《まゆ》一つ動かさず、冷淡に命令した。答えないなら、とっとと帰れと言わんばかりだ。

美紅はなかばヤケクソでスリーサイズを申告し、嫌味をつけ加えた。

「スリーサイズで合否を決めるなんて素晴らしい会社ですね」

「合否には関係ない。準備に必要な情報だから聞いたまでだ」

「準備ですって？」

「今、質問しているのは僕だ。まずは僕の質問にすべて答えてくれないか」

ディーターはあくまで冷徹《れいてつ》だ。失礼な質問の連続に、美紅はだんだん不満が募《つの》ってくる。

「君はコンピューターソフトの研究開発の経験はあるか?」

「いいえ。ひとつっも」

「では、興味は?」

「ぜんっぜん興味もありません。これっぽっちも!」

美紅はつい声を荒らげてしまう。ディーターは少し呆気《あっけ》にとられながら美紅を見た。

美紅は威嚇《いかく》して睨《にら》み返す。

「最後に。ミス成瀬、君はすべての質問に正直に答えただろうか?」

「ええ、もちろんです。ミスターキタヤマ」

美紅は鼻息荒く返事をする。なんだか無性《むしょう》に腹が立ってきた。

「……いいだろう。君は合格だ」

「は?」

いったい今のやりとりのどこがお眼鏡《めがね》にかなったの?

「仕事内容はアーロン・スミスから聞いてるね?」

アーロン・スミスとはディーターの秘書のことだ。一次面接の面接官はアーロンだった。ディーターと同年代の美形な男。彼が推《お》してくれたおかげで、この最終面接まで辿《たど》り着いた。

「はい、少しだけ。なにか特殊《とくしゅ》な任務があると聞きました」

「実は秘書というのは名目上《めいもくじょう》のものでね。実際の任務は別にあるんだ」

「名目上《めいもくじょう》？」

「結論から言おう。君には期間限定で僕のフィアンセになってもらう」

「へ？」

「エーゲ海の島で二週間、僕の一族に会ってフィアンセ役を演じて欲しい」

なになになに？　なんだって？　今、なんて言った？　展開についていけず、美紅はポカンと口を開けた。

そんな美紅には構わず、ディーターはビジネスライクに説明を続けていく。

「と言っても、別に特別なことをしてほしいわけじゃない。君は自由に休暇を楽しんでくれればいい。必要なものはこちらですべて用意する。それから、なんでも好きなものを買ってくれて構わない。もちろん、すべての費用は僕が持つ」

ディーターは顔色一つ変えずそう言った。

美紅は馬鹿《ばか》みたいに口を開けたまま、ディーターの唇を見つめた。

「実は従妹《いとこ》のアレクシアと結婚させられそうになっている」

ディーターは芝居《しばい》がかった様子で悲愴《ひそう》な表情を作ると、ピアニストのように長く繊細《せんさい》そうな指を組んだ。

「アレクシアの父親がヨーロッパの小国の王族でね。ちょっとした利権がらみだ。従妹《いとこ》とは子供の頃からのつき合いで妹みたいなものだし、彼女には愛する恋人がいる。それに僕は誰とも家庭を持つ気はない。だが、両家の両親はもちろんのこと一族全員が僕たちを結婚させようと画策《かくさく》している。そこで僕がフィアンセを紹介すれば彼らも諦《あきら》めるだろうという計画だ。フィアンセを演じるだけで君の経歴に傷はつけない。安心してくれ」

「ちょっちょっちょっと、ちょっと待ったあああーーー！」

美紅は腕をまっすぐ伸ばし、手のひらを広げてSTOPと叫《さけ》ぶ。

「なに勝手に話を進めてんですか？　私、このお仕事を引き受けるなんて、ひとっことも言ってないんですけど？」

「報酬《ほうしゅう》は最初に提示した額の十倍払う」

ディーターは切れ長の目を細め、すっと人差し指を一本立てた。微《かす》かに口角を上げ、さらりと報酬《ほうしゅう》を上げてくる。

「それに加えて、ミッションクリア後にさらに同額。ついでに、君が住まいを探していると聞いてマンションも買い上げた。契約終了時までに住めるよう準備を整えておく」

なんですって？　報酬《ほうしゅう》二十倍な上、さらにマンションまで！

美紅の目は一瞬でドルマークになる。実は今、美紅は人生のどん底にいる。勤めていた会社を解雇《かいこ》され職もない。家賃滞納《たいのう》で家も失う寸前。恋人もいない。そんな明日をも知れぬ身だ。女優になる夢はあるけど、夢だけじゃ生きていけない。この面接に落ちたらホームレス支援センター行き。

正直、この報酬《ほうしゅう》は破格だ。

ディーターは値踏みするようにこちらを見ている。指先から髪の毛一本一本まで、視線がじわじわ這《は》ってゆく。まるで裸にされているよう、と美紅は思う。

「女優になりたいなら、レッスン料や衣装代など、いろいろ物入りだろうね。これはあくまで契約だ。たった二週間、形ばかりの婚約をするだけで僕は面倒な政略結婚を免《まぬが》れる。君は住まいと小切手を手に入れる。すべてが終われば元通り。悪い条件じゃないと思うが？」

確かに悪い話じゃなさそうだ。美紅は懸命《けんめい》に頭を働かせる。婚約者を演じるのは、演技の勉強にもなるわよね？　現金は喉《のど》から手が出るほど欲しい。でも……

「なぜ私なんですか？　ふさわしい人が他にいっぱいいるんじゃ？」

「女性に不自由はしていないが、適任者は君しかいないんだよ。あくまでビジネスライクに契約を履行《りこう》し、後腐《あとくさ》れなく関係を終わらせることが肝要《かんよう》だ。勘違いして期待されても困るし、どこかのあばずれを雇《やと》って脅迫《きょうはく》まがいのことをされても面倒なんでね」

なるほど。あなたと寝た女は、皆、あなたに結婚を迫るというわけね。で、あなたにはその気がないと。

「要は、愛人になれってことなんですか？」

「勘違いしないでくれ。僕が買うのはあくまで君の時間であって、体じゃない。セックスは一切なし。君のタスクは二週間着飾って僕の隣でニコニコしていることだ。後でアーロンと契約書類を確認してくれ。そう明記しておいた」

「報酬《ほうしゅう》は必ず頂けるんですね？」

「無論《むろん》だ。額が不足なら言ってくれ。君の働きによっては特別ボーナスも出そう。それから今日、契約書類と一緒に前金を支払う」

「……わかりました。この話、お受けします」

美紅は札束の前にひれ伏《ふ》した。それはもうパーフェクトで完膚《かんぷ》なきまでに深々と頭《こうべ》を垂れた。嗚呼《ああ》、札束様。

——これも生活のためよ。かなり怪《あや》しい契約だけど、背に腹はかえられない。ご飯を食べて眠らなきゃ生きていけないんだから。よくよく考えたらこんな上流階級のイケメンが、私みたいな貧乏小娘をどうこうするわけないし。となれば、これはかなり美味《おい》しい。美味《おい》しすぎる!!　報酬《ほうしゅう》を全部もらえば向こう十年はトレーニングに集中できる。それに、今とくに力を入れているダンスレッスンだって受け放題だ。夢みた〜い♪

「結構。では、よろしく。ミス成瀬」

ディーターは立ち上がり、こちらへ歩いてきて手を差し出した。身長は一八〇センチ以上あるだろうか。がっしりした広い肩幅に頑強《がんきょう》な体。かなり本格的に鍛《きた》えてそう。

美紅も握手に応《こた》えるべく、すっくと立ち上がる。そしてディーターを見上げ、営業スマイルで手を差し出した。

「こちらこそ、よろしくお願いします。ミスターキタヤマ」

ディーターの手を握《にぎ》った瞬間、指先から全身にピリッと刺激が走った。

あっ……なに、これ。

ディーターの手は冷たく滑《なめ》らかだった。手を離すのが名残惜《なごりお》しいくらい。微《かす》かに美紅の体は疼《うず》いた。

ディーターも少し驚いたように自分の右手を見ている。

もっとあの手に触れて欲しい……

そう思いながら美紅が見ていると、ディーターはふいと横を向いた。美紅はハッと我に返る。

やばっ。なに考えてるの？　やばすぎ。欲求不満すぎ。ここはオフィスだって！

「どうした？」

「いえ、なんでもありません」

美紅は慌てて汗ばんだ手のひらをジャケットの裾《すそ》で拭《ぬぐ》った。――ちょっと私、なんか変かも。もっと触れて欲しいと思うなんて。

「出発は一か月後だ。これから向こう半年間は僕以外の男との関係は控えてくれ。申し訳ないがこれも契約の一つだ。僕も君以外の女性との関係は一切断《た》つ。お互いクリーンな状態で計画を進めたい」

「了解しました。ミスターキタヤマ」

「フィアンセはファーストネームで呼び合うのが普通だ。僕のことはディーターと呼んでくれ」

ディーターは自《みずか》らの顎《あご》に手を当て、ゾッとする目をした。

「契約違反には重大なペナルティを科《か》す。もし僕に嘘を吐いたり、裏切ったりしたらどうなるか、わかるね？」

社会から追放され、地獄の果てまで追い回され、骨の髄《ずい》までしゃぶられるんですね。まさに蛇《へび》に睨《にら》まれた蛙《かえる》とはこのことだ。ディーターがちらりと視線を動かしただけで、空気が凍結《とうけつ》する。

「わかっているつもりです」

言いながら美紅は、少しずつ不安になってきた。私がこんなにすごい人の婚約者役？本当に？

「私で大丈夫かしら。フィアンセを演じるって、他にどんなことをすればいいんでしょう？」

「細かい内容はアーロンに確認してくれ。契約書類にもやるべきことがすべて書いてある。君はそれに従って行動するだけでいい。心配ない。僕とアーロンが全力でサポートする」

「ご期待に添えるよう努力します。ディーター」

「最後に一つ重要なルールを言っておく」

「なんでしょう？」

ディーターは少しまぶたを伏《ふ》せ、怖いほど冷たくこう言った。

「絶対、僕を好きになるな」

第一章　まさか私が契約婚約⁉

「絶対、僕を好きになるな」

美紅は半眼になりながら、ディーターの声を真似《まね》して言った。

「ですって！　信じられる？　どんだけ上から目線なの⁉」

自室のベッドに座った美紅はクッションを力任せに投げた。それは壁に貼られたミュージカルのポスターに当たって落ちる。

「信じられないところは、もっと他にあるでしょ」

ステファニーはフォークでトマト味のヌードルをつつきながら、笑ってツッコむ。

「秘書面接からの偽装婚約にリゾート、さらに好きなもの買い放題……ロマンス小説のテンプレを全部ぶっ込んだみたいな展開ね」

ステファニーは仕事帰りにファストフードを買ってきては、美紅の家で食べるのが常《つね》だ。ちぢれウェーブのかかったボリュームある赤毛を束《たば》ね、赤いフレームのメガネをかけている。男物のよれよれシャツに擦《す》り切れたダメージジーンズという姿は、さながらストリートアーティストといった出《い》で立《た》ちだ。実際は不動産会社の事務をやっている。

美紅とはハイスクール時代の同級生だ。卒業して一旦離ればなれになったが、マンハッタンでばったり再会した。以来、ステファニーの職場から近いという理由で週に三日はこの部屋に入り浸《びた》っている。

「こんだけテンプレが広く知られてたら一回ぐらい現実に起こってもおかしくないでしょ」

と美紅は言う。

今日の美紅は髪を下ろし、メイクもしていない。デカデカとロゴの入った白いパーカーを着て、下はスウェットのズボンを穿《は》いている。そうしてひさしぶりにやってきたステファニーに先週の面接の顛末《てんまつ》を報告していたのである。

「ま、そうよね。これは現実だもんね」

ステファニーは眼鏡《めがね》のフレームをぐいっと押し上げ、感心したように言葉を続ける。

「それにしても、僕を好きになるな……ってすごい台詞《せりふ》ね。その一言が森羅万象《しんらばんしょう》を表現してるわ。一周回って笑えてくる。ただしイケメンに限る、みたいな」

「けっ。イケメンだからなによ。何様だっつーの」

「事実じゃん。かたや、モテモテイケメンスーパーエリート大富豪。かたや、職なし彼なしの冴《さ》えない貧乏女優。上下で言えば、あんたが下でしょうが」

そこまではっきり言われたら言い返せないんですけど、と美紅は恨《うら》みがましくステファニーを睨《にら》んだ。

「けどさ、あんたは秘書の採用に応募したんでしょ？　実は偽装婚約の片棒《かたぼう》を担《かつ》ぐ仕事でしたって詐欺《さぎ》みたいな話ね」

そう言うとステファニーはヌードルを一気に啜《すす》り上げ、スープと一緒に呑み込んだ。

「報酬《ほうしゅう》が破格なのよ！　私も最初はその場を去ろうと思ったけどさ、金額が私の年収を余裕で超えてたわけ」

「ふーん。そんで動けなかったんだ。金に釣られて？」

「そうよ。だって金が必要なんだもん」

ここはダウンタウンにある美紅の狭《せま》いフラット。ダウンタウンと言えば聞こえはいいが、その実チャイナタウンの外れにある低所得者用の集合住宅だ。美紅の部屋は1Kでたった六畳しかなく、シングルベッドと小さなチェスト、さらにデスクを置いたらもう足の踏み場がない。部屋は「日本式」を採用し、入室の際は靴を脱ぐことにしている。ステファニーは靴を脱ぐたびに「めんどくさいな」とブツブツ文句を言う。それでも裸足《はだし》で過ごすのはお気に入りらしく、ベッドとデスクの間に長い足を折って座り込んでいる。築三十年以上経《た》つ建物は老朽化《ろうきゅうか》が進み、あちこちタイルは剥《は》がれ、換気扇《かんきせん》にはカビが生え、排水は最悪だ。しかも月末までに家賃を払わなければ出ていかざるをえない。

「嘘だね。金だけじゃないでしょ。気に入ったんでしょ？　その男のこと。もしかして惚《ほ》れちゃった？」

ステファニーは目をゼリービーンズみたいな形にしてニヤニヤした。

「バッ……馬鹿《ばか》言わないでよっ！　お金よお金。それ以外なにもない。雇《やと》い主相手に恋愛とか、絶対ないない」

「あーら。男女が恋に落ちるのに理由はいらないって。運命のお相手なんてひと目見りゃわかるんだから」

ステファニーは自信たっぷりに言う。そうして美紅の目をじっと覗《のぞ》き込むと、さらにこう言い聞かせた。

「けど、相手を選びなね。あんたが傷ついてる姿を見たくないし」

「やっぱ断ったほうがいいかな？　この仕事」

「あたしゃオイシイ仕事だと思うけど？　あんた、貯金が一ドルもないんでしょ？　後がないんでしょ？」

「ないわよ。だから引き受けたんだもの。こうなりゃ婚約者でもママでもスーパーヒーローでも演じてやるわ」

「その意気よ！　しかも成功報酬《ほうしゅう》でマンションつきでしょ？　乗らない手はない！　この狭《せま》いフラットで晩御飯食べんの、いい加減うんざりなんだから」

「私だって、ステフが座るだけで足の踏み場もなくなるフラットはもう勘弁《かんべん》。ビシッとミッションクリアして、広いお部屋に住むんだから」

「いーい？　美紅。ここはマンハッタンなの。アメリカンドリームのメッカなのよ？　こんなチャンス二度とないよ！」

「そう言うと思ったわ、ステフ。よーし、いっちょう気合い入れて頑張るか！」

「けどさ、その雇《やと》い主ってかなりいい男なんでしょ？」

言いながらステファニーはキャンバス地のバッグから雑誌を取り出してみせた。

『Celeb《セレブ》☆Star《スター》』と奇抜なロゴが入ったニューヨーカー御用達《ごようたし》のゴシップ誌だ。最速でスクープをものにすることで有名である。

「ほらほら見てよ。今週号。あんたの雇《やと》い主が載《の》ってたから買ってきちゃった」

よく見ると、有名女優の腰に腕を回したディーターの姿が表紙を飾っていた。相変わらず感情の薄いクールな顔。エレガントなディナージャケットを着て、気取った様子でエスコートしている。

写真じゃ全然伝わってこないわね、あの超強烈なオーラが。周囲を圧倒する存在感が。実物のほうが、もっとずっとすごいんだから。

「美紅、あんたデレデレしてるよ」

ステファニーが肘《ひじ》で美紅の脇腹をつついた。

「ちょっと、やめてよ。そりゃあ確かに頭がよくて金も持ってるかもしんないけどさ。背も高くて顔も整っててイイ体してるけどさ。声も甘くて唇もセクシーで、目ヂカラがはんぱないって言うか」

「ほーほーほー」

ステファニーは、したり顔でニヤニヤする。ディーターのグラビアをうっとり眺《なが》めていた美紅は、はっと我に返った。

「とにかく性格が最悪なんだって！　傲慢《ごうまん》で自信家で上から目線。私なんて完全に見下されてるもん」

「またまたぁ！　そいつのこと意識してんのがバレバレですよ？」

「別に。単に契約したってだけよ。面接の日以来、会ってないし」

ディーターに会ったのはあの面接が最初で最後だ。あれ以来、すべて秘書のアーロン経由でやり取りしている。ＶＩＰには、そうそう簡単に会えないらしい。

「そうなんだ。エーゲ海に行くまでフィアンセ殿に一度も会わないの？」

「ううん。一回会う予定。明後日《あさって》の夜に打ち合わせを兼《か》ねてディナーに行くの」

「ディナー？　どこどこ？」

「知らない。イースト・ビレッジにあるカジュアルなお店って言ってたけど……」

「しかし、あんたに務まんのかね？　あんなゴージャスな男のフィアンセ役なんてさ」

「それは大丈夫。ディーターの第一秘書のアーロンって人が全部サポートしてくれるから」

「あ！　さっき玄関で会った優男《やさおとこ》か！　とびきりハイスペックじゃん。ブロンドの長髪で、いかにもプレイボーイって感じ」

「確かに格好《かっこう》いいけど誠実な人よ。ディーターとは正反対のタイプ。ディーターが陰《いん》ならアーロンは陽《よう》で、ディーターが剛《ごう》ならアーロンは柔《じゅう》みたいな」

「へー。あんなセクシーな男と四六時中一緒にいられるなんて羨《うらや》ましいわ」

「四六時中っつーか、朝九時に迎えに来られて、ブティック回って服買いまくって、遅くまであちこちのサロンに連れ回されるだけよ」

美紅は思い出してうんざりした。面接の翌日はエステサロンに強制連行。ヘッドスパにフェイシャルケアにボディケア。全身脱毛してマッサージ。おかげで肌は生まれたての赤ん坊みたいにつるつるだ。それから眼鏡《めがね》もコンタクトに変えさせられ、ヘアサロンにネイルサロンにメイクスタジオと引っ張り回された。体中いじくられ、ほうほうのていで帰宅。これが毎日出国の日まで続く。

「これぞロマンスの王道。『マイ・フェア・レディ』ね。ただし、主演女優は売れない冴《さ》えない貧乏小娘だけど」

三度の飯よりロマンス小説を愛するステファニーは夢見るように言った。学生の頃からロマンス小説ばかり読み、ロマンス小説家を目指して暇さえあれば原稿を書いている。そんなステファニーを美紅は「ロマンス脳」と呼んでいた。

「貧乏小娘とは失礼な」

美紅はブツブツ言った。

「さっきのは冗談として、あんた綺麗《きれい》になったよ。その髪型、似合ってる。あのひっつめオニオンヘアーより断然いいわ」

ステファニーは美紅の緩《ゆる》い巻き髪を褒《ほ》めた。長年手入れもせずにボサボサだった髪が、今やしっとり艶《つや》やかになっている。

「これね、ミッドタウンにあるヘアサロンのトップスタイリストにやってもらったの」

「報酬《ほうしゅう》は破格。タダでサロン行きまくり。毎日、金髪美青年にハイヤーで送迎されて、至れりつくせりじゃん」

「ほんとだね。後がないから気合い入れてやるわ。それに、楽しいこともあるし。今日なんて五番街のブティックに行ったの！」

「わお！　五番街！　うちらには一生縁がない場所ね。並んでるお店は、一流どころばっかりじゃん！」

「そうなの！　そしたらね、なんとブティックが貸し切りで私専用のビューティーアドバイザーまでいたのよ！　すごいでしょ？」

「出た！　貸し切り。さすがＩＴ業界の帝王は、やることが違うわ」

「もう袖《そで》を通すのも勿体《もったい》ないドレスを山ほど買ったの！　いつもの古着屋で買うワンピースと桁《けた》が違ったわよ！　全部ディーター持ちで。ステフにも見せたかったなぁ」

「いいなぁ。あたしも見たかったわ。夢があるぅ。あんた、ダンスやっててめっちゃスタイルいいから似合うと思うわ」

「面接んときにスリーサイズ聞かれてさ、そんときはハアアア？　って思ったんだけど、このためだったのよね」

「ただのセクハラじゃなかったわけだ」

「そうなの。しかもビューティーアドバイザーってすごいの。髪とか瞳の色を見て、あっという間に似合うドレスをチョイスしてくれるんだもん」

「けどさーあんた、フィアンセを演じるってどこまでやるの？　まさか夜のお勤めもあるの？」

「大丈夫大丈夫！　そこはキッチリ確認したから」

美紅は言いながらバッグから封筒《ふうとう》を取り出す。契約書を抜き出すとペラペラめくり、該当箇所を指差してみせた。

「ほら、ここ。セックスはしないって、ちゃんと書いてあんの」

「とかなんとか言っちゃってぇ！　リゾートへフィアンセとして行くんでしょ？」

ステファニーは美紅の肩に腕を回して言う。

「これはビッグチャンスよ！　美紅！」

「チャンスって？　な、なにが？」

ステファニーは美紅の耳元に口を寄せて、こうささやいた。

「ロ・ス・ト・バー・ジ・ン」

美紅は、ばったりとクッションの上に倒れ込んだ。

「いいじゃない、いいじゃない！　プレイボーイの誉《ほま》れ高い、イケメンエリート大富豪！　相手にとって不足なし！　一流テクニックも期待できそうよ。こうなりゃ強引にでも一戦交えなさいよ！」

「ないないない！　セックスは契約違反だもの。違約金十万ドルも払えないし」

「馬鹿《ばか》ねぇ。契約なんて双方の合意があれば、なんとでもなんのよ。男と女を前に契約なんて無意味」

ディーターを相手にロストバージン！　想像しただけで美紅は目が眩《くら》んだ。あのたくましい体に包まれたら、どんな感じがするんだろう？　ディーターの舌や指が敏感《びんかん》なところに触れるかと思うと、美紅の体は火照《ほて》った。

「ダメダメダメ。やばいやばい。無理無理」

「社長がダメなら、アーロンって男に頼んだら？　最初は、ああいう人に手ほどきしてもらうといいわよ。あちらさんも相当なもんでしょ」

確かにアーロンは物腰柔らかで優しい。女性の扱いにも慣れているし、こちらも気後《きおく》れしない。ディーターを前にしたときのような緊張感はない。

けど、アーロンは男性として見れないな。

瞬時にそう思ってしまったことが不思議だった。アーロンもイケメンなのに、ときめかない。ディーターに対する、あの一気に体温が上昇する感じは一切ない。

「いやいやいや。ないから。絶対ないから。私みたいな女は、ああいうエリート達には相手にされないって」

「妄想するだけならタダじゃん。で、どうなの？　あんた、どっちがいいの？」

「私は……やっぱ、するならディーターのほうがいいかな」

「ちょっと、なにあんた赤くなってんの──？　やだ──！　聞いてるこっちが恥《は》ずかし──」

「やめてよ！　仮定の話でしょ？　それにディーターからは好きになるなって釘《くぎ》を刺されてんだから」

「くだらない。そんなの無視無視。あんたもう二十二でしょ？」

「う。私だって別に好きでバージンなわけじゃないわよ」

「いい？　チャンスは体で感じるのよ。理性や論理ではなく、本能を信じるの。時がきたら第六感が教えてくれるから」

　ステファニーは、ぐっと顔を寄せてこう言った。

「そして、今だ！　と思ったら、冷静かつ大胆《だいたん》に行動すること」

◆◆◆

　この場所には明らかに場違いな黒塗りのリムジンが目に入った瞬間、美紅は思わず背筋を伸ばした。

　ここは、マンハッタン橋にほど近い、美紅のフラットがある少々治安の悪い地域。立ち並ぶ老朽化《ろうきゅうか》したビルのシャッターは下り、人気《ひとけ》はなく静まりかえっている。街路灯に照らされた美紅の影だけが、ひび割れたアスファルトに伸びていた。六月も終わりだというのに珍しく涼しい夜で、美紅は微《かす》かに身震《みぶる》いした。今夜はディーターと会食をする約束で、美紅は迎えを待っている。

滑《すべ》るようにリムジンがやってきて目の前で停車した。ピカピカに磨かれた車体にドレスアップした美紅が映る。制服を着たドライバーが降りてきて、恭《うやうや》しくドアが開けられた。

車内にタキシード姿のディーターが見え、それがあまりにスタイリッシュで、美紅は一瞬ひるむ。

「手を……」

言いながら目線を上げたディーターは、美紅の姿を見てしばし沈黙《ちんもく》した。

今夜の美紅はパーフェクトにドレスアップしていた。眼鏡《めがね》を外し、髪をアップにし、腿《もも》までスリットの入った紺青《こんじょう》のドレスをまとっている。鎖骨《さこつ》は完全に露出《ろしゅつ》し、そこに手入れした巻き髪がふわりとかかっていた。ドレスがタイトで胸の谷間までくっきり出ているのが、美紅は気恥ずかしかった。ウェストをぎちぎちに締められているおかげで、きゅっとしたくびれができている。元々色白なほうだけど、ドレスの深い青がいつもより肌の白さを引き立てている気がした。

どう？　だぶだぶの野暮《やぼ》ったいスーツを着た玉ねぎは大変身したでしょ？　と美紅は自信満々である。

ディーターは言葉を失ったまま、熱っぽい眼差《まなざ》しでこちらを見つめている。

このとき、美紅はディーターの磁場《じば》に引きずり込まれるような、強い引力を感じた。その刹那《せつな》、自分がなにをしにここへ来て、相手が何者かさえ忘れていた。

しばらく、美紅は不思議な磁力を感じながら、ディーターをぼんやり見つめていた。

先に立ち直ったのはディーターだった。即座にビジネスモードの仮面を被《かぶ》り、さっと手を出し美紅をエスコートする。

「お嬢さん、お手を」

言われるがままに手を取り、美紅はリムジンに乗り込む。そこには目を見張るほどセレブな空間が広がっていた。

うわぁ～すっごい！　美紅は思わず両手で口を押さえた。お洒落《しゃれ》なバーみたい！　こんなの映画の中だけだと思ってたけど、現実にあるのね……

車内はゆったりしたスペースで、ベージュを基調としている。革張りのロングシートは優美な曲線を描き、バーカウンターにはシャンパンやカクテルも用意されていた。

美紅が車内を見回しているうちにリムジンは音もなくアレン・ストリートを北へ走りはじめる。

「おひさしぶりです。ディーター」

「やあ、美紅」

ディーターはどこかぼんやり美紅の唇の辺りを見つめたまま答えた。

今夜の彼は気品あるディナージャケットを羽織《はお》り、シャープなナロータイを結んでいる。鍛《きた》えられた足はスーツに包まれ、黒い革靴は光沢を放っていた。重々しくなりがちなフォーマルスーツも、タイとシャツの組み合わせで軽やかに着こなしている。まさにニューヨークのトップに君臨《くんりん》するビジネスマンといったコーディネートだ。

美紅が足を組むと、ディーターの視線は深いスリットからのぞく白い太腿《ふともも》の辺りをさまよった。

「これ、どう？　あちこち引きずり回されて、改造させられたんだけど」

ディーターの不躾《ぶしつけ》な視線に少し照れながら、美紅は言った。

「いや……綺麗《きれい》だ。むしゃぶりつきたくなるというのは、このことだな」

彼が本気で言ったように思え、美紅は恥《は》ずかしくなって顔を伏《ふ》せた。

ちょっとちょっと。これぐらいでうろたえてちゃダメだって！　こんなの、プレイボーイの常套句《じょうとうく》なんだから。

「君がこの仕事を引き受けてくれて感謝しているよ」

ディーターが微《かす》かに笑いながら言った。彼の低音は腹が立つほど耳に心地よい。

「感謝するのはこっちよ。一銭《いっせん》も払わず体中ピカピカにしてもらった上に、こんなすごい車に乗れるなんて。もっとも、この後なにが起こるかわかんないけど」

「なにが起こるかわからない……いいね。僕を誘惑するとか？」

美紅は目を見開いて唖然《あぜん》とした。

「あっきれた。どんだけ自信家なの？　自分を誘惑しない女は、この世に存在しないとか思ってそう」

「これまでの経験を踏まえて言っているだけだ」

「そういうのをイタイ奴って言うのよ。ああ、あなたみたいな自意識過剰《かじょう》な人の婚約者を演じなきゃいけないなんて気が滅入《めい》るわ」

「珍しいな。大抵の女性は尻尾《しっぽ》を振って引き受けてくれるが」

「でしょうね。あなたの富と名声にたかってくるんでしょ。蛍光灯《けいこうとう》に群がる蛾《が》みたいに」

ディーターは心外だと言わんばかりに片眉を吊り上げた。

「どうやら僕は知らない間に随分《ずいぶん》と嫌われたらしいね。君に失礼なことをしたのなら謝罪するよ、美紅。しかし、そんなに嫌な相手のフィアンセ役を、なぜ君は引き受けたんだろうか」

「ふん。引き受けた理由なんて一つに決まってるでしょ！」

美紅は彼を睨《にら》みつけ、人差し指と親指を擦《こす》り合わせるジェスチャーをした。

「お金よ！」

「明快だな」

「当たり前でしょ。それ以外に理由があるとでも思ったの？　自惚《うぬぼ》れんのもいい加減にして」

「それでいい。前も言ったが、変な下心を持たれたら困るからな」

「悪いけど、それはこちらの台詞《せりふ》よ。リッチだからって下心がないとは限らない。むしろ、歪《ゆが》んだ欲望を抱えてそうだもの」

ディーターはフッと鼻で笑うと、シートに深くもたれ、長い足を組んだ。

「笑わせてくれるな。女には不自由していない。僕は『マンハッタンで結婚したい独身男性ナンバー1』に選ばれたんだぞ」

笑わせてくれるのはどっちよ！　と美紅は内心ツッコんだ。得意気に胸を張る彼は、まるで駆けっこで一等賞を取った子供のようで、ついニヤけてしまう。

どこが冷酷非道《れいこくひどう》な野心家なのよ。可愛《かわい》いところあるじゃない。

「不安な気持ちはわかる。僕も偽装婚約なんて初めての経験だ。だが、お互い協力すればきっとトラブルなく終わると信じている」

美紅の様子にまったく気づかずディーターは言った。美紅は込み上げる笑いをなんとか呑み込み、こう返す。

「私だってトラブルなく終わらせたい。任務を遂行《すいこう》して、綺麗《きれい》な体でアパートに帰りたい」

「ならば僕らは同じ思いだ。僕だって綺麗《きれい》な体のままマンハッタンのオフィスに帰りたい。そのために最大の努力はするよ。だから毛を逆立てた子猫みたいに威嚇《いかく》しないでくれ」

「別に威嚇《いかく》なんてしてないし。……それにしても無駄に広い車ね。いつもこんな車で移動してるの？」

「いや、今夜は特別だ。少し呑むつもりだから。普段の移動は自分で運転している」

「へえ。車の免許なんて持ってるんだ？」

「当たり前だろう？　僕をなんだと思ってるんだ」

「ごめんなさい。部下に運転させて後部座席でふんぞり返っているお坊ちゃまかと思ってたの」

ディーターの片眉がぴくりと動く。どうやら今の言葉は、彼のプライドに障《さわ》ったらしい。

「基本的に自分のことは自分でやる。もっとも、忙しいときは他人の手を借りることもあるが」

ディーターは横目でジロリと美紅を睨《にら》んだ。その刺すような視線は面接のときと同じだ。

「そもそも僕が運転手を雇《やと》おうが後部座席でふんぞり返ろうが、君には関係ない。給料は払っているし、法律違反もしていないんだから」

なによムキになっちゃって、と美紅は思う。少しでも見下されたら猛反撃してくるなんて、よっぽどプライドが高いのね。でも、少し子供っぽいけれど、それが彼の魅力の一つなのかも、と美紅は分析した。

ディーターは軽くため息を吐き、ドアに肘《ひじ》をかけて頬杖をついた。窓の外には、きらびやかなビルの灯《あか》りが近づいては去ってゆく。十九時過ぎのアレン・ストリートは仕事を終えた人々が行き交い、少し渋滞《じゅうたい》していた。

美紅がシートに座り直すと、左手が彼の右手に触れた。またしても体の芯《しん》にわずかな電流が走る。小さく息を吸い込むと、どくりと心臓が跳ね上がる。触れ合った部分がやけに熱く感じ、体は硬直した。そのまま固まっていると、ディーターがそっと手を握《にぎ》ってきた。

一瞬で、車内の空気が熱を帯《お》びてきらめいた。感覚が手だけに集中し、耳の奥で心音がうるさく鳴る。二人とも手を握《にぎ》っているなんておくびにも出さず、無言でそれぞれの方向を見ていた。美紅は座席の正面にあるモニターを、ディーターは窓の外の夜景を。

モニターは無音の古い映画を流し続けている。

静まれ、静まれ、私の心臓！　美紅は懸命《けんめい》に祈った。こんなんでグラついてちゃダメ！　相手はプレイボーイなんだから。こんなの、ただの挨拶《あいさつ》よ。ドキドキするほどのもんじゃないって！

ディーターはさらに図々しく指を絡めてくる。美紅はウブなティーンエイジャーに逆戻りした気分で、自分でも戸惑うほどうろたえていた。横目でチラリとディーターを見ると、抑えめなブルーの照明に眉目秀麗《びもくしゅうれい》な顔が照らされている。

骨格も肌も瞳も、本当に美しい。そのどこか物憂《ものう》げな表情がひどく色っぽくて、美紅の鼓動は乱れた。

気づくとイースト・ビレッジに着いていた。ディーターは何事もなかったように車を降り、美紅の手を取ってエスコートする。美紅はアスファルトに着地すると、ふらふらとよろめいた。

「おい。歩き方がペンギンみたいだぞ」

ディーターが意地悪くからかう。それを見て、美紅はやっといつもの調子を取り戻した。

「うるさいわね！　こんなに高いヒールなんて履《は》いたことないのよっ」

「本番までにはどうにかしてくれよ。それ」

ディーターは偉そうに言ってナロータイを直し、髪を撫《な》で上げた。

「わ、わかってるってば！」

目の前には見上げるほど高い大聖堂のような建物がそびえ立っている。支柱から壁まで、すべてが黒い大理石造り。ガラス張りの入り口のドアからは店内の温かい光が漏《も》れている。

『Reflections《リフレクション》 Of《オブ》 Living《リビング》』——ニューヨーカーなら誰もが知る、フレンチをベースとした多国籍料理が楽しめるハイクラス・ダイニングだ。世界中のアーティストやセレブたちが集まる社交の場でもある。

ドラマや映画でしか見たことのない世界に、美紅はすっかり怖気《おじけ》づいてしまった。

「……どうした？」

呆然としている美紅を見かねて、ディーターが言う。美紅は気合いを入れ直し、ポーカーフェイスを作った。

「な、なんでもないわ。さあ、行きましょう」

美紅はディーターの腕にぶら下がるようにして数歩歩く。ヒールが高過ぎてサーカスの曲芸レベルだ。あの、高い靴を履《は》いて歩くピエロみたいな……

「……ちょっと。なにニヤニヤしてるのよ」

美紅が睨《にら》み上げると、ディーターはクスクス笑いながらこう言った。

「いや。楽しい夜になりそうだと思ってね」

◆◆◆

ディーター・アウグスト・キタヤマは目の前の光景に驚愕《きょうがく》した。

恐るべきスピードと一分《いちぶ》の無駄もない動きで、次々と皿の上の料理が平らげられていく。まるで完璧《かんぺき》に計算しつくされた工場の生産ラインのようだ。下品ではない。テーブルマナーは完璧《かんぺき》だ。目の前の女は料理を味わうことだけに、とんでもなく集中している。帆立貝だのテリーヌだのが音も立てずに桃色の唇の間に吸い込まれていく。時折のぞく小さな歯が妙に色っぽい。

「おいしーい！」

美紅が満足げに喉《のど》を鳴らす。彼女が心から幸福感に包まれているのが伝わってくる。自然と、ディーターの口の中に唾《つば》が溜まる。そんなに美味《うま》いのか？

「……そんなにじーっと凝視《ぎょうし》されると食べづらいんだけど？　私のこと監視してるの？」

「ああ、すまない。悪気はない」

つい芸術的な食べっぷりに目が離せなくて、という台詞《せりふ》は呑み込んだ。これでも紳士《しんし》としての礼儀は心得ている。

店内は天井まで吹き抜けで、空間を贅沢《ぜいたく》に使っている。内装はマンハッタンにふさわしくアール・デコ調だ。フロア中央には、天井まで届く楡《にれ》の木の枝に、薄紫の芍薬《しゃくやく》と純白の蘭《らん》を散らした巨大なフラワーオブジェがあり、いいアクセントになっていた。

ここはそんな店内を一望できる、中層階のVIPルームである。当然、特別な人間しか入ることを許されない。下層フロアとは特殊《とくしゅ》なガラスで仕切られ、個室内は華美《かび》な装飾はなく、より落ち着いた雰囲気。壁には、かの有名な後期印象派の絵画が掛かっている。ドアの傍《そば》に支配人が控えており、プライベートでくつろげる空間だ。

二人は真っ白なクロスの掛けられたテーブルに向かい合って座っていた。突き出しのアミューズグールが運ばれてきて以来、美紅は一度もディーターと目を合わせていない。

「食べないの？」

美紅は、初めてディーターの存在に気づいたかのように言う。

「いや……」

言われて初めてディーターはフォークとナイフを動かした。冷前菜はブルターニュ産オマール海老《えび》だ。オマール・ブルーと呼ばれる青みがかったもので最高峰《さいこうほう》のブランドである。それにスライスしたキュウリとキャビアが添えられ、海老味噌《えびみそ》ソースと絡めて食べる。……うん。食べ慣れた、いつもの味だ。

「こんなに美味《おい》しいもの食べたの、初めてー！」

美紅はご機嫌で今にも踊りだしそうだ。美味《おい》しそうに咀嚼《そしゃく》して呑み込んでから、こう打ち明けた。

「実はいっつもベイクドビーンズとトーストばっかりなの」

「それはよかった」

「あなたは、あんまり美味《おい》しくなさそうね？」

「ここの料理は食べ慣れているから、感動がないだけだ」

「ええっ！　嘘」

美紅は気の毒そうに眉尻《まゆじり》を下げた。

「こんなに美味《おい》しいのに感動できないなんて、なんか可哀想《かわいそう》」

「まったくだな」

ここの料理を食べ慣れたせいで感動できないディーターと、食べたことがない故《ゆえ》に感動できる彼女。真《しん》に可哀想《かわいそう》なのはどちらか。一つ言えることは、彼女のほうが自分より数倍幸せそうだってことだ。少なくとも、今この瞬間は。

「ああ、ほんとに美味《おい》しい！　きっと今夜のことは一生忘れない」

花が咲いたような彼女の笑顔に、ディーターも釣られて微笑《ほほえ》む。彼女はキラキラしている。彼女より美人でスタイルのいい女はたくさん見てきた。だが、こんな風に弾《はじ》けるほど輝《かがや》いている女は見たことがない。

「ステフにも食べさせてあげたかったなぁ。これってテイクアウトできないのかしら」

「ステフ？」

「あ、ハイスクール時代からの親友なの。不動産会社で事務をやりながら、ロマンス小説家を目指しているのよ」

表情がころころ変わるのを見ているのは楽しい。彼女はとても幸せそうで、その幸せを誰かに分けたくてしょうがないという顔をしている。今の彼女にその幸福を自分が与えたのだと思うと、ディーターは誇らしい気持ちになった。

「なんでも好きなものを頼むといい。ワインでもデザートでもなんでも」

「もちろん、そうさせてもらいます。これも報酬《ほうしゅう》の一部だもんね」

美紅は楽しそうにペロリと舌を出した。不思議とリラックスしている自分に気づく。ディーターは自然と顔がほころぶのを止められない。まったく、まるで子供だな。

これまでの女たちはどうだった？　皆、体型を気にして小鳥みたいに皿をつつくだけ。視線でディーターの体を舐《な》めまわし、ベッドに行くことしか考えないハイエナだ。こちらの関心を引こうと大して興味もない話題を浅い知識で振ってきた。繰り返される退屈《たいくつ》な笑顔と退屈《たいくつ》な会話。

――僕を喜ばせる方法は実にシンプルなのに。心からこの場を楽しんでくれさえすればいい。美紅みたいに。そうすれば、その感情が僕に伝染し、こんなに楽しい気分になれるのに。

「あの、現地に飛ぶ前にいろいろ打ち合わせしておいたほうがよくない？　これから私たちはフィアンセを演じるわけだから」

食事が一段落した美紅はアイスティーのような瞳でじっと見つめてくる。

「やる気になってくれてうれしいね」

「私は最初からやる気満々よ。ベストを尽くすつもり。充分《じゅうぶん》な報酬《ほうしゅう》も頂いてるし、愛する人との仲を引き裂《さ》かれそうなあなたの従妹《いとこ》のアレクシアを救うためですもの。同じ女性として不憫《ふびん》に思うし」

そうだった。本来の目的をすっかり忘れていた。

「ああ、そうだな。僕の家族にいろいろ質問されるかもしれないからな」

「そうよね。二人の出会いはどういうことにする？」

「どこかのパーティーで出会ったってことでいいんじゃないか？」

「もしもし？　私みたいな職なし家なしの貧乏女優がどんなパーティーに出席するって？　世の中の女性が皆パーティーに出ていると思ったら大間違いよ。私なんてハイスクールの卒業パーティーが最初で最後だし」

「ふむ。それもそうか。君にいい考えはある？」

「私の日常生活で、あなたみたいな億万長者と出会うチャンスってあるかなぁ？」

美紅はしばし真剣に考えてから、こう提案した。

「車の事故ってのはどう？　私の運転が下手であなたの車にぶつかったのが出会いのきっかけ」

「三流恋愛小説の筋書きだな。しかもリアルにやられたことがあるよ。金目当ての女にね」

ディーターは当時を思い出し、少々うんざりした気分になる。

「それに君、車の免許は持ってるの？」

「……持ってません」

「すぐバレる嘘はダメだな」

「じゃ、私が講師を務めるダンススクールにあなたが通っている、ってのはどう？」

「悪いがダンスは幼少の頃から英才教育を受けている。スクールに通っているなんて言ったら、僕の親族は変に思うだろうな」

「うーん、そうかぁ。私がバイトしてたコーヒーショップにあなたがお客として来た、とかは？」

「いや、僕はめったにコーヒーを外で飲まない。オフィスにはコーヒーメーカーがあるからな。いい豆を使ってるよ」

「これもダメかぁ。なら、親友の元恋人だったたっていう設定は？」

「なるほど。親友から君を寝取ったと。しかし、親友は誰だと突っ込まれたらどうする？　その親友と君はどうやって出会ったんだろう？」

「うーん、細かい裏設定が必要だし、すぐにバレるか」

「プロットを練るのもひと苦労だな」

「実は私は記憶喪失で、あなたは過去に私に騙《だま》されて心に深い傷を負った……」

美紅は声を落とし、深刻な表情をした。

「――あれから二年、時はきた。今こそあのアバズレに目にモノみせてやる！　記憶を失った私に忍び寄る、暗い影。あなたは私に復讐《ふくしゅう》しようと企《たくら》む億万長者ってのは？」

ディーターは声を上げて笑った。ひさしぶりに聞いた自分の笑い声に、自分で驚く。いつの間にか僕はこの会話を楽しんでいる、とディーターは思った。

「悪くないね。じゃあ僕は拳銃《けんじゅう》と毒薬を常に持っておかないとな」

「そうね。せっかくだから口髭《くちひげ》の生えた名探偵《めいたんてい》でも雇《やと》っておいてよ」

「いいだろう。盗まれた宝石と犯人の執事《しつじ》も用意しないとな」

「ちょっと、真面目《まじめ》にやってよ！」

言いながら美紅も笑いを堪《こら》えている。

「君が先に言い出したんだろう？」

――なぜ、僕はこんなにはしゃいだ気分になるんだろう？　ディーターは話しながら冷静に考察した。美紅が魅力的だから？　それだけじゃない。美女は飽《あ》きるほど見てきた。誘惑したり誘惑されたり、場数もかなり踏んでいる。

きっと自分には美紅のようなポジションの女性がいないからだ。利害関係が一切なく、色恋沙汰《いろこいざた》ともほど遠く、仕事にも関係なく、気を遣ったり遣われたりすることのない関係。友人でも恋人でもセフレでもない。普通に生きていたら目を合わせることもない女性。遠い異国の地で現実を忘れ、たまたま同じ列車に乗り合わせたような。きっと彼女にとってのディーターも同じなんだろう。

「で、どうするんだ？　僕らの出会いは」

「はあーあ。ほんとに難しいなぁ」

美紅が頭を悩ませる様子は可愛《かわい》らしい。

美紅はさんざん首を捻《ひね》ってから、こう言った。

「じゃあ、あなたの会社の採用面接を受けたのが出会いのきっかけ、とかは？」

「それなら嘘は吐いてないな。まさに現況どおりだ。が、悪いが僕は入社希望者を口説く人間じゃない」

「例外を作ってください。じゃないと、私とあなたは永遠に出会えません」

「……いいだろう。では、君が我が社の求人に応募してきて、面接で僕は君の魅力にノックアウトされたと」

「うーん。ちょっと無理があるかなぁ？　私なんかじゃ明らかに力不足な気が」

ディーターは美紅のくっきりした胸の谷間を一瞥《いちべつ》した。まったく、なんでそんなに肌触りがよさそうなんだ。……そんな風に考えてしまうのは、この忌々《いまいま》しい不眠症のせいか。

「問題ない。充分《じゅうぶん》魅力的だ」

言ってから自分の言葉に驚く。——魅力的だって？　あの完全に圏外《けんがい》だった純情玉ねぎが？　まったく、今夜の僕はどうかしてるな。だが、嘘は吐いていない。確かに彼女は魅力的に変身した。とても劇的に。その努力は認めてやるべきだ。

ディーターは小さく咳払《せきばら》いしてから、こう釘《くぎ》を刺した。

「ところで、ときどき敬語になるのをやめてくれないか。フィアンセ同士、敬語はなしだ」

「わ、わかった」

「君に関する情報はひととおり頭に入っている。他に質問はあるか？」

「ちょっと気になってたんだけど、私以外にも応募者がいたわけよね？」

「ああ。表向きは秘書の募集だったからな」

「なぜ、私が選ばれたのかしら？　自分で言うのもあれだけど、大した学歴もないし、自慢できるキャリアもなにもないと思うんだけど」

「君を強く推薦《すいせん》したのはアーロンなんだ。この件はアーロンに一任している。だから、僕と面接した時点でほぼ君に決まっていたんだよ。最終面接は僕との顔合わせ、いわばオマケみたいなものだ。よほどのことがない限り、君を落とすつもりはなかったよ」

「ふーん。じゃあ、あなたに採用されたというより、アーロンが私を採用したってことね」

「ま、そういうことだ。奴は僕よりも人を見る目があるからね。常に僕の会社とグループ全体のことを考えてくれている」

だが、アーロンはどういうつもりで彼女を採用したんだ？　ディーターはちらりと思う。ぶかぶかスーツに玉ねぎへアーがダイヤの原石と見抜いたからか？　だが、今回のミッションに美人でセクシーである必要はあるか？　どうも腑《ふ》に落ちないな。

「なんだか腑《ふ》に落ちない。アーロンがなぜ、私を選んだのか」

美紅は考えながら言った。

「君はなかなか鋭《するど》いな」

「あなたって恋人はいないの？」

「いるっちゃいるし、いないっちゃいないな」

「じゃあ、その人に頼めばよかったんじゃない？」

「婚約者の芝居《しばい》を？　勘弁《かんべん》してくれ。そんなこと頼んだら、勘違いして芝居《しばい》を真実にしようするだろう。僕は結婚する気はさらさらないからね」

　面倒な話題だ、とディーターは眉《まゆ》をひそめた。これだから女は厄介《やっかい》だ。口を開けると二言目には愛だの結婚だのと騒ぎ出す。

　ディーターはワイングラスに唇をつけた。ほのかにスパイスの効いたバランスよい果実味。薔薇《ばら》やスミレの得《え》も言われぬ芳香《ほうこう》が口いっぱいに広がる。ブルゴーニュの特級畑で栽培《さいばい》し醸造《じょうぞう》された赤ワインだ。これ以上の代物《しろもの》はニューヨーク中探してもないだろう。

「結婚しないって、一生？」

　ワイングラスを傾けるディーターをじっと見つめ、美紅が言った。美紅の皿はすでに空《から》になっている。給仕長《きゅうじちょう》がやってきて恭《うやうや》しく皿を下げた。

「そう。生涯《しょうがい》独身だ。家庭を持つ気は一切ない」

　ディーターは断言し、芸術的に盛られた牛肉のローストにナイフを入れた。マンハッタンで最も寝かせたエイジングビーフはとろけるほど柔らかく、刃先が抵抗なく埋まってゆく。

「今はそんなこと言ってても、愛する人が見つかれば気が変わるんじゃない」

「無理だろうな。愛する人なんて現れないから」

「……人を愛したことがないの？」

　君には関係ない、と突っぱねようとして思い直す。美紅もプライベートを捧《ささ》げてこの茶番に協力してくれている。自分自身のことをなにも話さないのはフェアじゃない。それに別に隠すことでもない。

「もちろん、愛したことはあるよ。僕が命を捧《ささ》げ、生涯《しょうがい》をともにするならこの人しかいないと思ってた人がいる」

「ごめんなさい。もしかしてその人、亡くなったの？」

「いや。生きてるよ。ピンピンしてる。親父《おやじ》の今の奥さんだよ。実の父に寝取られた」

美紅がはっと息を呑んだ。ディーターは冷静にそれを受け止めた。そりゃ誰でも引くだろうな。

「勘違いしないでくれ。僕は父も彼女も恨《うら》んでいない。今はなんとも思っていないし、家族としてうまくやっている。もちろん、当時は親父《おやじ》を憎《にく》んだよ。彼女も殺してやろうかと思った。でも、本当に仕方ないんだ。親父《おやじ》はそういう性格なんだよ。他人が持っているものを、どうしても欲しくなる。自分で止められないんだ。彼女も同じだ。金がどうしても欲しくなる。自分でコントロールできない。それが二人のありのままの姿なんだ。彼女の本性を見抜けなかった僕が悪い」

「そのせいで愛を信じられなくなったの？」

「いや、そんな悲愴《ひそう》なもんじゃない。どう言えばいいのかな……愛も信じてるけど、愛だけじゃないんだ。愛こそすべて、というのは極端《きょくたん》すぎる。愛がすべてという考えと、金がすべてという考えの二つがあるとする。僕はどちらも真実だと思う。僕が否定したいのは愛や金じゃなくて、その極端《きょくたん》さだ。百かゼロかの偏《かたよ》った発想、というのかな」

「わかる。要するに愛も金もどちらも大切ってことね」

「そのとおり。どちらも追いかけてしまうのが人間の性《さが》であり、飾らない姿なんじゃないかな。汚い部分も綺麗《きれい》な部分も、どちらもあって当然。二人はそういう大切なことに気づかせてくれた。金目当ての女も愛だけだという女も、偏《かたよ》っているという点では同じなんだよ。どちらかを隠そうとする人間は、僕にはわかる」

ディーターはふと口を噤《つぐ》んだ。今夜は呑みすぎたかもしれない。いつの間にか店内の照明が少し落ち、静かなピアノの演奏がはじまっている。今までこんなことを誰にも話したことはなかった。ましてや知り合って間もない女になんて。美紅は不思議だ。こちらのペースを乱し、リラックスさせ、たちまち無防備にしてしまう。それは他ならぬ、彼女自身が無防備だからだろう。

「そっかあ。あなたの言うこと、わかる気がするなぁ」

美紅は両手を組んで肘《ひじ》をテーブルに載《の》せた。揃《そろ》えられたネイルはドレスと同じ深い青に塗られ、ラインストーンが光っている。文字通り爪《つめ》の先までドレスアップしてきたらしい。

青がよく似合う、とディーターは思った。

「なら、君はなにを一番信じてる？　夢とか愛とかそういうもの？」

「夢だけじゃ、お腹はいっぱいにならない。愛とエゴを見極めるのは難しいわ」

「リアリストだな。悪くないね。ならば、金か？」

「お金は必要ね。けど、お金だけでも幸せになれない。私の中の一番はお金じゃない」

「ならば、なんだ？」

「たぶん、笑われるかも」

「他人の真剣な話を嘲笑《ちょうしょう》するほど落ちぶれてはいないが」

「……私が信じているのは、予感、かなぁ」

「予感？」

「うん。言葉にするのは難しいんだけど、そこになにかがあるかもしれない、っていう予感」

美紅の瞳は光を反射してきらめく。ディーターは不思議と彼女の声に聞き入っていた。

「マンハッタンの夜景を見たときにね、このたくさんの輝《かがや》きの中にとてつもなくすごいものがあって、それを私が探し出すのをずっと待ってるんだっていう予感がしたの。ワイキキの青い風を感じたり、素敵な音楽を聞いたりしたときの、なにかが起こりそうなワクワクする気持ちも、私が言う予感に含まれるわ。お金とか夢とか愛より、そういう予感を信じてるの」

「直感、ですかね」

ハンドルを握るアーロンはいたって真面目で、からかっている様子は微塵《みじん》もない。

直感でどういうことよ、と助手席に座った美紅は呆《あき》れた。そんな理由で自分がフィアンセに選ばれたなんて。

「お宅の会社はいつも直感で人を採用するわけ？」

美紅は、不満に思いながら言った。

◆◆◆

いよいよ明日は出国日。フィアンセとしてエーゲ海の島に二週間滞在し、そこでディーターの一族に正式に紹介される。今日もその打ち合わせと準備に追われた。と言っても、美紅はアーロンの言いなりになって必要書類にサインし、右へ左へ移動しているだけだったが。

今は手続きがすべて終わり、アーロンが車で美紅のフラットまで送っていく途中である。その車中で美紅は「なぜ自分をディーターのフィアンセ役に選んだのか」と、アーロンに尋ねたのだ。

もう夜だというのに相変わらずパーク・アベニューは渋滞《じゅうたい》し、テールランプがずらりと並んでいる。

「採用担当者は別にいます。今回は特別に私が担当しましたが。私に限って言えば概《おおむ》ね直感に従いますね。一〇〇パーセントではないですが」

アーロンはハンドルを操《あやつ》りながら答え、さらにつけ加えた。

「もちろん、必要な情報をすべて頭に入れておくのが前提です」

「じゃー、私もあなたの直感に引っ掛かったわけだ」

「そういうことです」

ようやく渋滞《じゅうたい》を抜け、車はスピードを上げはじめた。この分なら、美紅のフラットまであと十分ほどで着くだろう。

「じゃあ理由なんて聞いてもしょうがないのね。直感にあれこれ理屈を求めたって無駄でしょうから」

「あなた以外に適任者はいません」

アーロンは自信たっぷりに断言した。

「随分《ずいぶん》自信があるのね」

「自信がなければ、そもそも採用担当になりません」

そんな話をしているうちに車は静かに美紅のフラットの前に停車した。美紅は車の知識がないから、この車がとてもいい車だってことしかわからない。夜も更《ふ》け、辺りは人《ひと》気《け》がない。足を引きずった野良犬《のらいぬ》がゴミ箱をあさっている。遠くでパトカーの音が微《かす》かに聞こえた。

「あなたはなぜディーターの秘書をやってるの？　どうしてこの会社に入ろうと思ったの？」

美紅はふと興味を覚え、聞いてみた。

「ボスとは古いつき合いです。私の両親がボスの実家に住み込みで働いていました。それで歳が近いため兄弟のように育てられました。もちろん、使用人としての分《ぶ》はわきまえるよう教育されましたが」

「そんなに長いつき合いなんだ」

――てっきり、私と同じように採用面接を受けて入社したんだと思っていた。ディーターとアーロンは上司と部下以上に強い絆《きずな》があるのね。

「ええ。ボスは昔から、なににおいても優秀でした。私はボスとなんでも張り合ってましたよ。学業もスポーツも恋人さえも」

「へええ。じゃあ今も恋人を取り合ったりするの？　女優のメリンダとか？」

美紅はゴシップ誌の表紙を思い浮かべた。あのグラマラスな美人女優をアーロンと取り合っているのかしら？

「あはは。ゴシップ誌はデタラメだらけです。メリンダは一時的に関係を持っただけで、ボスは本気じゃないですよ。取り合いにもならない。どちらも本気にならないと、取り合いできませんからね」

「なぜ、ディーターと張り合うの？」

「私はボスが欲しがるものを欲しくなるんです。無性《むしょう》に」

「それってディーターのお父さんみたいね。実の息子の恋人を寝取った」

アーロンは驚いたように目を見開いた。

「誰からそんな話を聞いたんですか？」

「ディーターご本人から聞いたのよ」

「ボスがそんな話をあなたにしたんですか」

「そうよ。この間のディナーでプライベートな話をたくさんしたの。仮にもフィアンセを演じなきゃいけないんだもん。必要だから話したんじゃない？」

「あなたを信用して話したんでしょう」

「もしくは信用するフリをしているのかもしれないけど」

「そんなことはありません」

「息子の恋人を寝取るなんて……私だったら実の親とはいえ許せないな。死ぬまで顔を合わせたくない」

「ボスのお父上には……キタヤマ・グループの現総帥《そうすい》に当たる方ですが……深い考えが

アーロンは子供をあやすように微笑《ほほえ》み、言葉を続ける。

「私は総帥《そうすい》には並々ならぬ恩《おん》があります。総帥《そうすい》のおかげで体の弱い母は生きながらえましたし、冤罪《えんざい》で刑務所に入れられた父も助け出されました。私に教育を施《ほどこ》し、衣食住を与えてくれたのも総帥《そうすい》です」

「ずいぶん人格者みたいな言い方ね」

「実際、人格者ですから。私はこれまで与えられてきたものを返すつもりです。総帥《そうすい》とグループのためにね。総帥《そうすい》の子であるボスに対しても同じ気持ちです。親子関係は悪くとも、私自身はどちらも同じだけ大切です。ボスは信頼できる人ですよ。想像を絶する苦労をして、のし上がった人です。総帥《そうすい》がとても厳しい方だったから」

「想像を絶する苦労、ね。なにもかも恵まれている人にはふさわしくない言葉ね」

美紅は鼻で笑った。——イケメンで御曹司でCEOが苦労ですって？　底辺を這《は》いずり回って生きている私からしたら、ちゃんちゃらおかしいわ。

「裕福でしたが、厳しかったですよ。生まれて間もなく母親が亡くなり、総帥《そうすい》もほとんど家に寄りつかなかったので、ボスはたった一人で幼少期を過ごされました。しかも十三歳になったら身一つでグループのアジア工場へ下働きに出されたんです。大の大人でも音《ね》を上げる過酷《かこく》な労働環境です」

「キタヤマの令息《れいそく》がアジアの自動車工場？　ほんとに？」

「ええ。工場の狭《せま》い寮《りょう》に労働者たちと寝泊まりして、朝から晩までラインに立つんです。身分は明かされずにね。将来、グループを背負って立つ者は現場をよく知っておくべきというのが総帥《そうすい》のお考えです。子供は邪魔者扱いされてこき使われたでしょうし、当然、合間を縫《ぬ》って勉強もしなければならない。十六歳になって家に戻られたときには、すっかり人相《にんそう》が変わっていましたよ」

信じられない言葉に、美紅はしばし絶句した。十三歳ですって⁉

「可哀想《かわいそう》に。十三歳と言えばまだまだ子供じゃない」

美紅は胸が痛くなった。あんなに自信に満ちた姿の裏側に、そんな壮絶《そうぜつ》な過去があるなんて。勝手に甘ちゃんのお坊ちゃま扱いしちゃった。なのに、ディーターはなにも言わなかった。傲慢《ごうまん》だったのは自分のほうだ。

「その後、奨学金をもらって大学に進学し、情報科学の優等学位とコンピューター解析の博士号を取得されました。在学中ご自身で会社を立ち上げて、血のにじむ努力をされて今のボスがあるわけです」

「苦労なんか知らないお坊ちゃまだと思ってた」

「私はボスを尊敬していますよ。ちょっとワガママで傲慢《ごうまん》なところもありますが」

「ちょっとどころじゃないでしょ。自信家で自意識過剰《かじょう》で上から目線だわ」

「それはボスがまとっている鎧《よろい》です。人間は誰しも弱い内面を守るために鎧《よろい》をまとうでしょう？　ボスは繊細《せんさい》で感受性が鋭《するど》い。独占欲も強いが、それは寂しさの裏返しです。とても孤独な人なんですよ」

「繊細《せんさい》ねぇ……。けど、孤独というのはわかる気がするな」

――ディーターは私のことを「毛を逆立てた子猫」なんて言ったけど、警戒《けいかい》しているのは彼なのかも。ディーターのような人種は簡単に人を信じない。常に相手の腹を探り、真意を読み取ろうとし、利用されないように目を光らせている。そんなのって疲れるわ。

「……ボスのことを愛しはじめているんですね？」

「えっ？」

美紅はギクリとした。とっさに手と首をぶんぶん振る。

「まさかっ！　ないないない。私はお金のために今回の話を引き受けたのよ！　それに、まだ二回しか会ってないのに」

「顔に『気になる』って書いてありますよ？」

「なんなの？　あなた、占い師でもやってるの？」

「いいえ。他人の感情の動きに敏感《びんかん》なだけです。言葉よりもその口振りが真実を語るんですよ」

「だからなに？　目の前にイケメンでセクシーな男がいたら、誰だってときめくでしょ？　ちょっとぐらい」

「特別な感情を抱いてはいけないという条項は、契約書にありませんよ」

「契約書になくても釘《くぎ》を刺されたの。僕のことを好きになるなって」

「ふーん。ボスがそんなことを」

アーロンは考え込むようにハンドルを長い指でトントン、と叩く。

「楽しいバカンスになりそうですね」

「私はあなたみたいに楽しみじゃないし、なんだか怖いの。逃げ出したい。なにかが起こりそうで……」

美紅は不安が膨《ふく》らみ、無意識に爪《つめ》を噛《か》む。

「……あ。ごめんなさい。弱気なこと言って。ちゃんと仕事はするつもりだし、契約は守るから」

「いいんですよ。思ったことはなんでも話してください。私が必ずサポートしますから」

つ、とアーロンの親指が美紅の頬《ほお》を撫《な》で、唇の上で止まった。近くで見るとアーロンの肌は女性のようにきめ細やかで綺麗《きれい》だ。薄闇《うすやみ》の中、至近距離で彼と見つめ合う。アーロンの唇がゆっくり近づいてくる。

「悪いけど」

美紅は右手をすっと伸ばし、四本指で彼の唇を押さえる。そしてひどく冷えた気持ちで、きっぱり告《つ》げた。

「あなたとは、そういう気持ちになれないの。全然」

アーロンは小さく笑うと、大人しく体を離した。

「まったく、つれないなぁ。ヒロインは本命以外には目をくれちゃいけない、なんてルールでもあるんですか？」

「私は誰とでもホイホイキスするような女じゃないの！　それに、ヒロインじゃないし、本命って誰のことよ？」

アーロンは肩をすくめ、おもむろに車から降り、ぐるりと助手席側に回った。助手席のドアを開け、紳士《しんし》的に手を差し出す。

「どうぞ、お嬢様。仰《おお》せの通り、紳士《しんし》的にお送り致しましたよ」

「……送ってくれてありがとう」

美紅は素直に手を取って車から降りた。そしてアーロンを見上げ、念を押した。

「あなた、勘違いしてるみたいだけど、ディーターのことは本当になんでもないのよ。あんな超セレブCEOが私なんて相手にするわけないんだから」

「わかってますよ」

そう言ってアーロンはスマートに微笑《ほほえ》む。本当にわかってんのかしら？　と美紅は怪《あや》しむ。

「おやすみなさい、美紅。明日は遅れないようにモーニングコールします。きっと、なにもかもうまくいきますよ。よい夢を」

「おやすみなさい。あなたも、よい夢を」

美紅は上《のぼ》り慣れた古い階段を三階まで上がり、自宅に入り鍵《かぎ》を締め、慎重《しんちょう》にチェーンを掛けた。室内はむっとして外より蒸《む》し暑い。しばらく電気もつけずに、ぼんやり立ちすくむ。

明日からいよいよ本番だ。今夜眠ったら明日の朝にはもうエーゲ海に向けて旅立つことになる。そう思ってもなんだか、現実感がない。

……うまくやれるかしら？

美紅は小さく首を横に振った。ううん、考えたって、仕方ない。もう賽《さい》は投げられたのだ。成功しようが、失敗しようが、やってみるしかない。もう後戻りはできない。進むしかないのだ。

よし、と美紅は気合いを入れた。

下手くそでもなんでも、とにかくベストを尽くすのよ！

◆◆◆

かくして、プライベートジェットはジョン・F・ケネディ国際空港から離陸した。

フライトは十数時間。夏季のニューヨークとアテネの時差は七時間だ。プライベートジェットの機内はモノトーンで統一された上品な内装。コックピットから後方まで広々と見渡せる。キッチンやベッドルーム、シャワールームや洒落《しゃれ》たバーまであり、快適なフライトが楽しめそうだ。

リムジンといいジェット機といい、お金持ちって高級ホテルのスイートをポケットに入れて持ち歩けるのね、と美紅は感心した。

ざっくりしたベージュのニットワンピースに身を包んだ美紅は、興味津々《きょうみしんしん》で歩き回っていた。機内は適度な温度と湿度に保たれ、一般旅客機より清涼《せいりょう》な空気に満ちている。

大きな冷蔵庫を開けると、豊富な種類のチーズやキャビア、見るからに美味《おい》しそうなロティサリーチキンや魚料理などが二人分用意されていた。バーカウンターには色とりどりのボトルがずらりと並び、ワインセラーには世界各国のワイン、シャンパンがぎっしり詰まっている。機内で豪華《ごうか》なパーティーができそうだ。

めちゃくちゃ美味《おい》しそう～！　ご馳走《ちそう》に目がない美紅は目を輝《かがや》かせた。

　ディーターはリビングエリアにあるソファに腰掛けている。真っ白なシャツに鮮やかなマリンブルーのジャケットを羽織《はお》り、カジュアルな白のチノパンというスタイルだ。長い足を組んで悠然《ゆうぜん》と業界紙を広げる様《さま》は、まさに一流ビジネスマンの休日といった風情《ふぜい》である。

　こんなときまでお仕事なんて……美紅はディーターを横目で見て呆《あき》れる。あれじゃ、すごい設備も豪華《ごうか》な料理も宝の持ち腐《も》れ《ぐさ》だわ。

　美紅は高いヒールで慎重《しんちょう》に歩きながらダイニングを通り抜けてバスルームを覗《のぞ》き、歓《かん》声《せい》を上げた。

　綺麗《きれい》！　広い！　ほとんどホテルのバスルームと同じじゃない!!

　壁はピカピカに輝《かがや》き、カラフルなディスペンサーはどれもお洒落《しゃれ》だ。バスタオルもバスローブもあり、有名ブランドのアメニティが揃《そろ》っている。これだけあれば手ぶらでも大丈夫だったな。スーツケースにシャンプーやリンスの試供品をぎゅうぎゅう詰めてきた美紅は「無駄だったわ」と歯噛《はが》みした。どう見てもこっちを使ったほうがよさそうだし。

　さらに奥にあるのはベッドルームらしい。立派な木の扉を開け、目に入った光景に美紅はぎょっとした。

　ダブルベッド!?

いや、正確にはダブルじゃない。キングサイズだ。いずれにせよ、どう見ても二人で一緒に寝る用である。美紅は動揺を抑えつつ、部屋の端《はし》まで歩いてもう一つのベッドを探した。

……ない！　ベッドが一つしかないじゃないっ！　どういうこと!?

いやいやいや、落ち着け。一つしかないからって一緒に寝るとは限らないから！　そうよね？　フライトは十数時間だもの、それぐらい起きてられるし。ベッドなんて絶対使わないから大丈夫。

けど、ベッドが一つしかないってことは、あれよね？　ディーターがガールフレンドと旅行するときはやっぱり……当然ながら……美紅は一人想像して頬《ほお》を染めた。

「美紅、おいで」

突然声を掛けられ、美紅は飛び上がった。振り返ると、ディーターがドアの枠に寄り掛かって立っている。

「せっかくだから、あっちで一杯やらないか？」

ディーターは腕を組んだまま、顎《あご》でリビングエリアを指した。

「そ、そうね。頂くわ」

美紅は動揺を隠そうと顔を伏《ふ》せながら彼の前を横切ろうとした。

そのとき。

「待てよ」

低い声と同時に、長い腕が伸びてきて美紅の行く手を塞《ふさ》いだ。

美紅は首だけ横に向け、ディーターを見上げる。彼は美紅を見下ろしながら、傲慢《ごうまん》に唇の端《はし》を上げた。

「なに、見てた？」

「えっ？　えっ？　なにって、なにも……。お部屋を見てたんだけど？」

「……嘘が下手だな」

気づくとディーターの両腕に囲われ、逃げ場がなくなっていた。

整った唇が近づいてきて、耳元で低くささやく。

「着くまでこの部屋で過ごさないか？　二人で」

微《かす》かな息が耳たぶをくすぐり、首のうしろがゾクリとした。

そのとき、ぐにゃりと右足の踵《かかと》がヒールから滑《すべ》り落ち、美紅は真横によろめいた。

「きゃっ！」

そのままディーターのがっしりした左腕に倒れ掛かり、彼に抱きとめられた。

たくましい腕が腰に回り、彼の尖《とが》った喉仏と首筋がアップになる。微《かす》かに上品なムスクの香りがした。

ドクン、と鼓動が胸を打つ。

血液がすごい勢いで全身を巡り、頬《ほお》が紅潮《こうちょう》してくるのがわかった。

……まずいわ。

不覚にも美紅はときめいてしまった。なんて頼もしいんだろうと。

しかし、実際は下手クソなタンゴでも踊っている体勢だった。

「……まったく。君はいつだってムードもヘッタクレもないな」

ディーターが忌々《いまいま》しそうに舌打ちした。それでもしっかり支えてくれている。

「わ、ご、ごめんなさい。ありがとう」

美紅はへっぴり腰でディーターの腕にすがりつつ、なんとか体勢を立て直す。このどたばたのおかげで美紅のドキドキにディーターは気づいていないようだ。

「あ、あなたが急に変なこと言うのが悪いんだからね！」

美紅は腕を組んで偉そうに言った。それを聞いたディーターはプッと噴き出す。

「やれやれ。君を口説く男は大変だな。同情するよ」

「大きなお世話よ！　私を口説いてくれる人は、きっとちっちゃいことなんて気にしないんだから」

「そんな奇特な男がいるなら、この目で見てみたいね」

二人は言い合いながらバスルームを通り過ぎ、リビングエリアへ戻る。美紅はおぼつかない足取りでついてゆき、ソファに座ったディーターの隣にドスンと落下した。

「そのヨチヨチ歩きは、どうにかならないのか」

「努力はしてるの。そんなにすぐヒールに慣れないのよ」

ムキになる美紅を見て、ディーターはおかしそうに笑う。彼が笑うと目の横に小さな皺《しわ》ができ、眉尻《まゆじり》が下がって随分《ずいぶん》印象が穏やかになる。笑顔もとろけるほどハンサムだった。

「まあ、そのなんだか懸命《けんめい》な姿が可愛《かわい》らしいよ。よくよく考えたら、そのままがいいかもしれない。高いヒールで颯爽《さっそう》と歩かれても興《きょう》ざめだな」

「馬鹿《ばか》にして」

「馬鹿《ばか》にしてるさ」

今日はディーターとの距離がすごく近い、と美紅は気づく。彼はいつも被《かぶ》っている冷酷な仮面を捨て、素《す》のままでいるような気がする。素《す》の彼は意外と少年っぽくて、それがたまらなく素敵で……なんかドキドキする。

って、ちょっと待てよ⁉ 美紅はそこで感情のシャッターを下ろす。いやいやいや。これは恋じゃないからね？ ただの純粋な好意だから！ イケメンに対して抱く、一般的な感情だから！

「ねぇねぇ、プライベートジェットってすごいのね！ 立派なバスルームまであって、ホテルみたい。とってもステキ！」

美紅は自分の気持ちを誤魔化《ごまか》すように大きな声でまくし立てた。

「ふーん。これにそこまで感動する女性は初めてだよ。乗れて当然、という顔をされるより百倍いいね」

ディーターは満足そうに目を細め、シャンパンの入ったグラスを美紅に渡した。シャンパングラスは驚くほど薄く、黄金色の液体がゆらめいている。

「なにに乾杯する？」

「もちろん、計画の成功を祈って」

「成功を祈って」

カチン、とグラスの触れ合う涼やかな音。シャンパンはキリッと冷えていた。口に含んだ瞬間、イチゴやアロマの香りが魔法のように広がる。香りの強さに驚いている間に、泡が弾《はじ》けながら舌を滑《すべ》り、鮮やかな余韻《よいん》を残した。

「ナニコレ。こんなの呑んだことない！　むちゃくちゃ美味《おい》しい‼」

「お目が高いね。これはフランス北部のシャンパーニュ地方で作られた、世界に二千本しかないレアなやつなんだ。尋常《じんじょう》じゃないコストと手間が掛かってる」

ディーターは得意気に言って優雅《ゆうが》にグラスを傾けた。

「な、なるほどね。あなたと出会わなければ、死ぬまで呑むことはなかったでしょうね……」

美紅はちらりとボトルに目を遣《や》った。スリムなフォルムの黒いボトルに、シルバーのラベルが貼られている。きっとこれ一本で一万ドル以上？　もっと？　下手したら私の年収ぐらい軽くいきそうね。そんなものをコーラみたいに呑んでる人と私が婚約者だなんて、皆信じるの？

「ねぇ、ちょっといくつか最終確認しておきたいんだけど」

美紅はバッグからメモ帳を取り出しながら言った。

「もちろん、いいよ」

「どういうところに惹《ひ》かれ合ったことにする？　これはフィアンセを紹介する場では絶対聞かれると思うけど」

「そうだな……」

二人は答えを探すようにじっと見つめ合った。

「ディーターの瞳って、よく見るとグリーンなんだね」

美紅は顔を寄せて覗《のぞ》き込んだ。複雑な虹彩《こうさい》がきらめき、オパールみたいだ。

「綺麗《きれい》！　光の加減で色が変わる」

すると、引き寄せられるようにディーターの体が動いた。整った唇が近づいてきて、自然に彼は首を傾けた。

気づくと、ぴったり唇が重ねられていた。

美紅はびくっと驚いて、ソファの端《はし》まで身を離した。

「ちょっと、なにすんのよっ！」

「なにって」

ディーターは心外だというように眉《まゆ》を上げた。

「なにを慌てているんだ。フィアンセなんだから、これぐらい当然だろう？」

「えっ？　ちょっ！　まっ……ええ、うっ」

美紅はぐっと言葉に詰まる。が、即座に体勢を立て直し反論した。

「そ、それはそうかもしれないけど、心の準備ってもんがあるでしょ！　こっちは初心者なんだから」

言いながら、予想外に唇は柔らかかったわ……と、どうでもいい感想が頭をよぎる。気合いと根性ではやる鼓動を抑えた。

「ちょっと試しただけだ。君がちゃんと契約を履行《りこう》してくれるかどうかをね。それともまさか今のがファーストキスだったとか？」

「そんなわけないでしょ！　馬鹿《ばか》にしないで。いきなり過ぎて、ちょっとびっくりしただけよ」

「構わないよ。皆の前でそのリアクションを取らなければね」

ディーターは小馬鹿《こばか》にするように笑い、偉そうにソファにもたれる。それから肘掛《ひじか》けに肘《ひじ》をつき、クールに右手で額《ひたい》を押さえ、こう言った。

「さっきの質問は、そうだな。君のその鼻っ柱《はなっぱしら》の強さに惹《ひ》かれたことにしようか。それに、信じられないほどウブでお子ちゃまなところにも」

「じゃあ、私はあなたの傲慢《ごうまん》なところに惹《ひ》かれたことにするわ。超上から目線で自分のことを好きになるな、とか釘《くぎ》を刺しちゃう痛いところ」

美紅は挑戦的な目で睨《にら》みつけた。ディーターはそれを横目で観察し、ポツリとつぶやいた。

「君は男のことが全然わかってないんだな」

「正直、わからないよ。大して好きでもない人と簡単にキスしてセックスできるなんて」

「嫌いな相手とはキスもセックスもしないよ。当然、好意は持っているさ」

「それがわかんないって言ってんの。好意さえあれば愛していない相手でもいいの？」

「愛だって？　……驚いた。ずいぶん古典的な考え方だな。セックスなんて、欲望があればできる」

「それじゃ、ただの性処理じゃない」

「セックスは性処理そのものだと思うが？」

「寂しい人ね。セックスは性処理だけじゃない。心も繋がる行為よ。友達とセックスはしないわ。好意があるだけじゃイヤ。誰とでもってわけにはいかない」

「まだ若いからだよ。歳を取れば考え方が変わるさ」

「変わらないよ。変わりたくないもん。古典的だと笑われようと私は信じてるの。きっといつか運命の人に巡り会うって」

それを聞いてディーターは声を上げて笑った。

「おいおい。恋愛小説の読みすぎだぞ。映画みたいなラブロマンスが実在すると?」

「うん。でも残念ながらあなたには運命の人は現れない」

美紅は真剣に言葉を続けた。

「信じていないものを、探せないわ」

その言葉が響いたのか、ディーターは少し呆気《あっけ》に取られた顔をした。しかし、すぐ口角を上げ、冷やかすように言う。

「……だろうね。ないと思ってるものは、探せない。ただ、僕は君とこんな場所で論争をするつもりはないよ」

「あ、ごめん。批判してるわけじゃないの。あなたが信じてないものを、無理矢理信じさせるなんてできないもの」

「僕も君が信じているものに、いちいちケチつけるつもりはないよ」

「でも、今、笑ったでしょ?　馬鹿《ばか》にしたでしょう?」

「気を悪くさせたら謝るよ。馬鹿《ばか》にしたわけじゃなくて」

「そういうのを馬鹿《ばか》にしてるっていうのよ！」

「そうじゃない。ただ……どう言えばいいのかな……」

ディーターは物思いに耽《ふけ》るように数秒黙り込む。それから真正面の小さな機窓に目を遣《や》り、こう言葉を続けた。

「ただ、羨《うらや》ましいと思っただけだ」

気流の乱れで機体がほんの少し揺れた。それに構わず美紅は目を凝《こ》らし、聞き返す。

「羨《うらや》ましい？」

「ああ。そんな風に信じるものがあって」

そう小さく言ったディーターは、正直に本心を言っているように見えた。このときの彼はここではない、どこか遠い追憶《ついおく》の彼方《かなた》へ思いを馳《は》せているようだった。彼にまだ信じるものがあった頃に。なにかを強く信じていた遠い過去に。

もしかしたら彼は自《みずか》らを偽《いつわ》って生きてるのかもしれない、と美紅は直感する。傲慢《ごうまん》で皮肉屋で嘲笑癖《ちょうしょうへき》のある彼は、本当の彼じゃないのかも。――やっぱり私はディーターのことをほとんど知らないんだわ。

彼の精巧《せいこう》な横顔がやけに寂しげで、美紅の胸はわずかな痛みを覚えた。

◆　◆　◆

「ちょっと、どういうことなのっ！　騙《だま》されたーっ！」

目的地に到着した直後、美紅の絶叫が寝室内にこだまする。

目の前には薔薇《ばら》の花びらが散ったキングサイズのベッド。花びらはハートを形作り、ハートの中にさらに花びらでＬＯＶＥと書いてある。どこからどう見てもハネムーン用のベッドだ。

「契約違反よっ！　セックスはなしって言ったのにっ！　この変態！　プレイボーイ！　スケベ男！」

「待て待て待て。まあ落ち着け。落ち着けって！　寝室はちゃんと二つある。リビングに戻って北側のドアを開けてみろ」

美紅は弾丸《だんがん》のように走っていって広いリビングを通り抜け、青い扉を開けた。見ると、確かに一回り小さめのクイーンサイズのベッドがある。

「納得していただけたかい？　マイハニー」

青い扉に寄り掛かり、片眉を吊り上げ皮肉たっぷりにディーターが言う。

「仮に同じベッドで寝ても、僕が君みたいなガキを襲《おそ》う可能性は皆無《かいむ》だから安心しろ」

「それもそうね、スイートダーリン。あなたって繁殖期《はんしょくき》の種牡馬《しゅぼば》レベルの男性だから、ついつい疑ってかかってしまったの。ごめんなさいね」

「こらこらこら。生々しいたとえを口にするな」

ディーターは疲れたようにため息を吐いた。

アテネで給油してさらに一時間半のフライトでキプロス島へ。そこからさらに専用ボートで約一時間。半日以上かけて二人はディーターが所有するプライベートアイランドに到着した。

島は想像以上に広く、ゴージャスなヴィラや巨大ホールが立ち並び、さらには教会まであった。建物はすべて現地で調達できる土や日干し煉瓦《れんが》を使い、石灰《せっかい》を混ぜた漆喰《しっくい》で真っ白に覆《おお》われている。円形の屋根は鮮やかなターコイズブルーに塗られ、白とブルーのコントラストが目に眩《まぶ》しい。まさにサントリーニ島に代表されるような、エーゲ海の絶景リゾートである。

二人のヴィラは島の一番奥にあった。ヴィラに入ってまず驚くのは真っ白な広いロビーだ。ガラスを効果的に使い、向こうに広がるエーゲ海のブルーをインテリアに取り入れている。大きなガラスに、小さなガラス、海を映したその神秘的なモザイクに美紅のテンションは一気に上がった。リビングは二十畳以上あり、ダイニング、キッチン、バスルームはもちろんのことプールや書斎《しょさい》まである。そしてベッドルームに足を踏み入れた瞬間、またしてもキングサイズのベッドが目に入り、美紅は猛烈《もうれつ》に抗議したのだった。

「僕があっちのクイーンサイズのベッドを使う。君はこっちのハネムーン仕様のベッドを使うといい。バスルームは共同で申し訳ないが、鍵《かぎ》もかかるし脱衣所も広いから問題ないと思う。キッチンの冷蔵庫のものは好きに料理していい。君が料理しなくても、スタッフが常駐《じょうちゅう》しているからなんでも作ってくれる」

ディーターはリビングに戻りながらクールに言った。美紅は後に続きながら、大騒ぎした自分を少し恥《は》ずかしく思う。

「じゃ、先にバスルーム使っていい？　長時間のフライトでくたくたなの」

美紅はディーターの顔を見上げて言った。

「ごゆっくりどうぞ。君はよくやってくれている。今のところは」

ディーターは、ぽんぽんと美紅の頭に触れた。触れられたうれしさと子供扱いされた悔《くや》しさで美紅の胸はぎゅっと絞《しぼ》られる。――なによ。馬鹿《ばか》にして。ディーターは最初から私をガキで貧乏でがさつな田舎者だって見下してるんだから。

バスルームも期待を裏切らない素晴らしさだった。

まず、とんでもなく広い。天井も遥《はる》かに高く、バスケットボールがプレイできるほどだ。赤に近いベージュの総大理石造りで、お湯を湛《たた》えた大きな円形のバスタブにも薔薇《ばら》の花びらが散らされている。周りには大小さまざまなキャンドルに火が灯《とも》され、小さな台にはクーラーに入ったシャンパンとグラスが用意されていた。

美紅は思わず笑顔になった。どこでも必ずシャンパン常備なのね！　アロマオイルのスパイシーな芳香《ほうこう》がリゾート気分を掻《か》き立てる。これまでまったく手の届かなかった、セレブ誌のリゾート特集記事そのままだわ！

南側は床から天井まで、すべてガラス窓だ。今は夜なので真っ暗でなにも見えないが、昼間だったらきっと全面オーシャンビューになるんだろう。

広すぎて落ち着かないな、と思いながら美紅はバスタブに浸かって手足を温めた。全身を蝕《むしば》んでいた疲労が、じわじわとお湯に溶け出していく。

ほっとした気分になり、思わず深いため息を吐く。

ついこの間まで家賃滞納《たいのう》で路頭に迷う寸前だったのに、今はこんなにセレブでゴージャスなバスルームにいるなんて。なにもかも夢みたいでいまだに現実感がない。

目を閉じると浮かぶのは彼の顔ばかり。見下して嘲笑《ちょうしょう》するかと思えば、ドキドキさせたり、急にキスしてきたり。ディーターの形のよい唇を思い出して美紅は頬《ほお》が熱くなった。

――ディーターってあの人のこと、どう思ってるのかな？

ここに到着してすぐに、ディーターの元恋人で義理の母であるキャメロンが姿を見せた。ブロンドのすごく綺麗《きれい》な人だった。もっと意地悪そうかと思ったのに残念、スタイリッシュな大人の女性という感じ。年齢は美紅とそんなに変わらないのに、まるで月とすっぽんだ。

ディーターと彼女のハグは、なんだか長かった気がする。頬《ほお》へのキスも気持ちがこもってて……あー嫌だ嫌だ。なんだか胸がモヤモヤする。

モヤモヤする？　なぜ？

……ヤバイ。

美紅はぱっと目を開ける。

これは身に覚えのあるヤバイ兆候《ちょうこう》。なぜお風呂に入るだけなのに、化粧道具を持ってきたの？　メイクを落とすだけでいいじゃない。なぜ綺麗《きれい》に見せようとしてるの？

――絶対、僕を好きになるな。

釘《くぎ》を刺されたじゃない。私にもプライドがあるでしょ？　今のうちに撤退《てったい》して安全圏に逃げ込まないと。リビングに戻るとしても化粧だけはしないわよ。絶対に。

美紅は石鹸《せっけん》で体を洗い、髪を洗い、もう一度ゆっくりバスタブでくつろいでから脱衣所に出た。

すっぴんにバスローブでリビングに入ろうとすると、ディーターが携帯電話で話している声が聞こえた。美紅は足を止め、ドアの陰からそっと様子をうかがう。

「ふざけるな！　今すぐその腑抜《ふぬ》けた頭をどうにかしろ！　金が欲しけりゃ死ぬ気でやれ」

ディーターは鋭《するど》い刃物のような目をしていて、美紅はひやりとした。声が冷静なだけに恐ろしい。

「……訴訟《そしょう》？　受けて立とうじゃないか。地獄の底まで追い詰めてやる。僕を敵に回したことを一生後悔するんだな」

彼の押し殺した声は低く、銃口《じゅうこう》を胸に突きつけられるような凄《すご》みがあった。

冷酷な野心家、人を人とも思わない冷血漢《れいけつかん》……美紅の脳裏にゴシップ誌の文字が蘇《よみがえ》る。

噂どおり、部下や仕事に対しては厳しいのね。自分の前ではあまりに子供っぽく振る舞うから忘れていた。

けど、それさえもちょっと格好《かっこう》いいと思っちゃうなんて、真剣にヤバイかも。

「これ以上話すことはない。あの納期でGOサインを出したのは君だ。無理なら首をくくってもらう」

ディーターは殺害予告みたいに言って電話を切り、パソコンに目を向ける。美紅は気づかない振りをし、タイミングを見計らってリビングルームに入った。

「やあ、ハニー。僕のヴィラのバスルームの使い方はわかった？　田舎者には難しかったかな？」

ディーターは美紅の存在に気づくとパッと表情を変え、軽口を叩く。ふーん、私に接するときは急に悪ガキになるわけね、と美紅は思う。

なぜか悪い気はしなかった。

「アホみたいに広すぎて快適だったわ、ダーリン。億万長者はエーゲ海の楽園に来てまで仕事するの？　ちっともハッピーじゃないわね」

美紅はバスタオルで髪を拭《ふ》きながら応戦した。

「ああ。地位のない貧乏人と違って責任重大なんだ。ま、実はこの休暇に向けて仕事はほとんど終わらせたけどね。他にすることがないからかな」

「他にすることがないから仕事するって？　完全なワーカホリックね」

「なんとでもどうぞ。君は僕をののしるときだけ生き生きするんだな」

ディーターは少し弱った顔で笑った。いつもの威圧感《いあつかん》は鳴《な》りを潜《ひそ》め、鎧《よろい》の下の弱い本性が覗《のぞ》いている。濃い茶色の前髪が目にかかっていつもより魅力が増して見える。

なによ。子犬みたいな顔しちゃって。そんな顔に惑《まど》わされませんからね！　美紅は努めて冷ややかに受け止めた。

「明日は父に君を紹介する」

ディーターは高速でキーボートを叩きながら言う。

「皆、僕のフィアンセのお披露目《ひろめ》のために休暇を取ってきているからね」

「たかがフィアンセの紹介に大げさね。ま、ベストを尽くすわ」

「君の演技力に期待してるよ。明日に備えて今日は早めに休め」

「言われなくても寝るわ。あなたも仕事はほどほどにね」

「ああ。ありがとう。おやすみ」

「おやすみなさい」

やだ。ありがとう、だって！　こんな風に御礼言われたの、初めてじゃない？

美紅はニヤけそうになるのを抑え、寝室に入って鍵《かぎ》を掛けた。ふと見ると、ベッドの上の薔薇《ばら》は片づけられ、代わりにベージュゴールドの包装紙《ほうそうし》に包まれたプレゼントが置いてある。小さなカードもついている。

「アーロンからだ」

麗《うるわ》しの美紅へ、とだけ書いてある。包みを開けてみると、レースとシルクでできたセクシーなナイティが入っていた。

そうよ。ドレスやワンピースは山ほど買い込んだのにパジャマは持ってこなかったんだ！　これは助かるわ！　さすがプレイボーイは気の遣い方も一流ね。

さっそく身に着けてみた。上品な光沢のあるブラックで、胸元と裾《すそ》に刺繍《ししゅう》が施《ほどこ》され、ウエストの一部がレースになって透けている。鏡の前に立つと、まるで艶《あで》やかな貴婦人になったように思えた。

「わお！　アーロンは抜群《ばつぐん》にセンスがいいのね」

美紅は楽しくなり鏡の前でくるくると回った。こんなに高級なナイティは触るのもつけるのも初めてだ。こんな姿を見たら、ディーターはなんて言うかしら？

リビングルームからはまだ灯《あか》りが漏《も》れている。どうやらディーターはこのまま仕事で休暇を潰《つぶ》すつもりらしい。それなら、このミッションは楽勝ね。あっという間に最終日がきて、私は大金を手に入れる！

ガッツポーズを決めてから灯《あか》りを消し、キングサイズのベッドに潜《もぐ》り込んだ。

美紅はその夜、夢を見た。

執拗《しつよう》になにかに追いかけられている夢を。

必死に逃げるが、どこまで逃げてもそれは確実に美紅を見つけ出した。逃げなきゃ！という気持ちと、もう諦《あきら》めて身を任せればいいんじゃないか、という思いと。けど、捕まったらどうなるかわからない。身を任せるのはとても怖い――

数時間後、美紅は全身汗だくで目を覚ました。

がばっと身を起こして肩で呼吸する。体中に残る、恐怖の余韻《よいん》。夢の記憶はほぼ洗い流されて、覚えているのはただ一つ。

逃げても逃げなくてもいつかは捕まる、という確信。

夢は補償《ほしょう》だという。補償《ほしょう》とは補《おぎな》い、償《つぐな》うことだ。現実で餓死《がし》寸前である者は、夢の中で腹いっぱい食べて満腹感を得る。現実で叶わぬ恋に苦しむ者は、夢の中で思い人と結ばれる。

日本語の夢も、英語のDream《ドリーム》同様二通りの意味がある。眠るときに見る夢と、やりたいことを思い描く夢と。言いかえればそれは隠された願望であり、現状からの警告でもある。その二つは一見違うものに見えるけど、その実は同じものだ。

美紅は目をこすりながら時計を見た。深夜三時。まだ四時間ぐらいしか眠っていない。ニューヨークは何時だろう？　時差が七時間だから……頭がボーっとして働かない。しかも、喉《のど》がヒリつくほど渇《かわ》いていた。キッチンでジュースでも飲んでこよう。素足でベッドを下りると、ひんやりとした床が心地よい。

リビングから小さな灯《あか》りが漏《も》れている。ディーターは、まだ仕事をしているんだろうか？

そう考え、あることに思い当たって、ギクリとした。

なんですって？　まだ起きている？

彼は飛行機の中で一睡《いっすい》もしていなかった。あれから二十四時間以上経《た》っている！

美紅はベッドから飛び出し、音を立てないよう扉を少し開け、リビングを覗《のぞ》き見た。

ダイニングにあるオレンジの間接照明だけが灯《とも》り、リビングエリアは薄暗い。ディーターはソファに座り、じっとラップトップパソコンを睨《にら》んでいた。液晶の青い光が彼の眼球に映っている。テーブルの上にはパソコン以外に、ウイスキーの入ったグラスが置かれていた。

ディーターの顔色は青ざめ、その疲労が彼の男としての魅力をより深めている。憂《うれ》いを帯《お》びた横顔に惹《ひ》きつけられた。

彼は大きなため息を吐き、二本指でそっとこめかみを押さえた。そのまますうしろへ倒れソファにもたれかかり、顎《あご》を上に向けまぶたを閉じる。鋭角の顎《あご》から喉仏、太い首筋のラインが綺麗《きれい》……と美紅はぼんやり思った。

コチ、コチ、と秒針が時を刻む。ディーターは彫像《ちょうぞう》のように微動《びどう》だにしない。随分《ずいぶん》長い間、そうやっていた。

やだ。もしかして、死んじゃった⁉

美紅が慌ててリビングへ駆け込むのと、ディーターが野生獣の如《ごと》く素早く身を起こすのは同時だった。

「ディーター、まだ起きてるの？　あなた一睡《いっすい》もしていないんじゃないの？」

美紅はホッとしながら言った。よかった。なにかあったのかと思っちゃったじゃない。

ディーターは目を見開き、穴が開くほど美紅を凝視《ぎょうし》している。その異様な雰囲気に美紅は気づかず、偉そうに両手を腰に当てた。

「いくら優秀な超人だからって、睡眠をとらないと死ぬよ？」

ディーターはゆらりと立ち上がり、足音を忍ばせ素速く美紅の前に立つ。まるで狩りのときのライオンのように。

美紅は無邪気《むじゃき》にディーターを見上げ「どうしたの？　大丈夫？」と軽く首を傾《かし》げる。

ほんの一瞬、彼の顔が苦しげに歪《ゆが》んだ。

次の瞬間。

長い右腕がするりと美紅の腰を捉《とら》え、いきなり唇を奪われていた。

眼前をよぎった、飢《う》えた眼差《まなざ》し。

ふわりと柔らかい、唇の感触。

「…………!?」

強引に唇がこじ開けられ、ぬるりと熱い舌が侵入してくる。

ちょっ、ちょっとおぉ…………!?

美紅はとっさに厚い胸板を両手で押すも、強い力で抑え込まれた。彼のもういっぽうの腕が肩に回され、二人の密着度が増す。

「んんっ……！　んんんんーーーっっっ!!」

美紅の五本指が彼の肩をぎゅっと掴《つか》み、爪《つめ》を立てる。それでもビクともしないので、握《にぎ》った拳《こぶし》でドンッドンッと何度も肩を叩いた。しかし、やがて美紅は力尽き、だらりと腕を下げた。

骨がバラバラになりそうなほど強かった抱擁《ほうよう》は、力が抜けていって優しいものに変わる。彼の長い指先が、美紅のうしろ髪を上から下へ梳《す》いてゆく。すべすべした髪の感触を愛《め》でるように、後頭部からうなじ、さらに背中へと何度も指を滑《すべ》らせる。美紅の鼓動は高鳴った。

ディーターの指が好き。少し骨ばって、男らしいから。

舌を絡ませながら、彼がゆっくり顔を斜めにすると、さらに舌が深く入ってきた。

ダ、ダメだってば……こんなことしちゃ………

しかし、舌先で口腔《こうこう》を甘くくすぐられ、愛おしげに髪を撫《な》でられ、美紅の抵抗も弱まってゆく。美紅が舌をそっと動かすと、口腔《こうこう》内で彼が微《かす》かにうめいた。

まるで自分の舌がキャンディになったみたい。彼はそれを貪欲《どんよく》にしゃぶり、濃厚に舐《な》め回す。美紅はうっとりした。硬いさなぎから羽化《うか》する蝶《ちょう》のように、細胞の一つ一つが彼に向かってゆっくり開いてゆく……。お臍《へそ》の下あたりに、彼の強張《こわば》ったものがぐっとめり込み、胸がドキドキした。

……あ、ディーター……すごくいい匂い……

気品あるムスクと野性的な肌の香りが、鼻孔《びこう》をくすぐる。それが体の芯《しん》にあるものをくっと握《にぎ》って、セクシャルに揺さぶり、深く酔っぱらったみたいになる。気づくと美紅は背を弓なりに反《そ》らし、夢中でキスに応《こた》えていた。

あ、はあ、はぁっ……

激しく絡み合う舌の隙間《すきま》から、二人の吐息が漏《も》れる。ナイティの裾《すそ》から、大きな手がさらりと滑《すべ》り込んできた。太腿《ふともも》から腰骨、臍《へそ》からあばらと順番に撫《な》でていって、膨《ふく》らんだ乳房をやわやわ揉まれる。ひんやりした指先がそっと先端に触れ、美紅の体がピクンと跳ねた。そこはもう真珠《しんじゅ》のように硬くなっていて、羽毛《うもう》でくすぐるみたく愛撫《あいぶ》され、胸から下腹部にかけてとろけるように痺《しび》れた。

ゆ、指の動きが……気持ちよすぎて、もう……

ディーターは身を引くと、美紅をじっと見つめた。その色っぽい眼差《まなざ》しに、美紅は一瞬で魅入《みい》られてしまう。

彼の美貌《びぼう》が、つ、と下りてゆき、ナイティの上から硬い蕾《つぼみ》を唇でそっと挟《はさ》まれる。彼はそのまま乳頭を濡《ぬ》れた口腔《こうこう》に含み、ちゅうちゅう吸い、ねっとり舌で転がした。布地越しの舌の熱に、美紅は堪《こら》えられず、目を閉じ体を震《ふる》わせた。

彼の右手が下肢《かし》まで滑《すべ》り下りてゆく。少し冷たい指先がクロッチをそっとずらし、優しく花弁をくすぐった。そこはもう充分《じゅうぶん》に潤《うるお》っていて、クチュ、と小さな水音が立つ。

「あ……ああん、ダ、ダメ……」

美紅はなんとか理性を掻《か》き集め、嫌々と体を捩《よじ》る。けど、抵抗は弱々しくなってしまう。

「ダメだったら。契約が……」

「これはセックスじゃないよ、美紅」

セクシーな低音が鼓膜《こまく》を愛撫《あいぶ》する。

「君をちょっと舐《な》めてるだけだ。ほんの、ちょっとだけ」

耳元でささやきながら、溢《あふ》れてぬるぬるの蜜壺に長い指をくぷりと入れてくる。膣の中の濡《ぬ》れ襞がその指を自然にきゅっと締め上げた。ディーターが堪《こら》えきれず長い息を吐く。指はゆっくり出し入れを繰り返し、美紅の中の熱と指の温度が徐々に溶け合ってゆく。

美紅の唇から荒い息が漏《も》れる。胡乱《うろん》な意識で薄目を開けると、彼のまぶたのラインと、まっすぐな鼻筋が目に入る。乳首を弄《もてあそ》ぶ舌の動きが、巧《たく》みでいやらしくて膝がガクガクする。彼の左腕は美紅の腰をしっかり掴《つか》んで離さない。まるで獰猛《どうもう》な野生獣に捕食されているイメージ。

彼は蜜壺を掻《か》き混ぜながら、器用にトランクスを脱いで昂《たか》ぶりきったものを取り出した。赤黒い興奮の証《あかし》を見て、その大きさと禍々《まがまが》しさに美紅はドキドキした。もう一度深く口づけられ、濡《ぬ》れそぼった花芽を指の腹で擦《こす》られる。下腹部の奥がひくひくと熱を持ち、全身から力が抜け、ディーターのほうへ倒れ込んだ。

人形のようになった美紅の腰をディーターは力強く抱え、壁に押しつける。足が大きく開かれた。そしてたくましい腰がにじり寄ると、つるつるした先端が膣口に宛《あて》がわれた。

「っ⁉」

美紅は目を見開く。すると彼がなだめるように耳朶《みみたぶ》を唇で挟《はさ》む。

「美紅……。いいだろう？　二人で楽しもう。もっともっといいところまで連れてってあげるよ」

ディーターの声は興奮で上ずっていた。普段クールな彼とのギャップに、美紅の体温が上がる。

すると、彼は一気に挿入してきた。熱くて硬いものが膣襞を割り広げ侵入してくる。彼のものが濡《ぬ》れた襞を擦《こす》った瞬間――

「きゃっ⁉」

下腹部にズンと裂《さ》けるような激痛が走り、美紅は悲鳴《ひめい》を上げた。

夢から一瞬で現実へ引き戻される。ものすごい勢いでディーターを突き飛ばし、拘束《こうそく》から逃れた。ふらふらと二、三歩逃げ、背中を壁に預ける。

ディーターはなにが起きたのかわからない、という様子で呆気《あっけ》に取られた顔をしている。

「あ、あ……ご、ごめんなさい。私……」

ごめんなさい？　なにが？

美紅は混乱し、どうしていいかわからなかった。壁を背に立ったまま、神経質に爪《つめ》を噛《か》む。下腹部の鈍痛《どんつう》が徐々に遠ざかってゆく。

「美紅……もしかして、君は…………」

ディーターもひどくうろたえた様子で、なにか言いかけ、思い直して口を噤《つぐ》む。

ディーターがもう一度こちらに腕を伸ばしてきたので、美紅は反射的に踵《きびす》を返し、脱《だっ》兎《と》の如《ごと》く奥の寝室へ向かって走った。

「美紅っ！」

呼びかけを無視し、ドアを開けて寝室へ駆け込む。そのまま素早く鍵《かぎ》を掛けた。

ガチャリ。

美紅の体は興奮で熱くなり、涙が頬《ほお》を伝い、息が上がっていた。ナイティは乱れ、ショーツはずれたままだ。

……ちょっと私たち、なにやってんの!?

ここまでの自《みず》らの行為を振り返り、思わず手を口に当てた。

信じられない！　初日の夜にこんなことになるなんて！

第二章　エーゲ海の主演女優

ディーターは不機嫌に眉根《まゆね》を寄せ、眩《まぶ》しい陽光の下を大股《おおまた》で歩いていた。一八五センチある長身に、水泳で徹底的に鍛《きた》え抜いた体躯《たいく》。濃い褐色《かっしょく》の髪が少し濡《ぬ》れているのは、早朝プールでひと泳ぎしてきたからだ。ボードショーツからすらりと伸びた長い足は引き締まり、ふくらはぎと腿《もも》の筋肉は浮き上がっている。ディーターは一流のアスリートでもあり、水泳の大会で数々の賞を受賞し、一時期は欧州新記録を持っていたほどだ。

喜怒哀楽《きどあいらく》の薄い、氷のような美貌《びぼう》は亡き母親ゆずりだ。整った目鼻立ちは計算し尽くされたサイボーグのようで、自信家で傲慢《ごうまん》な性格がにじみ出ている。ビジネスの場においても平気で卑劣《ひれつ》な手段を用い、眉《まゆ》一つ動かさず恫喝《どうかつ》し相手をねじ伏《ふ》せることを躊躇《ちゅうちょ》しない男。そういうところは父親そっくりだと言われている。その上、とろけるような甘いささやきで女を口説き、平然と手玉に取るから始末に負えないと。

ディーターはアーロンが立っているところまでやってくると、足を止め腕を組んだ。アーロンは微《かす》かに笑みを浮かべている。

「来たか?」

ディーターは不機嫌に言った。

「はい。さっき迎えのボートが出ましたので、一時間ほどで到着されると思います」

いよいよディーターの父親の北山宗一郎《きたやまそういちろう》が島にやってくる。これから美紅を婚約者として両親に紹介する手はずになっていた。宗一郎に美紅を認めさせ、アレクシアとの婚約を諦《あきら》めさせるためにも万全の準備で迎えなければならない。

「美紅ならうまくやってくれるでしょう」

アーロンは励《はげ》ますようにつけ加えた。

「彼が余計なちょっかいを出さなきゃいいが……」

ディーターは眉《まゆ》をひそめたまま言った。

「大丈夫ですよ」

「いや、油断はできない。あのクソ変態狸親父《たぬきおやじ》め」

アーロンは意味深に目を細め、微笑《ほほえ》む。

こいつ、なにか企《たくら》んでないか?

ディーターはアーロンを警戒《けいかい》して眺《なが》めた。アーロンはセンスのいいアロハシャツに白いパンツという出《い》で立《た》ちだ。まったく、なにを着てもモデルみたいに絵になる奴。

「それより昨晩はお楽しみだったみたいですね。ボス」

アーロンは涼しい顔で言った。

なんだって？　ディーターは片眉を上げる。まさか、聞かれていたのか？

「おかげさまで自分でも信じられないぐらいよく眠れたよ。盗み聞きとは、あまりお行儀《ぎょうぎ》のいい趣味とは言えないな、アーロン」

「ここのヴィラって夜、すごく静かでしょう？　嫌でも聞こえてくるんですよ」

「ならば即刻、一番遠いヴィラに移動するんだな」

「かしこまりました。しかし、大丈夫なんですか？　契約のほうは」

「契約違反はしていない」

そう答えたら、アーロンが次の言葉を発するまでに奇妙な間《ま》があった。

「……は？　今、なんと？」

「だから、契約違反はしていないと言ってるんだ！　……未遂《みすい》に終わった」

「え？」

「だから彼女に逃げられたと言ったんだ！」

ディーターは荒々しく道端の石ころを蹴《け》り飛ばした。

「二度とその話題を口にするな！　今度しゃべったら殺す！」

アーロンは黙った。目は潤《うる》んで眉《まゆ》はハの字になり、片方の口角が上がって、怒っているのか泣いているのか変な顔をしている。

「笑いたきゃ、笑えば？」

そう言うと、アーロンは心おきなく笑った。金髪の美男子が涙を流し、腹を抱えてあひゃひゃひゃひゃと笑う姿は、実に人を不愉快にさせる。まったくどいつもこいつも、なんでこんなにガキなんだ！

アーロンとは幼少の頃からのつき合いだ。一緒に魚釣りをして、ハイスクールいちの美女を取り合い、大学では首席を争った。実力だけで考えれば、下手すると今この地位にいるのはアーロンだったかもしれない。とにかく昔から掴《つか》みどころのない男だ。

「殺す、とか。幼稚園児《ようちえんじ》ですか？」

呼吸困難に陥《おちい》るほどさんざん笑った後に、涙を拭《ぬぐ》いながらアーロンは言う。

「君のハニートラップも失敗に終わったな」

ディーターはふふんと笑う。疲労していた上に刺激の強いナイティ姿を見て危《あや》うく暴走しかけたが、なんとか事なきを得た。

「私は美紅嬢に、ささやかな婚約祝いをプレゼントしただけです」

どうもわからないな、とディーターは考える。――アーロンは僕と美紅をくっつけたがっているようだが、そんなことをしてなんになる？　彼になんのメリットがある？　僕と美紅が仮に寝たとしても、アーロンにはなんの関係もない。違約金がアーロンに入るわけでもないのに。わからない。この男の真意が読めない。

「とにかく、君の思うとおりにはならないさ、アーロン」

ディーターはそれだけ言った。

「もちろんです。ボス。総帥《そうすい》もじきに到着されますので、そろそろ行きましょう。ミス成瀬は別室にご案内しました」

ディーターが一人でホールに入ると、美紅はサンデッキで潮風《しおかぜ》に吹かれて海を眺《なが》めていた。

ここはレセプションホールのようなところで、ボートで島へやってきたゲストはまずここに通される。窓はなく吹きさらしで、壁と柱は真っ白な漆喰《しっくい》で塗られ、円形の屋根がある。リゾート用の籐《とう》の椅子《いす》と木のテーブルが置かれ、ウェルカムドリンクなどが楽しめるようにバーカウンターもある。

美紅は向日葵《ひまわり》みたいな色のサンドレスを着ている。緩《ゆる》いウェーブの髪がふわり、ふわり、と風に揺れていた。ディーターはしばし時を忘れ、離れた場所から美紅の横顔を見つめた。

美紅は時折、別人のように見える。

普段の子供っぽい元気さが鳴《な》りを潜《ひそ》め、もろく儚《はかな》げな雰囲気を身にまとう。それが、もどかしいような甘酸っぱい妙な感情を呼び起こして……彼女のことをほとんど知らないんだ、という事実を思い知らされる。ディーターに見せている顔は、彼女のほんの一面に過ぎないのだと。

ひるがえるスカートの裾《すそ》をぼんやり見つめていると、美紅がこちらに気づいた。淡い雰囲気は瞬時に立ち消え、陰謀《いんぼう》でも企《くわだ》てるような笑顔で近づいてくる。

――なるほどね。僕を前にするとそういう顔に変わるわけか。

美紅はディーターの前に立つと、ぐっと顎《あご》を上げた。ディーターと美紅の身長差は二十センチ以上ある。

「機嫌、直してくれた？」

ディーターは聞いてみた。

「機嫌なんて悪くないわよ。まあ、男女の過《あやま》ちなんてよくあることだし？　お互い忘れましょう」

美紅は澄ました顔で言った。

イキがってるな、とディーターは微笑《ほほえ》ましく思う。大人ぶって背伸びしている彼女もやけに可愛《かわい》く見える。

「それに、あなただけが悪いわけじゃないし。あのナイティが悪いっていうか、私が魅力的過ぎたのが悪いっていうか？」

「わかってくれて、うれしいよ」

ディーターは特に異論もなかったので、全面的に賛同《さんどう》した。

「そんなことより聞いて。婚約者の件だけど、モードを作ったのよ」

美紅はとんでもない秘密を打ち明けるように言った。

その生き生きした瞳に眩《まぶ》しさを覚えながらディーターは「モード？」と聞き返す。

そう、と美紅はうなずく。

「せっかく婚約者を演じるんだから、いくつかヴァージョンがあると便利だと思わない？」

「ヴァージョンねぇ。それは性格のことか？」

「そのとおり。気まぐれ女子風とか、小悪魔風とか。パスタみたいだけど」

ディーターはつい口角が上がってしまう。まったく、今度はなにを思いついたんだ？

「面白そうだな。……で？　どんなモードがあるんだ？」

「まずはナチュラルモード。これは文字どおりナチュラルに振る舞うわ。誰に対してもわたくし成瀬美紅ありのままで受け答えするモードよ。嘘も誇張《こちょう》も一切なし。まぁベーシックなスタイルね」

「なるほど。で、他には？」

「次はピュアモード。一言で言えば純真可憐《かれん》よ。これはナチュラルモードをベースにしてるんだけど、もっと大人しくて世間知らずで恥《は》ずかしがり屋なの。なにか聞かれたら顔を赤くして黙っちゃう、みたいな。深窓《しんそう》のご令嬢のイメージね」

これはいよいよ面白くなってきたぞ、とディーターはほくそ笑む。美紅は発想がとてもユニークだ。依存してくるだけの女とは違う。常にあれこれ考えを巡らせ、斬新《ざんしん》なアイデアを閃《ひらめ》き、テニスのラリーをするが如《ごと》く、ディーターと互角に応酬《おうしゅう》し合える。そんな女は滅多《めった》にいない。

美紅は得意げに説明を続ける。

「で、次がエレガントモード。教養のある大人女子よ。一歩引いて周りを立てるタイプ。くだらない冗談は言わないし、もちろん声を上げて笑ったりしない、堂々としていてノーブルな婚約者ね」

「……そんな婚約者、君に演じられるの？」

美紅は半眼になって「最大限努力するわ」と言った。

「モードによっては君の苦手分野がありそうだが……。で、次は？」

「小悪魔モード」

ディーターは思わず噴き出しそうになった。

「小悪魔？」

「文字どおりよ。小悪魔で男慣れしてて、奔放《ほんぽう》でセックス大好き！　って、いかにも遊び慣れてる女。経験人数は三桁《けた》！　男を手玉に取る魔性《ましょう》の女よ」

魔性《ましょう》の女ねぇ……ディーターは思う。そのモードは、僕の前だけでやってくれないか、と頼んだらたぶん断られるんだろうな。

「それで全部？」

「最後に超スペシャルでスーパードゥーパーな秘密のモードがあるんですぜ、お客さん」

「ほう。興味深いな。聞かせてもらおうか」

美紅はぐっと顔を寄せ、悪戯《いたずら》っぽい目で言う。

「その名も、ビッグバンモード」

「なんだって？」

ディーターは片眉を上げる。

「ぶっ壊すのよ」

美紅も片眉を上げ、言葉を続ける。

「むちゃくちゃに振る舞って、めっちゃくちゃのギッタギタにぶっ潰《つぶ》すの。ぶっちぎりのマッドでクレイジーな婚約者よ。すべてを無に帰《き》す大爆発！」

そのぎこちない片眉上げは僕の真似《まね》か？　こいつめ、とディーターは憎《にく》らしくも可愛《かわい》らしく思う。美紅と話していると懐《なつ》かしい気持ちになり、心の強張《こわば》りがほぐれていく。まるで、どんどん幼いころに戻っていくみたいに。

これまでの人生で覚えのない感覚に、ディーターは少し戸惑っていた。

「……今すぐ見てみたい気もするが、その必殺技は使いどころに悩むな」

ディーターは会話に集中しようと意識しながら言った。

「ご要望とあらば、いつでも発動させるわよ」

「考えておこう。切り札として取っておくか」

「で、これからあなたのお父様に会うわけだけど、どのモードで行く？」

「初回だから、とりあえずナチュラルモードでお願いするか」

「了解」

楽しんでるな、とディーターは思わず笑ってしまう。いいね。そういうのは大好きだ。

「あなたって見かけによらずノリがいいのね」

美紅はとびきり無邪気《むじゃき》な笑顔で言った。彼女が笑うと目が優しく細められ、そばかすが横に広がり、ピンクの唇がむにゅっとなる。

「それはどうも。君は僕より熱心だな。この茶番に」

あれ、心臓がおかしいぞ？　とディーターは自分の胸に手を当てた。

「当然！　この手でぶっ潰《つぶ》してやるのよ。ロマンスのテンプレを」

美紅は偉そうにふんぞり返って中指を立ててみせた。

ディーターはそんな美紅を笑いながら見つめる。よくわからなかったが、その生意気な唇に無性《むしょう》にキスしたくなった。

が、なぜこんなに鼓動が乱れるのか、ついに原因はわからなかった。

◆◆◆

「おい。ガチガチに緊張しすぎでロボットみたいだぞ」

ディーターが笑いを堪《こら》えながら耳打ちしてくる。

意地悪な声に美紅は体の力が抜けた。やめてよ。ディーターに釣られて私まで噴き出しそう。

「ちょっと笑わないでよ！　こっちまで緊張感なくなるでしょ！」

美紅も小声で返す。

「笑わせてるのは君だろ！」

「真面目《まじめ》にやってよ！」

「さっきまでの自信満々な態度はどうした？」

「うるさいわね。財界の超大物に会うのよ。普通緊張するでしょ！」

美紅は言いながら唇の端《はし》が引きつる。ディーターを見ると、懸命《けんめい》に笑いを堪《こら》えている。

「あなた、頬《ほお》の筋肉がプルプルしてるわよ」

「…………」

ディーターは手で口を押さえた。

それを見た美紅も手で口を押さえる。やばい。マジでやばい。これは、あれだ。よくある例のやつ……

「「笑っちゃいけないと思えば思うほど止まらない」」

二人同時に同じ台詞《せりふ》が飛び出し、美紅はたまらず噴き出した。ディーターは顔を真っ赤にして肩を震《ふる》わせている。

もうっ。一体これのどこが冷酷非道《れいこくひどう》な野心家ですって？ 小学生のガキ以下じゃない。笑った顔は、とんでもなくチャーミングだし。美紅は目尻に涙を浮かべながら、全力で笑いの嵐を堪《こら》えた。心の奥にドキドキするような、くすぐったい疼《うず》きを抱えて。

好きになっちゃダメ、好きになっちゃダメ、好きになっちゃダメ……頭の中で呪文《じゅもん》のように百回以上繰り返す。絶対、好きになっちゃダメよ！

二人はレセプションホールを出て、島内に張り巡らされた石畳《いしだたみ》の通路を歩いていた。いよいよこれから彼の父、宗一郎に面会する。雲一つないいい天気で、潮風《しおかぜ》が美紅の巻き髪をふわりと揺らした。あちこちに鮮やかなピンクのブーゲンビリアが咲き誇り、リゾート気分満点である。

「……君は僕を殺す気か？」

ディーターは笑いすぎて息も絶え絶《だ》えに言った。

「ちゃんとやってってば！」

美紅はどうにか怒った顔を作って言う。

「大丈夫」

言いながらディーターはさりげなく手を美紅の腰に回した。

「安心しろ。君は僕が守る。よし、いくぞ」

予想外にディーターの手が優しくて、美紅の胸は苦しくなる。長身の彼を見上げると、クールな唇の端《はし》が微《かす》かに上がり、横目でこちらを見ている。あまりに麗《うるわ》し過ぎて前につんのめりそうになった。やめてよ。そんな素敵な笑顔で守るとか言わないで。僕を好きになるなって言ったのは、あなたでしょ？

二人は島の最南端にある一番大きなヴィラに入った。美紅たちの泊まっているそれより一回り大きく、内装もより金が掛かっていた。

エントランスホールを通り抜けると、広いリビングのソファにキャメロンと初老の紳《しん》士《し》が並んで座っていた。

「お待たせしてすみません」

ディーターが緊張気味に声を掛けた。

父親相手に敬語で話すのね、と美紅はちらりと思う。

「こちらが僕と婚約した成瀬美紅さんです」

「はじめまして」

美紅は引きつった笑顔でお辞儀《じぎ》をする。さりげなく目の前の紳士《しんし》を観察した。

北山宗一郎。ディーターの実父にして現キタヤマ・グループの総帥《そうすい》。ビジネス誌は読まないけど顔ぐらい見たことはある。ディーターによく似た、他を威圧する存在感。そんな大物が蔑《さげす》むような目でこちらを見ている。

この人は……日本人じゃないわ。全然違う。

単に髪が黒くて日本人的な顔をしているだけだ。その内面、性質は日本人のそれとはまったく違う。人懐《ひとなつ》っこさや親しみのカケラもない。世界のトップを常に走ってきた人間特有の冷徹《れいてつ》さ。この人を前にしたら誰もが媚《こ》びへつらわずにいられない。ある意味、ディーターは父親によく似ているかも。

隣に控えたキャメロンは今日は一段と美しい。バストを強調する扇情的《せんじょうてき》なドレスを着ている。

ディーターはどんな目で彼女を見てるのかしら。ディーターの元恋人で宗一郎の妻。この三人が肉体関係にあったのかと思うと、美紅は落ち着かない気分になる。

ディーターはいつも以上に硬い表情で、父親を見る目はブリザード級に凍《い》てついていた。もともと隙《すき》のない人だけど、父親を前にするとさらに完全武装《ぶそう》するらしい。横目でちらりと彼を確認すると冷たい美貌《びぼう》が凄《すご》みを増し、ぶっ倒れそうなほど格好《かっこう》よかった。

　そこからはまるで身上調査だった。学歴、職歴、両親の家柄、交友関係に趣味に思想、あらゆる質問をされた。奇妙なことにキャメロンが質問して美紅が答える、というやり取りが続く。宗一郎は一言も発さず、値踏みするように見ているだけだ。

嫁に全部言わせて自分はふんぞり返ってるだけなんて、感じワル。絶対、亭主関白のパワハラ爺《じじ》ぃだわ、と美紅は断じた。

「もしよかったら、二人の馴《な》れ初《そ》めを聞かせてくれない？」

　キャメロンは感じのいい笑顔で言った。

　この人は嫌いになれないわと思いつつ「はい。面接で一目惚《ひとめぼ》れしたんです」と美紅は答えた。

「ディーターのどんなところに？」

　キャメロンが試すように言う。

　きたわ。ちゃんと答えなくちゃ。美紅は息を吸った。

「この人と一緒にいたら、きっと素敵なことが起こるって、そんな風に思ったんです。初めて彼の手を握《にぎ》ったとき予感がして……」

　ナチュラルモードよ、と美紅は内心で繰り返す。心のままに自然と言葉を発する。

「あと、傲慢《ごうまん》に見えて優しかったり、自信家だけど人を見下さなかったり、負けず嫌いなところも可愛《かわい》いなって。あまりにも上から目線でムカッとくることもありますけど。

意外とオチャメでノリもいいし、あと瞳の色も好きだし、うっとりするほど美形だし、背が高いのも素敵だし、筋肉のつき方が芸術的に綺麗《きれい》なところも……」

ディーターがはっと身を強張《こわば》らせる気配がした。

あれ？　美紅は、はたと口を噤《つぐ》んだ。

なにこれ。ナニコレ。

ボボボッと音を立てる勢いで全身が一気に熱くなる。なにこの愛の公開告白みたいなの。

うぎゃあああああ。私、なに告白してんだ。ヤバイ、恥《は》ずかしい、死にたい、穴があったら入りたい!!　うぎゃああああああ!!

内心悶絶《もんぜつ》しながら美紅は何事もなかったように姿勢を正した。顔はまだ熱いけれど。

ナチュラルモードッ……恐ろしい子…………

ディーターが軽く咳払《せきばら》いしてから助け舟を出す。

「もういいでしょう？　彼女は長旅で疲れています」

「おまえは自分の立場というものをわかってないな。いつまでも、くだらんコンピューターばっかりいじくって。おまえの本業はキタヤマ・グループの次期社長だ。それを忘れるな」

ようやく宗一郎が重い口を開いた。

　宗一郎の冷え切った視線とディーターの軽蔑《けいべつ》しきった視線が火花を散らす。美紅はそれを、はらはらしながら見守った。

「実にくだらん。婚約など認めないぞ。こんなどこの馬の骨ともわからん女優の卵など……」

　宗一郎にジロリと睨《にら》みつけられ、美紅の背筋はゾゾッとした。

「僕は彼女以外の誰とも結婚しません。ですから彼女を侮辱《ぶじょく》する言い方はやめてください」

　ディーターは眼光鋭《するど》く言い切った。

　大した役者だわ、と美紅は内心舌を巻く。

「おまえはまだまだ若い。自分の責任を理解するには未熟だ。人を見る目もな」

　宗一郎は酷薄《こくはく》な笑みを浮かべた。そして鬱陶《うっとう》しそうに手を振りながら、こう言った。

「今日はこれぐらいでいいだろう。もう下がれ」

　この言葉を合図にディーターは無言ですっくと立ち上がる。それを見た美紅も慌てて立ち上がった。ディーターは宗一郎には目もくれず、ぷいっと背を向け大股《おおまた》で出口に向かう。美紅はそんなディーターと宗一郎をしばし交互に見てから、ペコリと宗一郎に頭を下げ、慌ててディーターの後を追った。

　ディーターに追いつくと、彼はひったくるように手を握《にぎ》ってきた。

二人はヴィラを出て、海岸沿いの砂浜を黙々と歩く。

ディーターはまるでなにかの護符《ごふ》みたく、しっかり美紅の手を握《にぎ》っている。

どこの馬の骨ともわからない女優の卵、か。握《にぎ》られた手を意識しながら美紅は宗一郎の言葉を思い返していた。あそこまでストレートに侮辱《ぶじょく》されると怒る気も失《う》せるわ。そりゃそう思うのが当然だよね。どう見ても彼と私じゃ釣り合わないもの。

握《にぎ》られた手が、熱い。

この偽装婚約は、うまくいかないかもしれない。

――偽装婚約か。とんだロマンスのテンプレだわ、と美紅は自嘲《じちょう》気味に笑う。いつも読んでるロマンス小説のヒロインはどうやってバレないように婚約者を演じてたんだっけ？　あれだけ読んだのに、うまく思い出せない。

事実は小説よりも奇《き》なり、かぁ。

エーゲ海の水面《みなも》が日光を反射してきらめいている。

「敵もなかなか手強いわね」

ややあって美紅は言った。

「まぁ、わかってたことだが」

ディーターはどこか遠くを見ながら言った。

「どう？　首尾《しゅび》は上々だった……と思いたいんだけど」

「及第点《きゅうだいてん》だな。しかし、よくもまぁあれだけ口から出まかせが言えたもんだ」

美紅は先ほどの公開告白を思い出し猛烈《もうれつ》に恥《は》ずかしくなった。うわあああああ！　このまま砂浜をダッシュして波間にダイブし、五千回ヒンズースクワットして疲れ果て、気絶してなにもかも忘れたい……！

「君はいつか、すごい女優になるかもしれない」

ディーターは感心したように言う。

「…………別に出まかせじゃない、です。……本心です」

「本心だって？」

「勘違いしないでくださいね」

美紅はコホン、と咳払《せきばら》いしてから言葉を続ける。

「誰かの長所を言葉にするのが得意なだけです。それにあなたは誰が見たって魅力的な男性だと思いますし。悔《くや》しいですけど」

「なんで急に敬語なんだ？　今日は随分《ずいぶん》素直だな」

「思ったことは素直に口にするタチなんで」

「調子狂うな。君にそんな風に真正面から褒《ほ》められると照れ臭い」

「へえ。そんな風には全然見えませんけど？　能面みたいに無表情よ」

「感情が顔に表れないタチなんで」

ディーターは美紅を真似《まね》して言った。

「しかし、さすがに親父《おやじ》は簡単には騙《だま》されないな。まぁ、一発で認めてもらおうとは思っていなかったが」

「あなたって、きっと亡くなったお母様似なのね」

性格は父親似みたいだけど、と美紅は内心でつけ足す。

「ああ。よく言われる」

「どんな人だったの？」

「顔はすごく綺麗《きれい》な人だったよ。母の妹が……僕から見ると叔母になるが、例の小国に嫁《とつ》いだんだ」

「その娘さんがアレクシアなのね。王族に見初《みそ》められるなんて叔母様も綺麗《きれい》な人なんでしょうね」

「ああ。僕の母親は僕が生まれる前はモデルをやっていたらしい。性格は僕もあまり知らないんだ」

「その抜群《ばつぐん》の容姿は母親譲りなのね」

「おかげさまで。それだけは母親に感謝してる」

ディーターは否定せず自信たっぷりに微笑《ほほえ》んだ。

このナルシストめ、爆発しろ！

美紅は心の中で毒づく。

「親父《おやじ》はかなり曲者《くせもの》だが、アーロンがなんとかしてくれるだろう。婚約のお披露目《ひろめ》パーティーにはマスコミがくる。そこで君との関係をアピールできれば、後は世論が勝手に僕らの婚約を広めて真実のように扱ってくれる」

「それでアレクシアとの政略結婚は白紙に戻るってわけね。私たちはいつ婚約を解消するの？」

「解消を発表するわけじゃないが……露見《ろけん》させるのは三か月後か長くて半年後ぐらいの計画だ。契約書にも書いただろう？」

「けど、ちょっと心苦しいな。あなたの実の父親に嘘を吐くなんて」

「君が罪悪感を持つ必要なんてまったくない。血は繋がってるが関係はとっくに破綻《はたん》してる。子供の頃から親父《おやじ》は仕事人間でロクに顔を合わせたこともない。僕は屋敷にほったらかしだった。死んだ母親も早くに精神を病《や》んでいたから、僕と隔離《かくり》された場所にいた。僕を育てたのは優秀な養育係だ。親父《おやじ》は僕がキタヤマ・グループの次期社長にふさわしいかどうかという点にしか興味ないんだ」

ディーターは無感情に淡々と語る。

不意に、アーロンが車の中で語ったエピソードを思い出す。孤独な幼少時代を過ごし、たった十三歳でアジアの工場に連れていかれた……

「……大変だったのね」

「同情するな。教育には金を掛けてもらったから感謝してるんだ。僕は自分を不幸だと思ったことは一度もない」

ディーターは凍るような目でじろりと見た。

「同情なんてしてない。ただ尊敬しているだけよ」

「尊敬？　僕を？」

「そうよ。そんな風に一人で生きてきたなんて素直にすごいなって。並大抵の努力じゃ成し得ないもの。あなたは素晴らしい人よ。私の中の尊敬リストにあなたの名前を追加しておくわ」

「君は尊敬リストなんて持ってるのか？　変な奴だな」

ディーターはくくっと笑う。

「一応、貧乏でガキでも尊敬の念は持ってるの」

「ありがとう。……貧乏人なんてからかって、悪かった」

ディーターは美紅の髪をふわりと撫《な》でた。ディーターの指が髪を梳《す》く感触は、ひどく心地いい。

二人はなんとなく無言で見つめ合った。それからディーターは少しまぶたを下げ、美紅の唇に視線を落とす。その色っぽい表情に美紅の鼓動が跳ねる。ディーターはしばらく唇に視線を這《は》わせると、美紅の肩に優しく腕を回した。触れられたわけじゃないのに、美紅の唇は熱を持つ。

ディーターは顔を傾け、ゆっくり唇を寄せてくる。

――絶対、僕を好きになるな。

次の瞬間、美紅は勢いよく彼を突き飛ばし、後ずさった。ディーターは驚いてのけぞる。

「わ、私、明日アーロンとスキューバに行くのっ！　打ち合わせしてくる！」

「美紅！」

ディーターの制止を振り切って美紅は走り出し、逃げるようにヴィラに向かった。脇の下からどっと汗が噴き出す。

頬《ほお》が熱い。体温が高い。ヤバイ。危ない。

好きになるなって言われているのに。

◆◆◆

この島へ来て三日目の昼過ぎ。

美紅はディーターをヴィラに残し、朝からアーロンとともにスキューバダイビングに出かけた。

天気もよく波は穏やかで絶好のダイビング日和《びより》だった。美紅とアーロンは二本のボートダイブを終え、桟橋《さんばし》に戻るボートの上にいた。エーゲ海はサファイアのようにきらめき、爽《さわ》やかな潮風《しおかぜ》が濡《ぬ》れた髪を乾かしてゆく。

「綺麗《きれい》だった！　スキューバは何度かしたことあるけど、この海は一番透明度が高い！」

ウェットスーツを着た美紅は興奮して言いながら、足につけた黄色いフィンを外した。

「喜んでくれて、よかった」

同じくウェットスーツ姿のアーロンは人懐《ひとなつ》っこく微笑《ほほえ》む。そして浮力を調整するBCジャケットを脱いだ。

「ディーターはダイビングしないのかな？」

「やりますよ。彼はマスターダイバーです。スポーツ全般なんでもこなしますから」

言いながらアーロンは美紅の背中のファスナーを引き下ろしてくれた。ウェットスーツを脱ぐと美紅の水着が露《あら》わになる。お気に入りの白いビキニ。アーロンもウェットスーツを脱ぎ捨て長い金髪を海風になびかせていた。

「なにそれ、すごすぎ……。それって軍隊の人とかが取るイメージがあるんだけど」

「そんなことないですよ。一般人でも取れますよ」

「そうなんだ。知らなかった。なら、なおさら一緒に来ればよかったのに」

耳に入ってくるのはボートのエンジン音だけ。美紅はふと、初日の夜にディーターにされた情熱的なキスを思い出した。

「そろそろ本気で好きになってきましたか？　ボスのこと」

アーロンは美紅の隣に座り、見透かすように言った。

「まさか！　まだ出会って二週間も経《た》ってないし。それに、前も言ったでしょ？　釘《くぎ》を刺されたって。僕を好きになるなって」

「好きになるのに時間は関係ないでしょう。運命の人はひと目見ればわかる。理由や時間は必要ない。体の奥で感じるはずだ」

アーロンは詩でも朗読《ろうどく》するみたいに言った。

「うっわ〜。出た〜。私の親友と同じこと言ってる」

「そうですか？」

「うん。アーロンって意外とロマンチストなのね」

「そうですか？　まあ、超現実主義者のボスよりはそうかもしれませんね」

二人は顔を見合わせてふふっと微笑《ほほえ》んだ。アーロンがまとう空気は柔らかく、優しい。不思議と思っていることをすらすらしゃべってしまう。女友達同士のような安心感がある。

「実は初めてディーターに会ったとき、もうむちゃくちゃドキドキしたの。こんなこと絶対本人に言えないけど」

美紅は自嘲《じちょう》気味に微笑《ほほえ》み、一本に結んだ髪を絞《しぼ》って水気を切った。ディーターの顔を思い浮かべながら言葉を続ける。

「ディーターは魅力的過ぎるの。美形だし、背も高いし、頭も切れてステータスも抜群《ばつぐん》。きっと彼を見てそんな風になるのは私だけじゃない。今は契約で仕方なく一緒にいるけど、普通だったら私なんか歯牙《しが》にも掛けられないってわかってるの」

「そんなことない。あなたは充分《じゅうぶん》魅力的ですよ。自分で気がついていないだけだ」

「嘘ばっかり。彼を見てると……コンプレックスで押し潰《つぶ》されそうになるの。今まで気づかなかった自分の欠点を思い知らされる。ああ、私って特技も魅力もなんにもない、ダメ人間なんだって。彼はきっと完璧《かんぺき》過ぎるのね。ただそこにいるだけで周りの劣等感《れっとうかん》を煽《あお》るのよ。もちろん、彼がなにも意識してないのはわかってるけど……」

「よく、わかります」

「誰かに対してこんな風になるのは初めてで、どうしたらいいかわかんなくて。劣等感《れっとうかん》を消し去りたいけど、うまくできなくて」

「答えになるかはわかりませんが、祖母から教わったこんな言葉があります。人間の魂《たましい》には名前がついている。その名を他人は知ることができるが、自分にはわからない」

「魂《たましい》に、名前？」

「そう。魂《たましい》の名前は自分ではわからないんです。他人にしか見えない」

「ふーん。人は自分のことが一番見えてないってことかな。私の魂《たましい》の名前はなにかなあ？」

「そうですね。私が美紅の魂《たましい》に名前をつけるとしたら」

アーロンは天使みたいににっこり微笑《ほほえ》み、こう言った。

「自由！」

美紅も釣られて微笑《ほほえ》んだ。

「自由？　ああ、当たってるかも。今まで好き勝手やって生きてきたしね。ホームレスみたいな生活送ってきたし。アーロンはなにかなぁ。優男《やさおとこ》？」

「それは魂《たましい》の名前ではなく、見た目じゃないですか？」

「それもそうね」

二人は教室ではしゃぐ同級生みたいに笑い合った。きっとアーロンに惹《ひ》かれていたら、もっと楽だったろう。なのに、彼には全然ときめかない。本当に不思議だった。自分の感情が一番、思い通りにならない。必死に制止しても、ディーターに惹《ひ》かれていくのを止められない。勝算もメリットも安らぎも、なにもないと知っているのに。

「愛しはじめてるんですね？　彼のことを」

見上げるとアーロンが慈《いつく》しむような目をしている。

不思議だった。

このとき、なぜかアーロンが美紅を通して彼自身を見ているような、妙な感覚に捉《とら》われた。美紅はここにいるようで、ここにいない。ただの鏡になったような。それがなにを意味するのか、このときはわからなかった。

ふと、アーロンがはっとしたように遥《はる》か海上を見た。美紅も我に返る。

「とにかく、これは私の勝手な片思い。私は私の役目を果たして帰るつもり。もともと、あなたたちとは住む世界の違う人間だから」

「彼に伝えないんですか？　気持ちを」

「伝えたって無駄よ。どうせ私なんて相手にされないし」

「そういう問題じゃないですよ」

「え？」

「彼がどう思うかなんて、どうでもいいんですよ。伝えなかった気持ちは澱《おり》みたいに心の中に溜まっていきますよ？　すると、だんだん心が蝕《むしば》まれてゆく。今は大丈夫でも、十年先、二十年先になってその澱《おり》がモンスターみたいに巨大化して、悪夢になってあなたに襲《おそ》い掛かりますよ」

「ちょ、ちょっと。怖い冗談言わないでよ！」

「冗談なんかじゃないですよ」

アーロンは真顔で眉《まゆ》を上げ、きっぱりこう言った。

「単なる経験談です」

「嘘」

「嘘じゃありません。私が経験したから言うんです。過去に戻って自分にアドバイスしてやりたいぐらいだ。恐らく、人間は自分の気持ちを偽《いつわ》った数だけ、心にダメージを負《お》うんでしょうね。今なら、すんなりわかります。私はもう修正が効きませんが。気持ちを伝える行為は、彼とうまくいくためと言うより、あなた自身のためなんですよ」

「私自身のため……」

「そうです」

「けど、でも……とてもじゃないけど告白なんてできないよ。生意気な態度ばっかり取ってきちゃったし、恥《は》ずかしすぎて……」

「あなたみたいなタイプは、言葉で伝える必要なんてないでしょう？」

「え？　どういう意味？」

「もっといい方法があるじゃないですか」

「もっといい方法……？」

アーロンはひどく真剣にこちらをじっと覗《のぞ》き込み、一言一句区切るように言った。

「美紅、あなたは女優なんですよね？」

あっ、と思った。

彼の言わんとしていることがわかった気がした。

アーロンはふっと息を吐き、言葉を続ける。

「……なんて偉そうなこと言いましたけど、私も人のことをどうこう言えないな」

「え？」

「仮にすべてわかった状態で……過去に戻ることができたとしても、私はやっぱり伝えられないかもしれません。その後、どんなに苦しむか知っていても。素直になれと言うのは簡単ですが、実際にやるとなると、とてつもなく勇気がいりますから」

アーロンは遠い目をして言った。美紅はどう答えていいか、わからなかった。

「ま、仮に過去の思いが悪夢になって襲《おそ》ってきても、それはそれでなんとかやり過ごせるものです。私が今、そうですから」

アーロンはなにかを諦《あきら》めたように微笑《びしょう》した。

美紅はその表情を見て思った。

この人は、過去に誰かに気持ちを伝えられず、ずっと後悔し続けてるんだろうか……？

そして私も将来、彼と同じ運命を辿るの？

いつか、どこかで、こんな風に昔を思い出し、後悔しては諦《あきら》めたように笑うんだろうか。

そのとき、高波でボートが大きく揺れた。美紅はバランスを失って危《あや》うく海に落ちそうになる。すかさずアーロンが腕を掴《つか》んで助けてくれた。そのままアーロンと抱き合う格好《かっこう》になる。

「あ、ありがとう」

このとき美紅はジェット機内でディーターに支えられたときのことを思い出していた。あのときの血が沸騰《ふっとう》するようなドキドキを。おかしいなぁ、と内心首を傾《かし》げる。まったく同じシチュエーションなのに相手がアーロンだとこんなに冷静でいられるなんて。それともディーターが特別過ぎるんだろうか？

「どういたしまして」

アーロンは紳士《しんし》的に言って、そっと体を離した。

その素《そ》っ気《け》ない手つきに美紅は、はっと気づいた。アーロンが私に親切なのは単に優しいからであって、彼も私に興味なんてないんだわ、と。

「着きましたよ！」

無粋《ぶすい》な操縦士《そうじゅうし》の怒鳴《どな》り声が響く。気づくとボートは桟橋《さんばし》に到着していた。

◆　◆　◆

美紅がスキューバで沖《おき》に出ていた同時刻、水着を着たディーターは砂浜を歩いていた。気分転換にひと泳ぎしようと考えたのだ。

カラリとした海風が首筋の汗を乾かしてゆく。オリーブの葉と葉のこすり合わさるガサガサという音が耳に心地よい。眼前にはターコイズブルーの大パノラマ。泡立つ白い波は穏やかだ。

ディーターはゴーグルを装着し、ざぶりと潜水《せんすい》した。海水が、上昇した体温を急速に奪っていく。潜水《せんすい》しながら二十メートルほど泳いで、肩の筋肉を思う存分動かす。海底の白っぽいデコボコの珊瑚《さんご》を、青い魚がつっついている。そうして肩に疲労を覚えるまで、静寂《せいじゃく》に包まれた海の世界を楽しむ。

美紅はうまくやっている。このままフィアンセとして連れ回せば、親父《おやじ》も嫌でも認めざるを得なくなる。そうすればアレクシアへの圧力が消え、彼女は今の恋人との婚約を発表できるだろう。そうすれば美紅を解放してやれる。

不意に胸が痛んだ。

美紅と離れることを考えると、なぜか気分が沈む。

――この人と一緒にいたら、きっと素敵なことが起こるって、そんな風に思ったんです。

美紅の言葉が一言一句正確に蘇《よみがえ》る。

――あと、傲慢《ごうまん》に見えて優しかったり、自信家だけど人を見下さなかったり、負けず嫌いなところも可愛《かわい》いなって。

可愛《かわい》いだって？　水中で思わず笑みが漏《も》れる。この僕を可愛《かわい》いなんて言った女は、彼女が初めてだ。……不思議と嫌な気はしない。

――あと瞳の色も好きだし、うっとりするほど美形だし、背が高いのも素敵だし、筋肉のつき方が芸術的に綺麗《きれい》なところも……

体中の血が騒いだ。

彼女は普段僕に冷たいのに、そんな風に見られていたかと思うと、うれしいようなこそばゆいような心持ちになる。どうやら、男としての魅力も感じてくれているらしい。

海面から顔を出して息を吸い、もう一度深く潜《もぐ》った。海中から見上げると、ゆらめく水面《みなも》に光が差し込んで夢のような世界だ。

そう言えば、水泳をはじめたきっかけも水の美しさに魅《み》せられたからだった。

なぜだろうか。これまで失ったことさえ忘れていた大切なことを……過去に戻って歩きながら一つ一つ拾い集めていくような、そんな気分になる。この島に来てからずっとだ。

――そして僕は朝から晩まで美紅のことを考えている。

美紅は、見ていて面白いんだ。表情がころころ変わる。どこに行っても誰に会ってもマイペースで。あんなにからかい甲斐《がい》のある奴も珍しい。強気で負けず嫌いなくせに純情で。尊敬リストを作ったり、予感を信じたり変な女なんだ。なのに妙にコケティッシュで。彼女の前だとリラックスできる。欲情を煽《あお》られる。僕はペースを乱されっぱなしだ。

ひとしきり泳いで海面から顔を出すと、桟橋《さんばし》に向かうボートが見えた。水滴《すいてき》のついたゴーグルを外し、額《ひたい》を覆《おお》っていた髪をかきあげる。

あれは美紅とアーロンのボートじゃないか。

二人は沖《おき》までボートダイビングに行くと言ってたな。美紅は可憐《かれん》な白いビキニ姿だ。二人でボートのへりに腰掛け、談笑していた。アーロンは庇《かば》うように右手で美紅の腰を抱いている。美紅も嫌がっている様子はなく、無防備にアーロンに寄り掛かっている。

二人は海面にぽかっと頭だけ出しているディーターの存在には気づかない。

――おいこら。仮にも僕のフィアンセなんだぞ。馴れ馴れしすぎだろ！　大声で叫《さけ》ぼうとし、エンジン音で聞こえないなと思い直す。アーロンがなにか言って、美紅が転げ回ってケラケラと笑っている。

腹の底からドロドロとどす黒いものがゆっくりと頭をもたげてくる。

二人の呼吸はぴったりで、とても幸せそうに見えた。まるで恋人同士みたいに。知らずに食いしばった歯がギリッと鳴る。

アーロン、今すぐ彼女から離れろ。フィアンセはこの僕だ。

そのとき、高い波でボートが大きく揺れた。よろめいた美紅をアーロンが抱きとめる。ディーターは見逃さなかった。抱き合う格好《かっこう》になった美紅の背中に、アーロンの腕が回ってぎゅっと力を込めたのを。強い怒りでこめかみの血管が浮き上がり、視界が黒ずんでゆく。

やめろ。離せ。これ以上、彼女に触れたら……。独占欲がひと一倍強いのは自覚している。僕には親父《おやじ》の忌《い》まわしい血が流れている。冷酷で、嫉妬《しっと》深くて……

「嫉妬《しっと》?」

はっとした。自分はアーロンに嫉妬《しっと》しているのか? まさか。まだ出会って二週間も経《た》ってないんだぞ。

二人を乗せたボートは桟橋《さんばし》に接岸し、美紅がアーロンの手を取って下りるのが見えた。

ディーターは自《みずか》らの血脈に潜《ひそ》む、嫉妬《しっと》深い邪悪《じゃあく》な怪物《かいぶつ》に己を乗っ取られそうな感覚に陥《おちい》る。それに抵抗するように、強い水圧がかかるほど深く潜《もぐ》った。

◆　◆　◆

「ただいまー！　楽しかったー！」

ダイビングを終え、アーロンと別れた美紅は、息を切らせてヴィラに戻ってきた。ちょうど夕暮れ時。オレンジ色の西日がリビングの窓から差し込んでいる。美紅は水着の上から白いパーカーを羽織《はお》り、デニムのホットパンツを穿《は》いていて少年みたいな格《かっ》好《こう》だ。

「おかえり」

美紅の言葉に、ディーターは不機嫌に答えた。彼は今、ソファに座り込んで例の如《ごと》く業界紙を広げている。白いシャツにミントグリーンのハーフパンツを爽《さわ》やかに着こなしていた。

「今日はアーロンとボートダイビングに行ってきたの！　洞窟《どうくつ》があってね、二十メートルぐらい潜《もぐ》った。青い色が濃くて、素敵だったなぁ」

美紅は興奮気味に報告した。あの感動をディーターに伝えたかった。彼もスキューバは相当やるわけだし。

「よかったな」

ディーターの素《そ》っ気《け》ない態度に、美紅は拍子《ひょうし》抜けしてしまった。せっかく感動を分かち合おうと思ったのに。

「なあに？　今日も一日仕事してたの？　こんなに素敵な場所に来てるのに？」

「君には関係ない」

「なによ、そのつれない態度」

「別に。いつもどおりだが」

「変なの。なんだかトゲのある言い方ね」

美紅は少々乱暴《らんぼう》に冷蔵庫を開けてミネラルウォーターを取り出し飲み干した。なんで機嫌が悪いのかしら？　少なくとも私は一切関係ないわね、と美紅は一つうなずく。

「明日、僕の親族が到着する。いよいよお披露目《ひろめ》だ。ディナーパーティーで君を紹介することになる」

ディーターが新聞に視線を落としたまま、冷たく言った。

「わかったわ。いよいよね」

「この後、君を抱きしめたりキスしたりしなきゃいけない場面が何度かあると思うけど、いちいち過剰《かじょう》反応しないでくれ」

「しないわよ。馬鹿《ばか》にしないで」

「それから親父《おやじ》のことだが、キャメロンの前例もある。一応気をつけてくれ。実の父なのに情けない話だが、女と見ると節操《せっそう》がないんだ」

「あなたにそっくりじゃない」

そう言った瞬間、ディーターは明らかにムッとした。

しまった、と美紅が思ったときにはもう遅かった。

「ああ。君の言うとおりだ。僕は親父《おやじ》と同じように、傲慢《ごうまん》で身勝手で独占欲が強く、女と見れば性交することしか考えないケダモノだよ」

ディーターは吐き捨てるように言った。

まずいわ、と美紅は内心冷や汗をかく。彼を傷つけてしまった。しかも、むちゃくちゃ怒ってる。

「……ごめんなさい。そんなつもりで言ったんじゃない」

ほんの冗談のつもりだったの、と美紅はしょんぼり上目遣いで見る。

「君はどうなんだ？　人のこと言えるのか？　君だって僕と同じじゃないか。男と見ればすぐに股《また》を開くんだろ？」

ディーターは冷笑した。

「は？」

「隠れてこそこそアーロンとイチャついてるじゃないか。で、彼はどうだった？　よかったか？」

「はあ？　別に隠れてないし、イチャついてなんかいませんけど？」

あまりのことに唖然《あぜん》としてしまった。信じられない。この人、いきなりなに言ってんの？

しかし、美紅の態度が余計にディーターを苛立《いらだ》たせたらしく、彼はこう言い捨てた。

「どうだかな？　ずいぶん親しそうにしてたじゃないか」

「だから彼とは全然そんなんじゃないっての！　てか、なに怒ってんの？　なんで私が怒られなきゃなんないわけ？　仮にそうだとしても、あなたにそんなことまでとやかく言われる筋合いありませんから」

なに勘違いしてんのかしら。バッカみたい。

美紅が部屋を出ていこうとすると、ディーターが素早く立ち上がり、腕をパッと掴《つか》んだ。そしてそのまま軽く捻《ねじ》り上《あ》げた。腕の筋から肩にかけて鋭《するど》い痛みが走る。

「痛っ！　ちょ、ちょっと！　なにすんのよっ!!」

「いいか？　君のフィアンセはこの僕だ」

ディーターはドスのきいた低い声で脅《おど》す。

「契約を忘れるな。今後、他の男に近づいたり、体に触れさせたりしたら、この僕が許さない」

ディーターの瞳に宿《やど》る残酷《ざんこく》な光に、美紅は青ざめた。

ちょっと、急にどうしちゃったの？　なんでアーロンと絡むと彼はこんなに怒るの……？

そのとき、あっと思い当たった。

美紅は唇をきっと引き結ぶと、挑むように眉尻《まゆじり》を上げた。それから不敵に微笑《ほほえ》み、こう言う。

「へぇ？　もしかして、嫉妬《しっと》してるんだ？」

美紅は一切ひるまず、二十センチ下から睨《にら》み上げる。

「偉そうに、僕を好きになるな、なんてルールを決めたのは、どこの誰だっけ？」

「へぇ？　もしかして、ルールを守ってるんだ？」

ディーターは壁に手をついて逃げ道を塞《ふさ》ぐ。そして低い声でささやいた。

「好きになってたんだ？　ルールを肝《きも》に銘《めい》じるぐらいには」

彼の唇が耳たぶに触れ、美紅は小さく息を呑んだ。頬《ほお》が一気に紅潮《こうちょう》するのがわかる。

そのまま彼はゆっくり顔を離し、美紅を見つめた。

熱っぽい眼差《まなざ》しが美紅を捉《とら》える。彼の瞳が微《かす》かに緑色に輝《かがや》く。

気づくと、彼に唇を塞《ふさ》がれていた。

三度目のキスは、包むような優しいキス。

眼差《まなざ》しとは裏腹にふわりとした柔らかさがあり、美紅は不意を突かれる。触れ合った唇の薄皮から、温かさと切望が伝わってくる。美紅はそれを迎え入れるように唇を開き、舌先でそっと舐《な》めた。

……好き。

ディーターは小さくうめくと、片手で美紅のウエストをぐいっと引き寄せた。そして、たまりかねたように熱い舌をぬるりと侵入させる。

二人はずっと焦《こ》がれていたかのように舌を絡め合った。

やっぱり、すごくいい匂い……。

強いアルコールみたいな雄の香りに全身がとろけてゆく。がっしりした肌の熱と、その香りと、甘いキスで胸や首や腰が性感帯《せいかんたい》に変化してゆく。彼は美紅の乳房を自《みずか》らの体に押しつけるように抱き寄せ、貪欲《どんよく》にキスを深めてくる。

美紅は僕のものだ。アーロンになんか渡すものか。

そんな渇望《かつぼう》が今にもこの耳に聞こえてきそうだ。深い嫉妬《しっと》。強い独占欲。けど、美紅にはそんなドロドロした熱い欲動さえも、心地よく感じた。

こんなにも男を惑わせたことへの、得《え》も言われぬ快感。

好きよ。あなたが、好きなの……。

チュ、クチャ。

静かな部屋に唾液《だえき》の音が微《かす》かに響く。二人が抱き合って唇を重ねる姿が夕日に照らされ、影ができた。

二人は夢中で貪《むさぼ》り合った。怒張《どちょう》したものが美紅の下腹部にめり込み、存在を主張する。その硬さに、お腹の奥が疼《うず》き、しっとりショーツが濡《ぬ》れてゆく……。唾液《だえき》のやりとりをしながら、舌と舌でくすぐり合い、ぬるい唾液《だえき》をゴクリと呑み下す。舌の先を甘く絡め取られ、うなじが総毛立《そうけだ》つ。

どうしよう。もうこのまま、彼を受け入れたい……。

「んん……んはぁっ」

唇を離すと唾液《だえき》が糸を引いた。彼の切れ長の目は劣情《れつじょう》で煙《けぶ》り、凛々《りり》しい唇は濡《ぬ》れて光り、ひどく蠱惑的《こわくてき》だった。まるで契約と引き換えに命を奪おうとする、悪魔みたいに。

……彼に、めちゃくちゃにされたい。

もうすでに離れたばかりの彼の唇が恋しくて、そんな衝動《しょうどう》に美紅は戸惑う。

そのとき。

ディーターは勝ち誇った様子で、口角を上げた。

まるで美紅を嘲笑《ちょうしょう》するように。この勝負、僕がもらったと言わんばかりに。

その表情に、頭から冷水を浴びせられた気分になる。

「……嘲笑《あざわら》ったわね？」

美紅は信じられない気持ちでつぶやく。

その瞬間、美紅はすべてを悟《さと》った。

私は、もうとっくに恋に落ちていたのだ。

そして、きっと彼も私のことが好きなんだ、と思い込んでいた。

だけど、彼の好きは美紅のそれとはまるで違う。競泳で金メダルを狙うかのような、一種の征服欲《せいふくよく》に過ぎない。思い通りにならないじゃじゃ馬を、モノにしてやったという優越感《ゆうえつかん》。すべてが彼の一瞬の表情に表れていた。その欲望は一過性《いっかせい》のもので、手に入ればすぐに飽《あ》きるんだろう。

美紅はぐいと口を拭《ぬぐ》い、ひどく冷めた気持ちで寝室に向かって足を踏み出す。危なかった。そんな人に私のすべてを捧《ささ》げてしまうところだった。

「美紅」

ディーターが伸ばしてきた手を、美紅は強く振り払った。

パシィッ、と鋭《するど》く乾いた音が室内に響く。予想外に大きな音だった。

ディーターはひどく驚いたように目を見開く。彼は珍しく動揺していた。振り払われた手はそのままで、呆然と美紅を見送る。

「悪いけど、ただの遊びで不必要なキスはしないで。婚約者を演じているとき以外は一切触れないで」

ようやく絞《しぼ》り出した声は低く、自分でも驚くほど冷たかった。誰かをこんなにも拒絶できるなんて、新たな発見だった。

ディーターははっと息を呑んで、立ちすくんだ。

「ご、ごめん。美紅、ごめん」

ディーターはうろたえた様子で謝罪を繰り返した。美紅の心がほんの一ミリほど、ぐらりと動く。彼はとてもプライドが高い人だ。簡単に他人に頭は下げない。

「ごめん。そんなつもりじゃなかったんだ。僕は、僕は……」

いつもの冷静沈着な姿は鳴《な》りを潜《ひそ》め、泣き出しそうな子供みたいな表情で途方《とほう》に暮れていた。思わずほだされそうになる。

ダメよ、と美紅はぎりっと奥歯を噛《か》む。それとこれとは、話が別なんだから。

「謝罪は受け取ったわ。けど、同じことよ。私に近づかないで」

心を鬼にしてそう言い切り、美紅は素早く寝室に入って鍵《かぎ》を掛けた。

そのまま冷たい扉に額《ひたい》と手のひらをつけ、しばらく立ちつくす。彼と自分の間にある絶対に越えられない深淵《しんえん》を前にしたような気分だ。拒絶したのはこちらのほうなのに。

狩りのように恋愛を弄《もてあそ》ぶ彼を誰が責められるの？　それが彼の生き方だ。そんなことわかってた。だから最初に彼は念を押したんじゃない。絶対、僕を好きになるなって。

明日は本番だ。親戚《しんせき》やマスコミの前で完璧《かんぺき》な婚約者を演じ切らなければならない。美紅の気持ちがどうであれ、彼との関係がどうなろうとも。

窓の外はいつの間にか日が落ち、暗闇が辺りを覆《おお》っていた。

◆　◆　◆

いよいよ四日目の夜。

婚約パーティーの会場はきらびやかに飾り立てられていた。

白亜《はくあ》の巨大ホールの向こうには幻想的《げんそうてき》にライトアップされたひょうたん形のプールがあり、さらにその奥に夕闇《ゆうやみ》のエーゲ海が広がっている。

広々としたプールサイドには清潔《せいけつ》な白のクッションやソファが置かれている。バーカウンターや石釜《いしがま》のグリルもあり、炎が煌々《こうこう》と燃え盛っている。シェフたちが腕を振るい、焼きたてのステーキや野菜をゲストに切り分けている。ドレスアップした四人の奏者《そうしゃ》もおり、心に染み入《い》るメロディーも楽しめる。テーブルには色とりどりのボトルと最高級ギリシャワインが並ぶ。新鮮なシーフードや南国フルーツもふんだんに盛られている。テーブルクロスから食器、間接照明、生花まで、美しく見せるよう計算し尽くされ、贅《ぜい》が凝《こ》らされていた。

ゲストたちもシックなカクテルドレスやサンドレス、スーツで盛装した者、リゾート風のラフなスタイルなど、めいめい着飾ってパーティーに花を添えている。マスコミ関係者や政財界の人間、宗一郎とディーターのビジネス関係者、北山の親戚《しんせき》筋であろう日本人ゲストも多かった。

そんなゲストたちは皆、ホールの中央に立つ美紅を見つめていた。称賛《しょうさん》、嫉妬《しっと》、羨《せん》望《ぼう》……さまざまな視線が束《たば》になって美紅へ一斉に集中する。美紅はまるでトロフィーを手にレッドカーペットを颯爽《さっそう》と歩く主演女優になったような気分だった。

今夜の美紅はまさに主演女優にふさわしい出で立《いでた》ちだ。ダークゴールドのシフォンを重ねたカクテルドレス姿で、ウエスト部分に豪華《ごうか》な宝石がちりばめてある。繊細《せんさい》なシフォンの肌触りはうっとりするほど滑《なめ》らかで、羽のように軽い。照明が当たるたびに色を変える複雑な光沢は目に美しかった。

この腰についているジュエリー、いったい一個いくらするのかしら？　ダイヤモンドにプラチナにパール……まさか国家予算レベルとかじゃないでしょうね？　と、美紅は内心ヒヤヒヤものだ。

同時に、私ってこんなに美人だったっけ？　プロの技って尋常《じんじょう》じゃないわ、と痛感していた。ファッションとメイクが持つパワーってすさまじい。コンプレックスのそばかすさえもキュートな個性という地位を獲得している。

しかし、中身は貧乏女優のままである。目の前に広がる浮世離れした豪華絢爛《ごうかけんらん》な世界に目がチカチカした。

「君が機嫌を直してくれて、よかった」

ディーターに耳元でささやかれ、うなじがゾクッとする。

「機嫌なんて関係ないわ。契約なんだから当然よ。個人的な感情より契約をちゃんと守るタイプなの」

美紅は動揺を悟《さと》られないよう平静を装《よそお》って言う。

「あなたとなにが起ころうが、きっちり演じてみせるわ。そのために来たんですもの」

「頼もしいね。でも、そのつれない態度は寂しいな」

「あなたが嘲笑《ちょうしょう》したりするからよ」

今夜のディーターも、それはもう失神するほど素敵だった。グラビア雑誌からそのまま飛び出してきたレベルだ。白いシャツに涼しげな麻《あさ》のジャケットを羽織《はお》り、オレンジ色の花を胸ポケットに差している。シャツのボタンはラフに外され、筋肉質な首筋が覗《のぞ》く。リゾート風なのに気品がある。すらりと背が高くスタイル抜群《ばつぐん》の彼はひときわ目を引いた。

美紅はディーターの見目麗《みめうるわ》しさと会場の雰囲気に圧倒され、完全に上がりまくっていた。腰に回された手を意識し過ぎて、背中に汗がにじむ。

「いや、そのことは……すまない。そんなつもりじゃなかったんだ。やっと君にうまくキスできたから、ついうれしくなって」

「うれしいって言うより、してやったりって顔してたわよ」

「いや、まぁそれはそうなんだが。それもうれしい気持ちの一つと言うか」

ディーターは困ったように顎《あご》をさする。そしてこう謝罪した。

「とにかく、ごめん。謝るから許してくれないか」

美紅は思わず、ふっと微笑《ほほえ》んでしまう。こういう傲慢《ごうまん》な人に謝られるとつい許したくなる。昨晩はあんなに失望したのに。彼ってある意味、得な性格なのかも。

「いいわ。素直な謝罪に免《めん》じて、許してあげる」

体をぴったり寄せ合って小声でささやき合っている二人は、周りから見ると仲のよいカップルに見えるだろう。演技だとわかっているのに、脇腹や腰に彼のたくましい体を感じると一気に心拍数《しんぱくすう》が上がってしまう。

「それで、お客さん。今宵《こよい》は、どのモードにしましょうか？」

美紅も彼の耳元でささやいた。

「さて、どのモードにするか……悩みどころだな」

ディーターの瞳も楽しげにきらめく。

「前回と同じナチュラルモードで行く？」

「いや、せっかくだから今回は変えていこう。エレガントモードをお願いできないか？」

「了解！」

「君には難度が高いかもしれないが……」

「私の実力を侮《あなど》らないでよ？」

美紅は片眉を上げて応じた。

「お手並み拝見といこうか」

ディーターは美紅の手を取り、そこに唇を落とした。彼の唇の柔らかさに、手の甲が甘く痺《しび》れた。

指先を握《にぎ》り唇を当てたまま、彼はすっと視線を上げる。共犯者のような妖《あや》しい微笑《びしょう》に、美紅は一発でノックアウトされた。

「なにかあったら、必ず僕が助ける」

美紅は胸をドキドキさせながら、無言でうなずく。

「さあ、開幕だ」

二人は手を取り合い、眩《まばゆ》い世界へ一歩踏み出した。

◆◆◆

ディーターは、自分が完璧《かんぺき》に演技できていると確信した。

マスコミの質問に淀《よど》みなく答え、気前よく美紅とのツーショット写真を撮らせた。茶目っ気たっぷりに冗談を飛ばしフィアンセを溺愛《できあい》する様子を見せつける。それを目の当《ま》たりにした記者達は、アレクシアとの婚約ネタはガセだと確信しているようだった。さらに「冷酷非道《れいこくひどう》な野心家」という肩書を払拭《ふっしょく》しなきゃならないぞ、とまでささやき合っている。それからディーターはビジネス関係者に礼儀正しく握手を交わし、一人一人に丁寧に美紅を紹介して回った。難しい経営の話になると、さりげなく美紅に解説してみせた。二人は隙《すき》あらばお互いキスし、とても演技とは思えない熱い視線を交わした。普段の冷酷な彼を知っているビジネスパートナー達は、この婚約が本物だとすっかり信じているようだった。

美紅も善戦していた。余計なことを話さない姿勢（エレガントモード）が功《こう》を奏《そう》したのかもしれない。特に際立った地位や財産はないがディーターを精神的に縁《えん》の下で支える控えめな女性、という印象を与えることに成功した。概《おおむ》ね、マスコミ関係者もビジネス関係者も婚約を祝福していた。

問題は親族だった。

「さーて、ここからが本番だ。モンスター級がごろごろ出てくるぞ」

ディーターは美紅の頬《ほお》にキスする振りをしてささやいた。

「望むところよ。私のエレガントモードに隙《すき》はないわ」

美紅も挑戦的な目で言った。

「君ほど頼りになる奴はいないよ」

「あなたは面接のとき、僕の隣で着飾ってニコニコしているだけでいいなんて言ったけど……そんなに簡単じゃないわね。これ」

「まったくだ。細部にかなりの微調整が必要だったな。青写真を描くのと現実にやってみるのとでは大違いだ」

「契約婚約を舐《な》めてかかったら痛い目見るわね」

「ま、ソフトウェアに関してもプログラムなんて実行してみないとわからないものさ。実際に動かすと粗《あら》がボロボロ出てくる」

「確かにそうね。もう、こうなったら走りながら微調整をかけていくしかないわ」

「同感だね。エグゼキューションしてひたすらデバッグだ」

「粗《あら》が出まくっても、なんとかラストまで走り切るわよ」

美紅は気合いを入れてキリッと前を向く。

「まったく、君の後をついて走っていくのは楽しくてしょうがないよ」

ディーターは美紅の頰《ほお》にキスした。

その後は案の定、美紅は集中砲火《しゅうちゅうほうか》に遭《あ》った。

特に王族と親戚《しんせき》になりたいがためにアレクシアとの結婚を画策《かくさく》していた北山の親戚《しんせき》筋は、タッグを組んで徹底的にこき下ろしてきた。

「よくいるのよねぇ。田舎の子が都会に憧れて上京し、とりあえず女優を目指すって言う」

「ほんとですわね。夢と現実の区別がついていない子って最近多いんですってね」

「特技も能力もない、お勉強もできない可哀相な子たちのお商売ですものね」

ブランドものの派手なドレスに身を包んだ中年女性の集団は、目配《めくば》せし合ってはクスクス笑う。

ディーターは苛立《いらだ》ちを抑えきれずにいた。険悪な顔でリーダー格の女を見遣《みや》る。

この糞《くそ》みたいなババアは誰だったっけか？　義理の再従妹《はとこ》の母親だったか？　それとも曾祖叔母《そうそしゅくぼ》の娘だったか？　まったくゴキブリみたいにゾロゾロ湧《わ》いてきやがって……。こいつらに比べたら親父《おやじ》のほうが遥《はる》かにマシだ。いくら血も涙もない男とはいえ、少なくとも自分の実力で富と地位を勝ち取った。こいつらは自力ではなにもしない。富に群がるだけのハイエナだ。

美紅は几帳面《きちょうめん》にエレガントモードを保っているのか、反論せず黙ってうなずいて話を聞いている。それがますますディーターを苛立《いらだ》たせた。なんであんなに平然としてられるんだ？

「で？　どちらの大学を出ていらっしゃるの？　え？　大学を出ていない？　信じられない……」

「まぁ。ご両親がお亡くなりになったの？　それはお気の毒に。で、生前はどの企業にお勤めでしたの？　……聞いたこともないわね」

「顔だけ可愛《かわい》くてもねぇ？」

「そのドレスもどうせ北山のお金で買ったんでしょう？　いくら衣装が高級でも、下品さってにじみ出てしまうのね」

「当家とは明らかに格が違いますよね。身の程知らずと言うか。卑《いや》しい身分の方って厚《こう》顔無恥《がんむち》ですものね」

「どうせ財産狙いなんじゃない？」

ディーターはもう我慢の限界だった。

「いい加減にしてくださいよ！　僕の婚約者をこれ以上侮辱《ぶじょく》したら、この僕が許しませんよ」

それでも怒りを懸命《けんめい》に抑えて言った。

「そんなことを言うなんて可哀相に。まだお若いから、わからないのね」

どぎつい口紅を塗った中年女は、こっそり耳打ちしてきた。

「悪いこと言わないから、この婚約は考え直したほうがいいわよ。誰が見たって明らかに財産狙いですもの。性悪女に根こそぎ持っていかれるわよ」

ディーターは手が白くなるほど、きつく拳《こぶし》を握《にぎ》りしめた。

このババア、黙って言わせておけばっ……！

雷の如《ごと》く恫喝《どうかつ》しようとしたら、美紅がそっと腕に触れてそれを制した。ディーターは驚いて美紅を見る。

――怒ってはダメよ。

彼女の目はそう言っていた。ディーターは親戚《しんせき》の輪から少し離れたところへ美紅を引っ張っていく。

「なんで止めるんだよ？」

ディーターは小声で怒鳴《どな》った。

「私なら大丈夫だってば！　慣れてるし」

美紅もひそひそと言う。

「君はあそこまで言われて平気なのか？」

「なんであなたが怒ってるのよ」

「なんで君は怒らないんだよ？」

「あんなのいちいち相手にしてもしょうがないでしょ？　女優なんて目指してる私みたいな人間はボロカス言われるのがデフォルトなのよ。馬鹿《ばか》だのアホだの非現実的だの夢想家だの社会不適合者だのヘタクソだの、しょっちゅう言われるんだから。まだあなの可愛《かわい》いものよ。それによくよく考えたら、あの人たちの言うことも一理あるんだから」

「君がよくても、僕が腹立つ」

「だから、なんであなたが怒るのよ」

「今回だけじゃない。もうずっと前々から腹に据《す》えかねてたんだ」

「ここは穏便《おんびん》に済ませたほうがいいんじゃない？」

「穏便《おんびん》なんて糞喰《くそく》らえだ」

ディーターはいきなり美紅を正面から抱きしめた。彼女の体がびくっと震える。

「美紅、あれを頼む」

「な、なに？　あれ？」

「例の必殺技」

「えっ？　まさか、ビッグバンモード？」

美紅は驚いてディーターを見上げた。

「そう。そのビッグバンを頼む」

「ちょっと待ってよ。ぶっ壊す気？」

「全部はぶっ壊さなくていい。あの親戚《しんせき》連中限定で」

「本気？」

「完全に本気」

「本当にぶっ壊すわよ？」

「だから、それを頼むと言ってる」

「……やめといたほうがいいと思うけど」

「雇い主は僕だ。異論は認めない」

「後悔しても知らないわよ？」

「後悔なんてするもんか。君の本領発揮《ほんりょうはっき》だろ？」

ディーターは自信満々に言って美紅を見下ろす。

「任せといて」

美紅は小悪魔みたいに微笑《ほほえ》んだ。

そこから美紅は、お高くとまったおば様連中の度肝《どぎも》を抜きまくった。

親戚《しんせき》の輪に戻った彼女はペラペラと珍奇《ちんき》なエピソードを披露《ひろう》した。

中でも一番傑作《けっさく》だったのが、手違いでゲイバーのバックダンサーとして参戦するはめになり、ゾンビの扮装《ふんそう》で踊るもステージから転落し、女であることがバレて冷や汗をかいた話。他にも、酔っぱらってファミリーレストランの看板《かんばん》によじ登って作り物の林檎《りんご》を取ろうとしたり、派遣秘書をしたときひどいセクハラの腹いせに会社のＨＤＤ《ハードディスクドライブ》を全部初期化して懲役《ちょうえき》を食らいそうになったり。あまりに金がなさ過ぎて道端で摘《つ》んだ野草とカブトムシの幼虫を調理した話は、さすがのディーターも聞きながら気分が悪くなった。他にも、思い出すのも憚《はばか》られるようなサバイバルでグロテスクでタフでハードな死ぬほど笑える話をとうとうと述べ立てた。

ディーターは笑いを堪《こら》えるために三回もレストルームへ行かなければならなかった。

明らかに美紅はやり過ぎだった。だが、込み上げる笑いを懸命《けんめい》に堪《こら》えながら「いいぞ、もっとやれ」と思わずにはいられなかった。

　さらにおば様連中の顔色が傑作《けっさく》だった。最初は嫌そうに眉《まゆ》をひそめる程度だったのが、次第に顔色が蒼白《そうはく》になり、気分悪そうに退席する者が続出した。美紅の暴走を止めようとした者は、猛烈《もうれつ》な反撃に遭《あ》い、徹底的にこき下ろされ、完膚《かんぷ》なきまでに論破《ろんぱ》された。

　痛快この上なかった。

　今夜の彼女はパーフェクトな美しさだった。硬く青かった蕾《つぼみ》がほころび、大輪の花を咲かせたように。オートクチュールのドレスをセクシーに着こなし、すらりとしたふくらはぎと高いヒールでモデルのように歩いている。生き生き輝《かがや》く瞳とワクワクした表情は、決して衣装に負けていない。むしろ、内側から光り輝《かがや》いている。首から肩、鎖骨《さこつ》から胸のラインが雪のように白く、眩《まぶ》しい。今夜のディーターはその一点の染みもない、滑《なめ》らかな肌に噛《か》みつきたいのをずっと我慢している。

　そんな彼女が悪魔みたいに変貌《へんぼう》し、その毒舌《どくぜつ》で孤軍奮闘《こぐんふんとう》している。ディーターは一種奇妙な感動に打たれ、その姿を見守っていた。

「これは全部、若気の至りよ」

　美紅はそっと耳打ちしてきた。ひさしぶりに胸がすっとしたような、誇らしげな気分だった。

　美紅は上品か下品かで言えば下品だし、きっと性格も悪いんだろう。その気になればひどい罵詈雑言《ばりぞうごん》が吐けるし、マフィアみたいにタンカも切れる。とんでもない無茶もこれまでさんざんやってきたんだろう。法の目をかいくぐり、あらゆる支配から逃れ、自由に生きてきた。そんな彼女を、なぜか自分は嫌いになれなかった。彼女はディーターの目にはひどく眩《まぶ》しく映る。

……それから、彼女の中にはずっとなにかが見え隠れしている。

彼女の芯《しん》の部分にとんでもないものがあって、それが玉ねぎみたいに幾重《いくえ》にも包まれている。僕が惹《ひ》きつけられるのは、その芯《しん》の部分だ。けど、皮が邪魔でうまく見えない。その見え隠れしているものがなんなのか、知りたくてしょうがない。

彼女の服を剥《は》ぎ、心の皮を剥《は》いでいったら見えるんだろうか？

どうやったら、それを見ることができるんだろう？

◆　◆　◆

「ボス、体調でも悪いんですか？」

見上げると、ピカピカに磨かれた鏡にアーロンの驚いた顔が映っている。レストルームの洗面台の前に立っていたディーターは目尻の涙を拭《ぬぐ》った。

「いや、違う。ちょっと笑ってただけだ」

「笑ってた？」

「さっきまで美紅の単独ライブを聞いてたんだ」

言いながらディーターは蛇口《じゃぐち》を捻《ひね》って手を洗った。レストルームも贅《ぜい》が極められており、ずらりと並んだ鏡も蛇口《じゃぐち》も磨き込まれ、光を反射していた。広いレストルームにはディーターとアーロンの二人しかいない。

ディーターがふと視線を上げると、アーロンが目を見開いて口をポカンと開けている。

「どうした？」

ディーターは鏡越しに聞いた。

「いいえ、ちょっと。驚いたものですから」

「驚いた？」

「ご自分でわからないんですか？」

「わからないな」

「笑った顔ですよ」

「え？」

「ボスが笑うのをひさしぶりに見たものですから。私がボスのそんな顔を見たのは、もう思い出せないぐらい昔ですよ」

「そうだったか？　あまり意識したことはなかったが……」

「やはり彼女は適任だったようですね」

アーロンは満足げに言った。

「今となっては彼女以外考えられないな、この大役《たいやく》が務まるのは。なにより、彼女自身が楽しんでいるようだし」

「マスコミの印象操作は成功したようです。ネットの芸能ニュースに、すでに情報が流れはじめています」

「やれやれ。なんでもかんでもすぐに拡散する世の中だな」

「しかし、いいんですか？　淑女《しゅくじょ》の奥様方をあんな風にやり込めて……」

「淑女《しゅくじょ》が聞いて呆《あき》れる。あのおば様方なら問題ない。もともと、なんの力も持ってないさ。叩きたいだけ叩かせておけばいい」

「まぁ、確かに美紅への親戚《しんせき》のバッシングが強まれば強まるほど、婚約の信憑性《しんぴょうせい》は増しますね。親戚《しんせき》の反対を押し切って愛を貫くCEO……」

「一番の問題は親父《おやじ》だが……」

「総帥《そうすい》なら心配いりません。微力ながら私が少々根回しをしておきました。恐らく、近日中にアレクシアへの圧力は消えるものと思われます」

ディーターは目を見開いた。

「やったじゃないか！　大成功だな。君の読みどおりだ」

「ありがとうございます」

「しかし、美紅は傑作《けっさく》だったな。あんな爽快な気分になったのはひさしぶりだ」

ディーターは美紅の無双っぷりを思い出し、ククッと笑った。

「美紅は大変ユニークですね。彼女は自立している」

「そう。まさにそれなんだ！　彼女は自立している。よくわかってるじゃないか！」

ディーターはうれしくなってアーロンの肩を叩き、こう続ける。

「女優志望なんて言うから夢見るガキかと思ったが、なかなか見所のある奴だよ、彼女は。可愛《かわい》くてスタイルがいいだけじゃない。すごくタフで鋭《するど》いんだ。ちっとも僕の思い通りにならない。この僕に一ミリも媚《こ》びない。昨晩なんか『謝罪は受け取ったわ、けど、私に近づかないで』と、こうだぜ？　マンハッタンで結婚したい男ナンバー1のこの僕に対して！　信じられるか？　彼女の機嫌を取るために僕がどれだけ骨を折ったか。君に見せてやりたかったよ」

「ボス、美紅に恋してるんですか？」

「なんだって？　恋？」

ディーターは目を丸くした後、小馬鹿《こばか》にしながら鼻で笑った。

「はっ、よしてくれよ。君までティーンエイジャーみたいなこと言い出すのか。悪いが僕は自他ともに認めるプレイボーイなんでね。プレイボーイは恋なんてしない」

「しかし、おかしいですね。ここへ来てもう四日。まだボスは美紅をモノにしていない。プレイボーイにしては少々お粗末《そまつ》過ぎるんじゃないですか？」

アーロンは腕を組んで大理石に寄り掛かり、挑発的に微笑《ほほえ》む。

「馬鹿《ばか》言うなよ。そんな簡単なもんじゃないんだぜ、彼女は。僕だって多少強引に持っていこうとしたさ。けど、どうも……彼女が相手だと調子が狂うんだ」

「ほう、どんな風に？」

「ちょっと体調がおかしいのかもしれない。うまく言えないんだが、彼女を前にすると動悸《どうき》息切れが激しくなると言うか、メンタルがコントロール不能になる。あと……恐怖もあるな」

「恐怖？」

「ああ、怖いんだ」

ディーターは真面目《まじめ》な顔で、そのときの感情を丁寧に掘り起こし検証した。

「あれは恐怖だな。あまり強引なことをしたら、彼女に嫌われるんじゃないかと思って」

「なるほど」

「女性相手にこんな気持ちになるのは初めてで参ったよ。やれやれ。僕も三十を前に焼きが回ったのかな」

「彼女を前にすると胸が苦しくなる、嫌われるのが怖くて強引に迫れない、これまでこんな女性に出会ったことがない」

アーロンは指を一本ずつ折りながら、淡々と読み上げた。

ディーターはキョトンとしてその指を見、さらにアーロンの横顔に目を遣《や》ってこう聞いた。

「それが？　なんだよ？」

「なるほど」

「なんだよ？　なにがなるほどだよ？」

「まだわからないんですか？　意外と鈍いんですね？」

「鈍い？　……さっきからなにを言ってる？」

「ですから、それだと言ってるんです」

「それ？」

アーロンの真意を測りかね、ディーターは怪訝《けげん》な顔をする。

「それが典型的な恋の症状だと言ってるんです」

アーロンは妙に冷めた目で断言した。

「だから笑わせるなとさっき………」

その瞬間、ディーターは雷に打たれたみたいになった。

……………なんだって？

ディーターの顔が驚愕《きょうがく》に歪《ゆが》む。

これまでの出来事、美紅の横顔、琥珀色《こはくいろ》の瞳、翻《ひるがえ》るサンドレスの裾《すそ》、小さなそばかすの映像が次々と脳裏をよぎる。不可解な苛立《いらだ》ち、恐怖、切望、強い欲動……さまざまな断片がパズルのピースみたいにぴたりぴたりとはまってゆく。

そして、ようやくその全貌《ぜんぼう》が姿を現した。

これが、恋⁉

アーロンは呆《あき》れたように肩をすくめ、ため息を吐いた。

ディーターはやけにシンとした気持ちで立ちすくんだ。これがそうなのか……という深い実感。

論理も理性もどこかへ消え失《う》せ、茫漠《ぼうばく》とした空白だけがあった。

まるで偉大な神を前にした敬虔《けいけん》な信者の如《ごと》く。

その様子をじっと見ていたアーロンは、物憂《ものう》げに腕時計を見て呼びかけた。

「ボス、そろそろパーティーに戻りましょう」

そう声を掛けられても、ディーターは呆けたように突っ立っていることしかできない。

「ここからはボス単独で政財界の方たちに挨拶《あいさつ》回りをしないといけません。例の構想の件もありますし」

アーロンは少し語気を強めて言った。

「構想？　あ、ああ、そうだな」

ディーターはやっと我に返り、ぼんやり繰り返した。

「そうだな。うん。構想の件があるしな」

「……ボス、大丈夫ですか？」

「あ、ああ。大丈夫だ」

ディーターははっとして襟《えり》を正すと、髪を両手で撫《な》でつけてはっきり言い直した。

「よし。戻るか。お偉いさん方にはもうひと働きしてもらわないと」

「ええ。再度、念押しが必要です。行きましょう」

ディーターとアーロンは連れだってレストルームを後にした。

◆　◆　◆

……こっちを見てる。

美紅は敏感《びんかん》に察知した。視線を気にしつつ、記者の質問に笑顔で答える。

嫌でも目の端《はし》にディーターのすらりとした姿が入ってしまう。白い壁にもたれてワイングラスを片手に、反対の手はジャケットのポケットに突っ込み、スーツの軍団を相手に話をしている。彼の高い身長は群衆から頭一つ抜き出ていた。美紅はホールの東の端《はし》にいて彼とは二十メートル以上離れているのに、こんなに大勢の人がいるのに、彼の立っている場所だけくっきり浮き上がって感じられる。

記者の話にうんうんとうなずきながら、意識は完全にディーターへ向いていた。彼がグラスに唇をつけ、ポケットから手を出してパッと広げ、熱心に説明する……そちらを見ていなくても、彼の一挙手一投足が手に取るようにわかる。

また、こっちを見た。

脈が少しずつ速くなる。

今夜はずっと熱に浮かされている。ディーターにあちこちキスされ、肩や腰を抱かれた。いくら婚約者の振りをしているからとはいえ、好きな人相手に平然とこなせるほど大人じゃない。唇にキスされるたびにそれがひどく優しくて、まるで本当に愛されているようで、手の甲を内出血するほど何度もつねり続けた。

きっと彼は知らない。私がこんなにおかしくなるほどドキドキしていることを。

もう記者の話には完全に上《うわ》の空《そら》だった。記者の割れた顎《あご》の辺りを見つめつつ、何気ない様子を装《よそお》いながら五感のすべてでディーターの動きを探り、その視線を痛いほど感じていた。

カメラマンが美紅のドレスを褒《ほ》めた。とても気に入っているの、彼が選んでくれたのよ、と笑顔で返す。

ゆっくり揺れる振り子のように、世界が少しずつスローに時を刻みはじめる。周囲の喧騒《けんそう》は遠のいてゆき、人々の笑顔やシャンデリアが夕焼けみたいな淡いオレンジににじんでゆく。余計なものは削《そ》ぎ落とされ、遠くにいる彼の存在感だけがクリアになる。

ウェイターがカクテルグラスを渡してくれる。ありがとう、と言って受け取り、唇をつける。舌先で弾《はじ》ける、甘くて苦いミントの芳香《ほうこう》。若い女性記者が憧れのアーティストは誰ですか？　と聞き、最大のリスペクトはマイケルに捧《ささ》げているの、と答える。

また彼が振り向いて、こちらをじっと見つめた。

もうこれ以上、素知らぬ振りをするのは限界だった。つい誘惑に負け、オードブルを取る振りをしながらディーターのほうに目を遣《や》ってしまった。

するとディーターは人ごみの向こうからまっすぐに美紅の瞳を見つめていた。

二人の間を繋ぐ、サーチライトみたいに強烈な光の筋。そんなものが確かに存在するような錯覚《さっかく》。

……あ。彼は、なんて目で……私を見るんだろう……

彼の切れ長の目がすっと細められる。脈拍がどんどん上がり、酸欠で息苦しくなる。

絡まった視線を力ずくで引き剥《は》がすのに、美紅はかなり苦労した。

女性記者のほうへ愛想よく振り向きながら、ときめきが収まらない。ハンカチで首筋に浮いた汗を拭《ぬぐ》う。

知らなかった。彼の瞳がこんなにすごい魔力を持ってるなんて。

もし、もう一度目が合ったら……どうなるんだろう。

◆◆◆

早く、二人きりになりたい。

ディーターは投資家と握手を交わし、株式相場の概況《がいきょう》について意見を述べた。投資家は人民元安について不安を漏《も》らし、ディーターはうなずきながら話を聞く。見解を求められたので、長期的には強い通貨だと思う、と答えた。

話がまったく頭に入ってこない。

気づくと、視線が美紅を追ってしまう。

彼女は群衆の中、ひときわ輝《かがや》いて見えた。シャンデリアの光を受け、ほっそりした首から鎖骨《さこつ》のラインが淡く光って見える。ネックレスをつけさせなくてよかった。自然のままの肌があんなに綺麗《きれい》だとは。遠くから見ても、ぽてっとした唇が色っぽく、生き生きした笑顔に惹《ひ》きつけられた。

別の若い投資家が債務不履行《デフォルト》の可能性について聞いてきたので、有り得るが巷《ちまた》で言われているような共倒れにはならないだろう、と答える。

……早く、二人きりに。

彼女は微笑《ほほえ》んで記者の質問に答えている。少し首を傾け、後《おく》れ毛にそっと指を絡めていた。それが僕の指ならよかったのに、と思う。

なぜだろうか。彼女もディーターのことを意識しているとわかった。

幻覚《げんかく》を振り払うよう、首を振る。

なんかおかしいぞ。まるですべてが絵空事《えそらごと》のようだ。ぼんやりしてリアリティが全然ない。

アーロンが馴染《なじ》みの上院議員を連れてきたので、ディーターは握手して挨拶《あいさつ》した。事業を後押しする法案を通過させてくれたことに礼を述べる。議員が政治献金《けんきん》の増額を匂わせてきたので、それとなく任せてくれと請《う》け負《お》った。

グラスに口をつけ、ワインを舐《な》める。酔ってもいないのに味もなにもわからない。ただひんやりした液体が喉をとおり過ぎるだけだ。ざわざわした喧騒《けんそう》が聞こえなくなっていき、彼女と自分を繋ぐ見えないラインが浮き彫《ぼ》りになる。おかしな話だ。これだけあらゆるものがきらびやかで豪勢なのに、そのすべてがどうでもよく、ただ彼女の一瞥《いちべつ》だけを切望している。こんなにも強く。

こっちを見てくれ。

ふわふわした幻の中、それだけを強く念じていた。彼女を誰もいない暗がりへ連れていって、あのふっくらした唇にキスしたい。もっと近くであの瞳を覗《のぞ》き込みたい。透きとおるような肌を舌で味わいたい。体の内側に切ない渇望《かつぼう》が渦巻《うずま》く。自分の視線がまっすぐに伸びていって、彼女を捉《とら》える……そう強くイメージした。

美紅がオードブルを手に取って、目を上げた。

……やっとだ。

彼女がディーターの視線を捉《とら》えた。人ごみの合間を縫《ぬ》って、確かにお互いを繋ぐ糸をはっきり見た。

目を合わせている刹那《せつな》は、頭が真っ白だった。

間もなく、彼女は視線を逸らしてしまう。ディーターは内心舌打ちする。大きな獲物《えもの》を逃したような喪失感《そうしつかん》。

——まったく。僕がこんなにドキドキしていることに、彼女は少しでも気づいてくれてるんだろうか?

子会社のコンサルファームの代表が挨拶《あいさつ》に来たので適当に相槌《あいづち》を打った。冷静を装《よそお》って事業計画に耳を傾ける。実際にはなに一つ聞いていないのだが。次々と飛んでくる質問に的確に答え、時折助言も交えながらも、そろそろ限界を感じていた。

もうダメだ。たぶん、もう制御《せいぎょ》できない。

彼女の匂いと肌を鮮明に思い出す。鼓動が速くなり、彼女の笑顔や髪や瞳で頭がいっぱいになる。

もう一度目が合ったら、もう引き返せない。

それでも、二人の視線はもう一度交差した。

ディーターはしっかりと美紅の視線を受け止める。そのまま、ゆうに十秒以上見つめ合っただろうか。

周りの男たちは急に黙り込んだディーターに訝《いぶか》しげな顔をする。美紅を囲んでいた記者たちも「どうした？」とその視線の先を目で追う。

無意識の内に、美紅のほうへ足を踏み出していた。

このときは、なにも考えていなかったように思う。体が自然と引き寄せられるように動いていき、気づくと美紅の傍《そば》に立って見下ろしていた。美紅は微《かす》かな期待と不安の混じった瞳で、こちらを見上げる。

「行こう」

ディーターはそれだけ言った。

美紅は覚悟を決めたかのように黙ってうなずく。

ディーターは彼女のくびれた腰に腕を回して、引き寄せた。

第三章　月下の契《ちぎ》り

青白い月は穏やかなエーゲ海を皓々《こうこう》と照らしている。

プールサイドは人気《ひとけ》がなく、夜光虫のように青白く浮き上がった水面《みなも》が静かに揺れていた。

二人はプールサイドを越えた先、少し曲がったところにある暗がりにいた。ここならホールからの目は届かない。

美紅は壁を背にディーターを見上げた。

月光の下で見るディーターの顔は恐ろしいぐらい美しかった。青白い光が端整《たんせい》な輪郭《りんかく》を縁取《ふちど》り、簡単に触れちゃいけない芸術品みたいだ。彼に見惚《みと》れながら、なぜかかの有名な画家、レンブラントが描く印象的な陰影を思い出した。もしかしたら画家はこういう瞬間を画《え》にしたいと思うのかもしれない。それぐらいどこか人間離れした、非日常的な美しさがある。

ディーターは美紅を壁際に追い詰め、挟《はさ》むように両手を壁についてから、じっと瞳を覗《のぞ》き込んだ。美紅の心臓は小鳥みたいに速く鼓動していた。

音もなく見つめ合う行為は、息もできないほどエロティックだった。

ずっと不思議だった。ロマンス小説のヒロインたちは皆、愛と欲望を区別していた。ヒーローに求められても「これは愛じゃない。欲望だけじゃ嫌だ」と拒否していた。読んだ当時はそんなものかと思ったけど、今の美紅には正直、その二つの違いがわからない。ここまでは愛だけど、ここからは欲望、という線引きができない。

欲望は悪いものとして捉《とら》えられがちだ。逆に愛は素晴らしいものとされている。誰にも言ったことはないけど、美紅には時折、愛はひどくグロテスクで残酷《ざんこく》で欺瞞《ぎまん》に満ちて見える。逆に欲望のほうが素直で正直で純粋なものに思えた。火口から噴き出す灼熱《しゃくねつ》のマグマみたいに、人間にとって脅威《きょうい》であると同時に惹《ひ》きつけて離さない、一つのパワー。

欲望と愛は、他の人から見れば明確に違うものなのかもしれない。けど、今の自分には欲望も愛も、突き詰めたら同じところに辿り着く……そんな気がしてならない。

どちらのエネルギーも源泉《げんせん》は同じ一つのところなんじゃないかって。

「君が、好きだ」

真剣な眼差《まなざ》しに、胸をぐさりと貫かれた。

美紅は観念して目を閉じる。

ディーターのキスは切なくなるほど、優しかった。

許しを乞《こ》うように柔らかく二、三度ついばまれ、それから舌がそっと侵入してきた。

唇を開いてすんなり迎え入れ、舌先をくすぐるように絡ませる。彼は低くうめき、体を密着させ、きつく抱きしめてきた。シャツ越しに彼の引き締まった体を感じ、鼓動が強く胸を打つ。

舌はどんどん大胆になり、彼は首を少し傾けてキスを深めてゆく。背中に添えられた手が熱い。彼の硬く怒張《どちょう》したものがその凹凸《おうとつ》まではっきり感じられ、どうしようもなくドキドキした。二人の鼓動は激しく轟《とどろ》き、乱れた息を漏《も》らす。まるで濃厚なセックスをしているみたいだった。

「拒絶されるのが怖かった」

首筋から肩へ舌を這《は》わせながらディーターは告白した。

「こんなこと初めてなんだ。君に冷たくされるのが怖くて……どう口説いていいか、わからなくなってた」

熱い息が首筋にかかり、美紅の体がピクンと震える。彼は舌を突き出し、鎖骨《さこつ》をじわじわと舐《な》めた。彼は私の鎖骨《さこつ》が好きなのかしら？　と美紅はちらりと思う。彼は肩に甘く歯を立てながら、大きく息を吸い込んだ。

「君の匂いを嗅《か》ぐと、頭がおかしくなりそうだ……」

この言葉だけで美紅の頭もおかしくなりそうだった。

「君が好きで……好きで、どうしようもないんだ」

ディーターはひどく苦しげな表情で言った。それを見て美紅もなぜか苦しくなる。昂《たか》ぶったものはますます硬くなり、美紅の下腹部を強く押してめり込んでいた。美紅は股《また》の間が潤《うるお》っていくのを感じた。たぶんショーツはもうぐしょぐしょだ。このままいくと染みになるかも。

……どうしよう。せっかく綺麗《きれい》なドレスを着ているのに。

美紅は微《かす》かに口角を上げた。こんなに心臓が口から飛び出そうなのに、肝心なときほど、くだらないことばかり頭をよぎってゆく。

「君は、僕のこと、好き？」

興奮で上ずった声で、彼が聞く。

美紅は答える代わりに自分からキスした。両腕を彼の首のうしろにしっかり回し、舌を差し入れる。彼の舌を捉《とら》え、甘くくすぐった。彼は満足そうに息を漏《も》らし、さらに体を密着させてきた。温かい大きな手がするりと太腿《ふともも》を撫《な》で上げ、ドレスの下に入り込む。指先が素早くクロッチをずらすと、湿った秘所に触れた。花弁を一枚ずつ広げながら、入り口を探している。

次の瞬間、ずぷっと指が中に入ってきた。

荒々しいキスに懸命《けんめい》に応《こた》えながら、美紅は快感に身を震《ふる》わせた。指先は優しく抜き差しを繰り返す。

……すごい……。キスも……めちゃくちゃキモチイイ……

ずちゅ、ぐちょっ。潮騒《しおさい》に紛れて微《かす》かにいやらしい水音が聞こえる。甘すぎる舌遣いと繊細《せんさい》な指がもたらす刺激に恍惚《こうこつ》となった。彼の強張《こわば》りがますます膨《ふく》らむ感じがして、お腹の芯《しん》が熱く疼《うず》く。

「君のドレスを脱がせて……胸にもキスしたい」

その言葉だけで乳首は硬く尖《とが》った。

「……けど、ここでそんなことできないから……」

ずぶりと長い指が奥まで挿入され、中を掻《か》き回した。キスの合間に美紅は喘《あえ》ぐ。洪水みたいに蜜が溢《あふ》れ出す。

「一緒に部屋に戻ろう」

耳元でディーターの声は掠《かす》れた。

「続きをしよう。すごく優しくするから……」

切ない声は、もはや懇願《こんがん》だった。

拒絶する理由はなに一つ見当たらなかった。

信じられないほど官能的なキスと優しすぎる愛撫《あいぶ》で、もう脳髄までぐちゃぐちゃにとろけていた。美紅は胡乱《うろん》な意識で何度もうなずいた。内腿《うちもも》を生温かい愛液が流れていく。

「今すぐ君を連れ去りたいが……ごめん。ちょっとここで待っててくれ。どうしても挨《あい》摋《さつ》しておかなきゃいけない人がいる」

ハートを鷲掴《わしづか》みにされるような、熱い口づけをされた。

「すぐに戻る。待っててくれ」

ディーターは苦心した様子で体を離してから言った。

美紅は、ぼうっとしたままうなずく。

「必ず、ここにいてくれよ？」

ディーターは念を押すと、さっと踵《きびす》を返し、足早にホールへ戻っていった。

◆　◆　◆

体が火照《ほて》って、やばい。

美紅は両腕で自《みずか》らの体を抱きしめる。深く求められる情熱的なキス。けど、舌遣いは優しくて甘くて……思い出すだけで体が熱くなる。

どうしよう。もう後戻りできない。契約が終わったら別れる人なのに。

ひんやり湿気を帯《お》びた夜気《やき》が頬《ほお》に心地よい。少し離れたホールからは人々のざわめきが聞こえる。いろいろあったけど、私もディーターもうまくやれたと思う。二人がまさか演技をしているなんてきっと誰も思わない。それぐらいディーターのエスコートは完《かん》壁《ぺき》だったし、私も本物の恋人みたいに胸をときめかせた。腕を組んで、抱き合って、たくさんキスした。

ミッションが成功し、それだけで充分なはずなのに、もうそれだけじゃ満足できない。彼に気持ちを向けられることに喜びを感じ、もっと求められたいと思いはじめている。でも、その気持ちとは裏腹に、不安が消えない。この不安を消し去って欲しい。早く、戻ってきて。決心が鈍る前に。

そんなことを考えていたら、背後から誰かが近づいてくる気配がした。ディーターが戻ってきたと期待して振り向いたが、違った。

「そのドレス、君によく似合ってるよ」

宗一郎だった。カジュアルな白いディナージャケットを着ている。今夜は少し機嫌がいいらしい。

「ありがとうございます。これはディーターからのプレゼントなんです」

美紅は内心身構えながらにこやかに応じた。

「今夜はマスコミ関係者も何人か来ていた。近々、君はディーターの正式な婚約者として報道されるだろうね」

少し白髪が混じった黒髪、切れ長の目元に刃物のように鋭《するど》い眼光。ディーターの面差《おもざ》しと眼力の強さは父親譲りだ。目尻と眉間《みけん》の皺《しわ》が苦労をうかがわせる。

「君はディーターのことを本気で好きなんだね？」

「えっ？　あ、はい」

美紅は、はっとして手を口に当てた。嘘だったはずなのに、もう真実になりつつある。

宗一郎はディーターと同じ瞳でじっと見つめている。ディーターの瞳は基本グレーで、よく見ると深い緑色だ。対する父親は漆黒《しっこく》だ。色が違うのに同じ印象を受ける。

「それで、君はいくら受け取ったの？」

北山宗一郎は表情一つ変えずに言った。

「は？」

「アレクシアのための偽装婚約だろう？　君はいくらで契約した？　まさか一万ドルぽっちってことはないだろう。五万ドル？　十万ドル？」

全身から血の気が引いていった。ちょっと！　お父さんに完全にバレてるじゃない！

どうしよう、絶体絶命の大ピンチ！

「なんのことだかわかりませんが……」

動揺を悟《さと》られないよう冷静に答える。

「あはは！　しらばっくれなくていいんだよ。それに、緊張もしなくていい。君は一時《いっとき》でも私の一族の一員になるんだから、リラックスしてくれたまえ」

宗一郎はカラカラと笑った。そして鋭《するど》い眼差《まなざ》しでもう一度問うた。

「それで、いくらだった？」

どうしよう？　なんて答えればいい？　ここで私が認めたら、計画がすべてオジャンになる！

「どうした？　私の声が聞こえないのか？　いくらもらったのかと聞いてるんだ」

かと言って、ここで動揺したら偽装婚約を認めたことになる！

「なにを考えている？　答えたまえ」

「……あなたはどうしてディーターの恋人を寝取ったんですか？」

言ってしまってから、美紅は自分の耳を疑った。

え？　私、今なんて言った？

宗一郎は「え？」という顔のまま、固まっている。

闇夜《やみよ》に潜《ひそ》む虫の鳴き声が一段と高まった。

しばらくして宗一郎は、くっくっくっと声を殺して笑いはじめた。

ああ、今のセリフはなかったことに。心の声だったはずなのに！

「君、面白いねぇ。初対面のましてや義父になる人に、そんなこと言って失礼だと思わないの？」

もう、こうなりゃなるようになれだ。どうせバレてるし。それに残念ながら、この男のほうが自分たちより何枚も上手《うわて》だ。

「それを言うならあなたも同じでしょ」

美紅は盛大に開き直った。腕を組んで胸を張り、言葉を続ける。

「初対面のましてや娘になる人に偽装婚約か聞くなんて、失礼さでいえば私なんて足元にも及びませんけど」

「言うねぇ」

初老の紳士《しんし》は、うれしそうに口笛を吹く。

「なら、私も素直にありのままを答えよう。誘ってきたのはキャメロンだ。彼女は財産目当てでディーターに近づいた。ディーターは踏み台で本命は私というわけ。素晴らしい体をしているが、金のためには手段を選ばない恐ろしい女だ」

「だからって、なぜ？」

「ディーターはグループを背負って立つ重要な人間だ。若いうちから変な虫がついたら困るんだよ。私が誘いを断れば、キャメロンはまたディーターにつきまとうに決まっていた。一種の病気なんだ。蛇《へび》みたいな女だ。私の手元に置いておけば、悪さはさせない。私ならコントロールできる」

「身勝手な言い分ね。正当化するための言い訳だわ。ディーターが深く傷ついたのは事実でしょ」

「そうだね。でも、私は息子を信じているよ。彼はそんなことでは屈しない。きっとなにかを学んで先へ進むってね。私は彼に好かれようが嫌われようが、どうだっていいんだ」

宗一郎は胸ポケットから取り出した葉巻に火を点《つ》け、優雅《ゆうが》にくゆらせた。バニラの甘ったるい芳香《ほうこう》が漂《ただよ》う。

「私がキャメロンを受け入れても、拒絶しても、ディーターが傷ついたことに変わりはない。結局、彼を傷つけているのは彼自身なんだよ。本当の意味でディーター以外の他人が、彼を傷つけることなんてできないんだよ」

「あなたもキャメロンも悪くないと言いたいの？　意味がわからない」

「今はそれでいいんだよ。いつかわかる日が来るさ。私は君たちより、ちょっと長いスパンで物事を見てるだけなんだ。理解されなくとも構わない。君はそのままでいいんだ」

美紅は一人遠い場所に立ってこの世界を眺《なが》めているような、妙な寂しさに襲《おそ》われた。ディーターと宗一郎はやっぱり親子だ。今、実感としてわかった。二人の根底に流れているものは同じだ。人間の綺麗《きれい》な部分も汚い部分もありのままに受け入れる。我慢して無理するのではなく、もっと自然に距離を置く。路傍《ろぼう》に咲く花も、藪《やぶ》の中の毒蛇《どくへび》も、摘《つ》んだり殺したりせずそのままを楽しんでいる。正しいとか間違っているとかジャッジしない。熱い思いも正義もない。

そして、それが美紅と彼らの距離を際立たせた。おまえは住む世界が違うんだと。

「君はディーターを愛しはじめてるんだね。なのに偽装婚約を続けようとしている」

美紅は俯《うつむ》いてドレスをギュッと握《にぎ》り締めた。この人は、なにもかもお見通しだ。

「じゃ、取引しようか。このゲームから手を引いてくれないか？　具体的には、なにも言わずに帰国して欲しい。一人で」

美紅ははっと顔を上げた。

「もちろん、タダとは言わないよ。ディーターが支払うと約束した額の倍払おう。他に君が受け取る予定だった動産、不動産はすべてそのまま君のものになる」

「ディーターは……どうなるんですか？」

「ここまでされたんだ。アレクシアとの結婚は諦《あきら》めるよ。君たちの努力に報《むく》いよう」

「ディーターが本当にふさわしい人を見つけたら結婚を認める、そう言いたいのですか？」

「そういうことだ」

「私はディーターにふさわしくないということですね？」

「君は賢いね。話が早い」

宗一郎は夜空を見上げてさらに言った。

「五日後は満月だ。満月の夜、二十二時にここで落ち合おう。そのときに返事を聞かせてもらうよ」

「勝手に話を進めないで！」

「ディーターのことを愛してるならなおのこと、黙って帰国するのが彼のためだ。君みたいな人間が彼を幸せにできると、本気で思ってるのかね？　だとしたら、早く目を覚ましたほうがいい。君が一人で帰国すれば、君は倍額の報酬《ほうしゅう》を手に入れる。ディーターは真の結婚相手を探す機会を得る。私はグループを守れる。全員が幸せになれる」

真の結婚相手……頭を殴られたような気がした。

巧《たく》みな心理戦。

宗一郎は伊達《だて》に財界のトップにのし上がってない。彼は他人の感情なんて手に取るようにわかるんだろう。相手が本当に欲しいもの、恐れているものも……そしてそれを交渉材料に使う。あるときは脅《おど》し、あるときはなだめ、恐怖するものをチラつかせ、欲しいものを目の前にぶら下げる……そうやって競争を勝ち抜いてきた。相手の弱点を瞬時に見極め、そこへピタリと鋭《するど》いナイフを当てる。

私はディーターにふさわしくない……今、美紅が最も恐れている言葉だった。

「……約束できません」

美紅は小さな声で答えた。胸に広がっていた希望や期待がみるみる萎《しぼ》んでゆく。先ほどの夢のような余韻《よいん》はすでに掻《か》き消えていた。

「君はここに来るよ。きっとね」

宗一郎の冷たい笑みが呪《のろ》いのように胸に残った。

◆　◆　◆

「親父《おやじ》となに話してた？」

用事を済ませて戻ってきたディーターは、美紅と宗一郎が話していたことに気づき不安そうに言った。

「別に。なにも。ドレスが綺麗《きれい》だねとか、そういうこと」

美紅はなるべく短く答えた。

「ふん。大丈夫だったのか？　妙なことを言われなかった？」

「妙なこと？　言われるわけないじゃない」

美紅は、しらばっくれた。

「君は親父《おやじ》のことを知らないからそんなこと言えるんだ。親父《おやじ》みたいな人種はなにをしでかすかわからない。常に他人を嵌《は》めることしか考えてないんだ」

月光に照らされ、二人が手を繋ぐ影が砂地に伸びている。二人はヴィラに戻る道すがら、海に面したビーチを歩いていた。

握《にぎ》った手を通して、彼の不安がはっきり伝わってきた。

「大丈夫よ」

美紅は握《にぎ》った手にそっと力をこめた。

「親子の縁を切りたい」

ディーターは苦しそうに告白した。感情を押し殺した声は続く。

「ずっと切りたいと思ってた。だが、僕の会社に投資してくれる連中は、僕が将来グループを担《にな》うからという理由で金を出している。だからある時期から、僕は北山の名前をとことん利用してやろうと思ったんだ」

「うん」

「表面上は親父《おやじ》とはうまくやっている。だが、たまに我慢ならないときがある。僕がこんな風に北山の名で投資を得ることも……すべて親父《おやじ》は計算済みで、奴の手のひらの上で転がされているような嫌悪感《けんおかん》に襲《おそ》われる」

「わかるような気がするわ」

「親父《おやじ》は僕に愛情以外のすべてのもの……贅沢《ぜいたく》な衣食住と、最高級の教育を与えてくれた。だが、僕はそれだけの対価を支払った。与えられた分と同じだけのものを奪われた」

孤独な幼少時代、過酷《かこく》な労働……それらのワードが順番に美紅の脳裏をよぎった。

「誰もが幸福な幼少時代を過ごせるわけじゃない。子は親を選べない。僕よりもっと過《か》酷《こく》な環境で生きている人もたくさんいる。それぐらい、わかってるつもりだ」

比較しても無駄なのよ。自分より下を見たからと言って、それで満たされるわけじゃないわ。美紅はそう思いながら、彼の腕をそっと撫《な》でた。

「いつか君に、僕は家庭を持つつもりはないと言ったね？」

「うん。言ってた」

「恐らく、僕は親父《おやじ》の二の舞になる」

見上げた彼の横顔は冷気を感じさせるほどだった。それが怒りなのか絶望なのか、美紅にはよくわからない。

「どんなに嫌悪していても、僕は親父《おやじ》と同じことを子供に対してやるだろう。刷《す》り込まれているんだ。自力ではコントロールできないほどにね。本能とかそういうレベルだ。僕らがどんなに努力しても排泄《はいせつ》行為を止められないように、意志とか努力とか、そういうのではどうにもできない領域のものがあるんだ」

「思い込みじゃない？」

「そうじゃない。君は知らないだけだ。人間は模倣《もほう》する生き物なんだ。自覚なしにね。僕は無自覚に親父《おやじ》のやり方を模倣《もほう》するだろう。これまでも、これからも」

美紅には、思い当たることがあった。だから、彼の言葉を完全否定できない。冷酷非《れいこくひ》道《どう》な野心家……これは世間のディーターに対する評価だ。けど、それは北山宗一郎にも当てはまる言葉でもある。

「美紅は嫌悪感《けんおかん》の正体について考えたことはある？」

ディーターはポツリと言った。

「ないわ」

美紅は彼の横顔を見つめながら答えた。

「たぶん、類似《るいじ》なんだ」

ディーターは泣き笑いのような表情を浮かべ、繰り返した。

「人は、自分と同じだからこそ、嫌悪する。僕らは相手を通して、自分の姿を見るんだ。だから一番見たくない自分、認めたくない自分にそっくりな相手がいると我慢ならないんだ」

「あなたはお父さんを通して、自分の姿を見ているって言いたいの？」

ディーターはうなずいた。

「そうだ。嫌悪感《けんおかん》とは僕らの願望でもある。自分が人目を気にしてとてもできないことを、すんなりやっている人間を見た時も人間は嫌悪する。羨《うらや》ましいからだ。認めたくないが、自分も本当はそうありたい。そんな風に素直に生きてみたい。欲を満たしたい。けど、プライドや常識やさまざまなものが邪魔して、できない。だから強く反発するんだ」

キャメロンとのことを言ってるの？　宗一郎は羞恥《しゅうち》も人目も気にせず、堂々と息子の恋人を寝取った。ディーターはそんな風に生きられないけど、羨《うらや》ましく思ってる。そこまで欲望に忠実であれたらよかったのにと。

「僕が嫌悪する親父《おやじ》の姿は……僕自身でもあり、願望でもあるんだ」

そう言ったディーターはその場に崩れ落ちそうだった。

それを見た美紅は、腹の底から得体の知れない衝動《しょうどう》がふつふつ湧《わ》き上がってくるのを感じた。

「なに、寝惚《ねぼ》けたこと言ってんのよ……」

それは自分の声とは思えないぐらい、低く掠《かす》れていた。

「え？」

ディーターは目を丸くする。

「なに寝惚《ねぼ》けたこと言ってんの、って言ってんの！」

美紅は自分でも訳がわからずまくし立てた。

「全然似てないわよ！　あの蛇《へび》みたいな糞親父《くそおやじ》になんて、ぜんっぜん似てないっ‼　あなたのほうが百倍素敵だし、千倍優しいし、一億倍頭もよくて、格好よくて、スマートでエレガントでピュアだって言ってんの！　世界中の女性にアンケート取ってみなさいよ！　百ゼロであなたのほうが素敵だって全員が漏《も》れなく答えるわよ！」

そんな風に絶望して欲しくないと思った。そんな風に自分を卑下して価値を落として欲しくない。

「あの糞狸爺《くそたぬきじじい》はあなたみたいに反省なんてしないわよ。嫌いな奴がいたら力ずくで社会から追放してニヤニヤしてそれで終わりよ！　あなたみたいに嫌悪の対象は自分自身ウンヌンなんて省《かえり》みたりしないわ。嫌いな奴は一〇〇パーセント相手がクズでアホで悪いと決めつけて、はい終了よ。あなたほど洞察《どうさつ》も深くない。ノリと勢いと欲望で生きてるただの支配欲の塊《かたまり》よ！　私、大っ嫌いなのよ。ああいう、金と権力を振りかざせば思い通りになると思ってるイタイ奴。それにあのおっさんに似てると言えば、私のほうが似てるわよ。他人の弱点を握《にぎ》ってそれをネタに脅《おど》すなんて得意だし。もし私に権力があれば、きっと好きなだけ振りかざしてるわ。ないからしないだけで。あなたも、私も、あのクソ親父《おやじ》も、誰だって……この地球上の誰だって、似てる部分なんて絶対あるわよ。そんなの当たり前じゃない！　それのなにがいけないのよ？　全然オッケーじゃない！　皆、そうやって自分の黒い部分と折り合いをつけて、なんとかやってんのよ！」

ディーターは唖然《あぜん》とした顔でこちらを見ている。感情が堰《せき》を切ったように、止まらない。

「そんなに自分が嫌いなら、私がいつでもあなたがどんだけ素敵か教えてあげるわよ。

もしも千人の陪審員《ばいしんいん》がそうじゃないと否定しても、説《と》き伏《ふ》せる自信があるわ。あなたは肉体も精神も頭脳も、それはもうパーフェクトイケメンで世界中があなたに嫉妬《しっと》してますって！　あなたをこの世に生み出してくれたあのクソ親父《おやじ》に感謝状送りたいぐらいよ。ああ、宗一郎様、こんな素敵なイケメンをこの目で拝《おが》ませてくれてありがとうございますって。容姿だけじゃないわよ！　中身も、傲慢《ごうまん》なところもナルシストなところも、悪いところも全部むちゃくちゃ素敵なんだから。だからそんな風に自分を嫌いにならないで。私まで侮辱《ぶじょく》された気分になるのよ。この私があなたのこと、大好きなんだから！」

美紅はそこまで一気にまくし立てると、ゼイゼイと肩で息をした。

長い沈黙《ちんもく》が下りる。

さざ波が砂浜を洗う音が、ひときわ大きく聞こえた。その音に美紅はふと我に返る。

あれ？　もしかして。

瞬間湯沸かし器のように顔にカァッと血が上《のぼ》った。

もしかして、私……今、とんでもなく恥《は》ずかしいこと、言っちゃった？

恐る恐る視線を上げると、ディーターは吐き気でも堪《こら》えるみたいに大きな手を自分の口に当てている。

……やってしまった。しかも、なぜかブチ切れながら愛の告白をしてしまった……。

もっとしっとりと大人の雰囲気でロマンティックにしたかったのに。こんなの……ひどすぎるよ……

美紅はもう泣きたかった。顔の熱さを堪《こら》え、ひたすら羞恥《しゅうち》の波を耐えた。夜でよかった。でないと今の私は、赤ら顔の世界選手権があったら優勝してしまうかも。

ディーターがコホン、と小さく咳払《せきばら》いして沈黙《ちんもく》を破った。

彼は夜空をふり仰いでこう言った。

「……月が、綺麗《きれい》だね。すごく」

「そ、そうね。綺麗《きれい》ね」

ディーターはもう一度美紅の手を取って、ぎゅっと握《にぎ》った。

「そろそろ、戻ろうか」

そう言ったディーターの微笑《びしょう》がとんでもなく優しくて、美紅の胸は締めつけられた。

◆◆◆

窓から差し込む月光がベッドの白いシーツを照らす。

闇に潜《ひそ》んだ怪物《かいぶつ》が呼吸するように、薄闇《うすやみ》が淫靡《いんび》に揺れる。

どうしよう、すごく……ドキドキする……

美紅はディーターの太腿《ふともも》を挟《はさ》むように両手をついた。マットがギシッとわずかに沈む。

暗がりの中、彼の腰骨から股間《こかん》に向かってビキニラインがたくましく盛り上がり、その先に赤黒くそそり立ったものが唾液《だえき》で濡《ぬ》れて光っている。美紅は四本の指をそっと添え、猫みたいに根元から先端へと舐《な》め上げた。

ディーターの押し殺した声が響く。彼の興奮が舌先から伝染してきて、体の芯《しん》に火が灯《とも》される。少しスパイシーな香りと、しょっぱさと苦味があった。

白い月光が彼の芸術的な肉体をかたどり、その薄闇《うすやみ》の光景に頭がくらくらした。

部屋へ戻ってきた二人は服を脱いでいざ行為に及ぼうとしたが、美紅はそれを制止した。そのままベッドにディーターを押し倒し、このような事態になっている。彼は強引にコトを進めようとはせず、美紅の言いなりになってくれていた。

美紅の気持ちは決まっていたし、すべてを捧《ささ》げてもいいと思った。けど、その前に彼を解放してあげたかった。彼を気持ちよくさせて、キスして舐《な》めて愛したかった。女性が初めてのとき、男性はあまり気持ちよくないと聞いたから。

美紅は身を起こし、彼のものを手で愛撫《あいぶ》した。それは脈打ち、手のひらにペトペト吸着し、熱を持っていた。彼の腰が微《かす》かに跳ね、それが美紅を堪《たま》らない気持ちにさせる。

彼の反応を楽しみながら、美紅は手でそれをぐっと握《にぎ》り、上下にしごきはじめる。先端の割れた部分からにじみ出ている透明な液をペロリと舐《な》めとり、ふわりと口に含んだ。

「…………うっ」

ディーターは秀麗《しゅうれい》な眉《まゆ》をひそめ、低くうめいた。口腔《こうこう》のそれはますます膨張《ぼうちょう》し、ぴくぴく震えた。愛おしい気持ちが胸に広がり、美紅は歯を立てないよう気をつけながら、咥内《こうない》で舌を艶《なま》めかしく動かす。

「ぐ…………」

「……気持ちいい？」

美紅は唇を離して聞いた。ディーターは荒い息を吐き、無言で何度もうなずく。初心者の自分が彼を追い込んでいる気がして、美紅は小さな優越感《ゆうえつかん》を覚える。

舌先で丸い先端をペロペロくすぐると、ディーターの食いしばった歯から息が漏《も》れる。普段の冷酷で傲慢《ごうまん》な彼を知っているだけに彼の恍惚《こうこつ》とした表情は、美紅の興奮を高めてゆく。

「ま、まずい…………。ぼ、僕は…………」

ディーターは苦しげに言い、快感を堪《こら》えて眉《まゆ》をひそめた。

「ちょっと……おかしいんだ。ここへ来てから、ずっと…………」

ディーターは切なそうにつぶやく。美紅は舌を彼自身に這《は》わせながらそれを聞く。

「こ、こんなこと、何度も経験してるのに……君が相手だと、やけに興奮して、冷静じゃいられなくなって……んっ」

ずるり、と口から怒張《どちょう》したものを引き抜く。下唇がちょうどカリの部分を擦《こす》った瞬間、ディーターはぐっと息を止めた。まるで達しそうになったのを、我慢するみたいに。それを見て、美紅は自分の下半身が潤《うるお》ってゆくのを感じた。秘所から溢《あふ》れた愛液がシーツに染みてゆく。

ああ……。彼と、繋がってみたい。深く……。

美紅はごくりと喉《のど》の奥まで彼自身を呑み込み、濡《ぬ》れた舌で丹念に舐《な》めはじめる。ディーターは全身に力を入れたのだろう、筋肉が硬く強張《こわば》った。口腔《こうこう》内で次々と溢《あふ》れてくる液を、舌先で丁寧に舐《な》め吸ってゆく……。すると、興奮で彼自身が小刻みに震えるのがわかった。口の中で小動物を可愛《かわい》がってるみたいだ。ちゅうちゅう吸い上げ、舌先でそっと撫《な》でると、頑強《がんきょう》な肉体がぴくりとわななないた。

「ご、ごめん。……長くは持たない……」

ディーターは慌てたように言う。それでも美紅は容赦《ようしゃ》なく攻め続けた。睾丸《こうがん》も口に含んでねぶるように転がし、手でしごきながら根元から先端まで一気に舐《な》め上げる。ディーターはハァッと息を吐いた。

「ああ、でも……すごく、いい……」

快感で上ずった彼の声に煽《あお》られる。こういうことに慣れていないのに、彼が気持ちよくなるポイントが手に取るようにわかった。感覚が深くシンクロし、彼の快感が自分の快感になってゆく。

まったく現実感がなかった。この世界ではない、どこか別の異次元に二人で入り込んで、こっそり秘め事に耽《ふけ》っている……そんな感じ。陽の光の届かない、青白い海底みたいな空間で。ディーターには、幻想的《げんそうてき》な美しさがあった。男らしくありながらも、とても素直で、可愛《かわい》くて。

「や……ばい……もう……」

ディーターは限界が近いらしく、上ずった声で訴えた。美紅の腔内に擦《こす》りつけるように、わずかに腰を前後に動かす。その動きが卑猥《ひわい》で、彼を咥《くわ》えながら美紅はドキドキした。

◆　◆　◆

……うわっ……これは……かなり、やばい……

ディーターは自分の下半身に目を遣《や》った。暗がりの中、赤黒くそそり立ったものが唾液《だえき》で濡《ぬ》れて光っている。竿《さお》の部分に白い四本の指がそっと添えられ、美紅がじわじわ舌を這《は》わせていた。薄目を開け、舌を突き出した彼女は扇情的《せんじょうてき》だった。

その官能的な光景に頭がくらくらした。

部屋へ戻ってきた二人が服を脱いでいざ行為に及ぼうとしたら、美紅に制止された。

そのままベッドに押し倒され、今に至るわけだ。もちろんディーターとしては……本番行為に及びたかったが、なぜか彼女が相手だと言いなりになってしまう。自分のやり方で強引に進められない。拒絶されるのが怖いのもある。だが、彼女のペースに乗って引っ掻《か》き回されたいという歪《ゆが》んだ願望もあった。

美紅は身を起こすと怒張《どちょう》したものを手で愛撫《あいぶ》した。すべすべした肌が気持ちよくて、たまらない。

綺麗《きれい》な手だな……。

もはや手にも欲情してしまう。燃えるように熱を持ったそれに、ひんやりした彼女の手が心地いい。白く冷たい手がぐっと根元を握《にぎ》り、上下にしごきはじめた。思わず腰が浮いてしまう。卑猥《ひわい》にしごきながら、艶《つや》やかな唇が開き、ふわりと先端を口に含んだ。温かい口腔《こうこう》の感触に変な声が出そうになる。そのまま咥内《こうない》で濡《ぬ》れた舌が艶《なま》めかしく動く。

ぐわっ……なんだこれ……気持ちいい……。

舌の動きが、優しくて、甘くて、すごい。先端をペロペロとくすぐられ、食いしばった歯から息が漏《も》れる。美紅がうっとり舐《な》めしゃぶっている表情に、ものすごく胸がドキドキした。強気で生意気な彼女を知っているだけに。

まずい……。気持ちがすごく入ってて、やばい……。

ディーターは快感を堪《こら》えるために眉《まゆ》をひそめた。彼女はまるで大好きなアイスキャンディを前にしたみたいに、とても美味《おい》しそうに、愛おしそうに舐《な》め回す。その表情が可《か》愛《わい》くて、とてつもなくエロくて、鼓動がどんどん加速する。

落ち着けって。たかがフェラだろ？　頭の片隅で冷静な自分がたしなめる。そうだ。僕の方が経験は数段上だ。女性にフェラしてもらったことだって何度もある。それに、なんと言っても彼女はバージンだ。

ずるり、と小さな口から硬いものが引き抜かれ、桃色の下唇がちょうどカリの部分を擦《こす》った瞬間、危《あや》うく達しそうになった。息を止め、気合いと根性でひたすら耐える。

……ちょっと待て待て待て。あっという間に追い込まれてるぞ！　普段の僕はどこへ行った？

なぜだ？　なぜなんだ？　自分で自分がわからない。美紅は技術的には未熟なほうだ。もっと上級テクニックを経験したこともある。それなのに、なんでこんなに……。

美紅がごくりと喉《のど》の奥までディーター自身を呑み込んで、濡《ぬ》れた舌で丹念に舐《な》めはじめる。思わずうめき声を上げてしまった。先走って溢《あふ》れる液も、丁寧に舐《な》め吸われてゆく……。興奮で男根が小刻みに震えるのがわかった。口腔《こうこう》でちゅうちゅう吸われながら、舌先で敏感《びんかん》な部分を撫《な》でられる。ぴくりと全身がわななないた。

これは……長くは持たないぞっ……！

たしなめる理性と興奮した肉体の狭間《はざま》で、ディーターは軽いパニックに陥《おちい》っていた。

それでも美紅は容赦《ようしゃ》なく攻め続ける。ディーターはハァッと息を吐いた。

ああ、でも……すごく、いい……

まるで、どこか別世界にいるような感覚に囚《とら》われる。ただ、股間《こかん》から絶え間なく送られる甘い電流だけを感じる。

彼女の乳首がディーターの太腿《ふともも》の筋をつつく。垂れ落ちた長い髪が腰をくすぐる。触れる部分がどこもかしこも刺激になる。彼女が子猫にでもするように先端にチュッとキスしたとき、頬《ほお》がカッと熱くなった。

頭が真っ白になり、ぼんやり美紅のセクシーな表情に見入る。こんな顔をして愛してくれるなんて……

――この私があなたのこと、大好きなんだから！

先ほどの月下の告白を思い出し、ニヤニヤしそうになる。よかった。美紅は僕のことが大好きなんだ。だから舌も唇も手も、すごく優しい。唇でふわりとキスする瞬間、舌先でくすぐる瞬間に、僕を好きだという愛情が伝わってきて、それがひどくうれしくて恥《は》ずかしくてドキドキする。これじゃ思春期のガキみたいだ。

ディーターは苦しくなって顎《あご》を上げ、喘《あえ》いだ。

美紅と、セックスしたい。

今すぐ交わりたい。彼女の中に突っ込んで、めちゃくちゃにしたい。二人で獣みたいに貪《むさぼ》り合いながら、絶頂に達したい。強気な彼女がもっともっとよがって、乱れて、イク顔を見てみたい……

ぴちゃ。ぴちょっ。

荒い息遣いと唾液《だえき》の音が暗がりに響く。もう理性はとっくに吹っ飛んだ。つるりとした手でリズミカルにしごかれながら、裏筋を這《は》う舌の感触だけがクリアだ。敏感《びんかん》なポイントを、唇が、舌が、指が、次々と甘く掠《かす》めて、もうたまらなかった。

や……ばい……

どろりとした熱が腰を這《は》い上がってゆく。思わず腰を前後させ、彼女の濡《ぬ》れた舌に擦《こす》りつけてしまう。

「あっもう……もう、出る……」

ゾクリ、と尻から腰が痙攣《けいれん》した。

熱いものが尿道を通ってゆき、勢いよく解き放たれる。それはびゅーっと彼女の口腔《こうこう》にほとばしった。

ああ……いい……

一瞬、気が遠くなった。溜まっていたものが流れ出てゆき、圧倒的な快感が全身を巡ってゆく。

「くっ……あ……あぁ、はぁっ……」

喘《あえ》ぎ声が抑えられない。真っ白な快感に身を任せ、最後の一滴まで口の中に吐き尽くした。

ディーターは肩で息を吐き、ガクリとうなだれる。甘やかな余韻《よいん》は波のように引いてゆく。美紅の髪に絡んでいた右手が、トサリとシーツに落ちた。

美紅は頬《ほお》を膨《ふく》らませ、すべて口腔《こうこう》に溜め込んだ。それをディーターは潤《うる》んだ瞳で見つめる。やがて美紅は少しずつ飲み下し、どうにか全部嚥下《えんげ》した。美紅はまぶたを伏《ふ》せ、唇の端《はし》からこぼれた精液を拭《ぬぐ》う。ディーターはそれをぼんやり見ながら、やけにエロティックだなと思った。

「実は、こんなことするのも……初めてなの」

美紅は上目遣いで正直に告白した。

「知ってたよ」

美紅の初めてが自分だと思うと、ディーターの心は温かく満たされた。

「だから、あまり上手くなかったかな」

美紅は心配そうに言う。

「いや、初めてにしては上手すぎると思うが」

「そうかな？　単なる耳年増《みみどしま》なの。雑誌とか噂話の見よう見まねで……」

ディーターは美紅を抱き寄せ、膝の上に載《の》せ、安心させるように髪を撫《な》でた。

「テクニックは関係ないんだよ。不器用でも下手くそでも、気持ちが入ってると、それだけで男はむちゃくちゃ興奮するんだ。単純な生き物なんだよ」

ディーターは柔らかく微笑《ほほえ》んだ。こんなことを誰かに言ったのは初めてだと思いながら。

美紅は恥《は》ずかしそうにじっと見ている。それがまるで恋をしているように見え、相手が自分なのかと思うとディーターの心は掻《か》き乱された。

「ディーター」

美紅のただならぬ様子に、ディーターはじっと言葉を待つ。

「心の準備ができるまで、もう少し……もう少しだけ、待って」

これだけでディーターは美紅がなにを言っているのかわかった。異論はなかった。彼女が自分を受け入れてくれるまで、いつまでも待つつもりだから。

ディーターは美紅の頬《ほお》にそっと口づけ「わかった」と言った。この優しい気持ちが少しでも伝わればいいのにと願いながら。

滴《したた》るような青い月が二人を見守っていた。

◆◆◆

翌日の朝、ディーターはアーロンを伴ってサーフィンへ出かけた。美紅も誘われたが、ディーターと顔を合わせるのが気恥《きは》ずかしく断った。その代わり、ひさびさにステファニーに国際電話を掛けた。

ステファニーのロマンス脳は相変わらずで、エーゲ海での顛末《てんまつ》を話して聞かせると「ロストバージンのチャンスじゃない！」と声を弾《はず》ませた。しかし、美紅がディーターを愛してしまったことを告白すると真剣な声音で「自分の感情に素直に生きな」とアドバイスしてくれた。美紅はひさしぶりにマンハッタンの喧騒《けんそう》に戻れた気がして、ホッとした。

その後、夕方まで読書をし、サーフィンから戻ってきたディーターと夕食を一緒にとった。お互い、昨晩のことを意識しすぎて会話がぎこちなくなり、ディーターは「仕事をする」と言って早々に書斎《しょさい》へ引き上げた。美紅も読みかけの本を手に、早めにベッドに入ったのだった。

そうして深夜近くなって、激しく雷が鳴りだした。

地中海性気候で、たまにある雷雨《らいう》だ。季節の変わり目は、こんな天気になる。噂には聞いていたけど、想像以上だ。ニューヨークと違って、この島の雷はかなりパワフルらしい。

Tシャツと下着だけ着けた美紅はベッドで寝返りを打った。

嫌だな、雷は苦手なのに……

今夜は雷の音がうるさくて眠れそうにない。目を閉じると、空を切り裂《さ》くバリバリという音が聞こえてくる。

……ま、まさか、落ちないよね？

美紅は身を固くしたまま胸をドキドキさせた。

そのとき、尋常《じんじょう》じゃない雷鳴《らいめい》がすぐそこで鳴り響き、美紅はバネみたいに跳ね起きた。裸足《はだし》のままリビングへ飛び出して窓の外を見ると、滝のような雨がドカドカ窓ガラスを叩いている。雷光がピカッとリビング内を照らし、ふたたび暗闇に包まれた。

ディーターはもう寝たの？

美紅は足の裏でサラリとした石灰岩《せっかいがん》を感じながら、彼の寝室へ目を遣《や》る。シンとして人の気配はない。まさかこの騒音の中、熟睡《じゅくすい》してるの？

そのとき、閃光《せんこう》とともに稲妻《いなずま》が轟《とどろ》きながらすぐ近くに落ちた。

「きゃあああああ！」

とっさに美紅はディーターの寝室へ駆け込んだ。うしろ手にドアを閉め、耳を塞《ふさ》いでうずくまる。

ふたたび、稲妻《いなずま》が光った。少し遅れて、ドンガラガラゴロゴロガッシャーン！

「うぎゃああああああああ！」

「……美紅？」

少し驚いた、低い声。

落雷後、雷鳴《らいめい》は少し遠ざかり、美紅はホッとしてしゃがんだまま顔を上げた。

あ、と美紅は小さく息を呑む。

薄闇《うすやみ》に紛れて、ディーターはそこにいた。ベッドで上半身を起こした格好《かっこう》で、こちらを見ている。髪はくしゃくしゃで、滑《なめ》らかに隆起《りゅうき》した素肌を晒《さら》していた。

二人は息を詰め、見つめ合った。

雨の音がひときわ大きくなる。

闇に、彼の白目がチラッときらめく。

急に、ベッドのある部屋で二人きりなんだと、強く意識してしまった。恐怖のドキドキが、別のドキドキに変わってゆく。

窓から差し込む雷光で、彼のシルエットは淡いブルーに縁取《ふちど》られていた。冷気さえ感じさせる瞳でじっとこちらを見ている。なぜか彼の肉体が一回り大きくなったように感じられた。その存在感はまるで真夜中の海みたいだ、と美紅はぼんやり思う。青く冷たく、幻想的《げんそうてき》で、一度足を絡め取られたら、二度と浮上できない。

なのに強烈に惹《ひ》かれる。抗《あらが》えないほどに。

美紅はしゃがんだ格好《かっこう》のまま、身じろぎもできなかった。気づけば雷のことは意識から消えていた。

ディーターは魂《たましい》まで見透かすように、わずかに目を細めた。

濃密な沈黙《ちんもく》で、息苦しくなる。

「ご、ごめん！　急に入ってきて。その、雷がすごかったら……」

美紅は立ち上がりながら視線を逸らし、取り繕《つくろ》って言った。真剣な空気に耐えられなかった。気恥《は》ずかしさと緊張が入り混じり、慌てて言葉をつけ足す。

「怖くなって、混乱しちゃって。えーと、今すぐここから出てい……」

出ていくから、という言葉は、途中で切れた。

強い眼差《まなざ》しに、射《い》すくめられてしまったから。

「あ……」

うまく息ができないぐらい、鼓動が速まる。肌が少しずつ熱を持ち、股《また》の間にくっと圧が掛かる。

すっかり忘れていた、と視線に縛られたまま美紅は思う。最近は子供っぽい彼や、優しい彼ばかり見ていたけど、彼は本来こういう人だ。静謐《せいひつ》な色気をまとう、完全に成熟した大人の男。

コクリ、と美紅は唾《つば》を嚥下《えんげ》する。

すらりとした長い腕が、美紅のほうへ差し伸べられた。

「……美紅」

女を惑《まど》わす、甘い声。

電池が切れたように思考が停止する。暗闇に磁場《じば》が作り出され、彼に引き寄せられてゆく。美紅はふらりと足を踏み出すと、彼の手を取った。

「優しくするよ……」

ディーターは首を小さく傾《かし》げ、微《かす》かに笑った。

まるで妖艶《ようえん》なヴァンパイアのように。

◆　◆　◆

日焼けしたディーターの肌は温度が高く、サラリと乾いて心地よい。

美紅が手のひらを滑《すべ》らせると筋肉の凹凸《おうとつ》に弾力があり、微《かす》かにココナッツの香りがした。

「すごく可愛《かわい》いよ……綺麗《きれい》だ……」

二人は一糸《いっし》まとわぬ姿になっていた。ディーターは野生獣の如《ごと》く美紅を組み敷き、貪《むさぼ》るようにキスをする。

「はっ、んんっ。はぁっ」

ディーターが顔を左右に何度も傾ける合間に、唇の間から急《せ》くような息が漏《も》れた。美紅も夢中でキスに応《こた》えながら、彼のうしろ髪に指を差し入れた。こうして頸部《けいぶ》を掴《つか》んでいると、彼を手に入れた気分になる。毛布のように全身を覆《おお》う素肌は温かい。

キスするのは、もう何度目だっけ？

まぶたを閉じながら美紅は思う。舌の味も温度もよく覚えていて、馴染《なじ》みがあるものだ。二人は舌先を時に優しく、時に激しく絡め合せた。

指先、唇、乳房……体の隅々まで柔らかくほぐされていって、足の間が潤《うるお》ってゆく。厚い胸板に乳房が押し潰《つぶ》される。敏感《びんかん》になった美紅の乳首が、発達した彼の胸筋をさらりと掠《かす》め、背筋が震えた。

「ここ………好きだ」

言いながらディーターは長い指で、硬くなった乳房の先端をくすぐる。美紅の腰がぴくっと動く。

ディーターが乳房に顔を寄せていき、唇をふわりと開く。尖《とが》った先端が、濡《ぬ》れた温かいものにぬるりと包まれた。

「きゃん……あん、はぁっ」

赤ちゃんみたいに蕾《つぼみ》をしゃぶられながら、美紅は身を捩《よじ》った。乳首はますます硬くなり、舌先で激しく転がされる。彼の指が下に滑《すべ》ってゆき、そろりと割れ目を撫《な》でた。蜜はすでに溢《あふ》れ出し、オイルみたいな愛液が尻の間を伝っていく。繊細《せんさい》な指先が、ふにゃりとした花弁をめくり、花芯を探り当てる。花芯へのこねる刺激に、腰が跳ねた。

「あっ……そこは、ま、待って……」

ディーターは薄く口角を上げると、両腿《りょうもも》を押し広げ、蜜を滴《したた》らせる秘所に顔を埋《うず》めた。力をこめた舌先が花芯をつついた瞬間、美紅はぐっと奥歯を噛《か》んだ。舌は花芯をペロペロと舐《な》め、ずずっと音を立て、愛液を吸い上げた。

「ちょっ……いやあ……」

「いや？　やめて欲しい？」

ディーターは、ぱっと顔を離す。唇は濡《ぬ》れて光っている。

「いや……いや……」

美紅はまなじりから涙をこぼして首を横に振る。

「いやならやめようか」

ディーターは舌なめずりしながら、涼しげな眼を細める。

もう、どうしてそう意地悪なのっ？

「いや……じゃない……して！」

「どうして欲しい？」

「もっと、して……」

「指がいい？　舌がいい？」

「ん……舌がいい」

答えに満足したのか、ディーターは悪魔的に微笑《ほほえ》んだ。そのあまりの妖《あや》しさに、目を奪われてしまう。

ディーターはミルクを前にした子猫みたく花芯を舐《な》め回し、愛液を貪《むさぼ》った。膣の内側が熱で膨《ふく》らむような感じがする。ひんやりした長い指がそろりと奥まで入ってくる。顎《あご》を下げると、舌を使っている美貌《びぼう》が目に入った。

伏《ふ》せられたまぶたと通った鼻筋は、完璧《かんぺき》な造形だった。洗練された舌遣いと指で、いとも簡単に女を籠絡《ろうらく》してゆく。美紅は苦しくなって大きく息を吸い込んだ。

き、きもちよくて……ヤバい……

顔が紅潮《こうちょう》し、興奮がどんどん高まってゆく。花芯を濡《ぬ》れた舌でくすぐられ、指でこね回される。何度も腰を浮かせながら、あっという間に追い立てられ、初めての絶頂に達した。

なにこれっ……ああっ……むちゃくちゃキモチイイよっ………

大きな快感の波が押し寄せ、美紅の四肢《しし》はガクガクした。

「大丈夫？」

口では心配そうに言うけれど、指先のいやらしい動きは一向に休まらない。クールな双眸《そうぼう》でじっと観察しながら、ますます刺激を強めてくる。

「あんっあっあっ……はあっ」

彼の指の抜き差しに合わせ、腰を揺らしてしまう。彼は鼻先を恥丘に押しつけ、長い舌をずぶりと奥まで挿入した。内側の襞をじゅるずるっ……と力強く舌で刺激しながら、蜜を呑み下す。

ぐちゃ、ずちょ。

薄暗がりに淫靡《いんび》な水音が響き、微《かす》かに雌《めす》の匂いが立ち込める。あんなに怖かった雷の存在は気にもならない。

その後、何度もイカされた。四肢《しし》は痺《しび》れて脱力し、あそこもぐちゃぐちゃにとろけていた。ディーターは端整《たんせい》な顔で眉《まゆ》一つ動かさず、まるでピアノでも演奏するみたいに、次々と甘い刺激を生み出してくる。

馬鹿《ばか》だ、私。彼がプレイボーイだってこと、忘れてたわ。美紅は覚束《おぼつか》ない意識で反省した。天国みたいな地獄の快楽に、そろそろ精神が限界だった。

また、イッちゃうっ…………！

美紅は眉《まゆ》をひそめながら、歯を食いしばった。もう……これ以上は、無理。早く、挿入するなら、して……！

その思いが届いたのか、ようやくディーターは美紅の両足を広げて押さえ、己の勃《た》ち上がったものを膣口に宛《あて》がう。いい？　と眉《まゆ》を上げて聞かれたので、美紅も無言でうなずいた。下から見上げるアングルも魅力的だなと思いながら。

ディーターはゆっくり腰を進めた。

「あっ……痛っ……」

美紅が目を見開く。

「ほぐしてあるから大丈夫」

唇をついばまれ、ささやかれる。

「力を抜くんだ」

狭《せま》い膣襞を押し広げ、ぎりぎり進んでくる。

……ああ……硬いのが、入ってくる……

ぎゅっと抱きしめられ、大きな手で髪を撫《な》でられた。

「ここから、少し痛いから、頑張って」

見下ろしたディーターの瞳が澄んでいて、胸がきゅんとした。美紅は大丈夫、とまたうなずく。

それでも彼が奥まで入ってきたとき、あまりの痛みに声を上げてしまった。

「ごめん。ごめん、美紅。だ、大丈夫？」

彼のひどく慌てた様子は可愛《かわい》らしかった。彼はあちこちキスし、背中をいたわるように撫《な》で、心配そうに覗《のぞ》き込んだ。動かないように、緊張したままじっとしてくれている。中は狭《せま》くて、きつくて、痛みでいっぱいだった。美紅はしばらく浅い呼吸だけを繰り返した。

「ああ、くそっ！　ごめん、美紅……」

「大丈夫よ」

美紅は痛みで涙を浮かべながら微笑《ほほえ》んだ。

「あなたと繋がれて、うれしい……」

「美紅……！」

彼は感極まった長いキスをしてくれた。

その後、彼は途方《とほう》もない時間を掛けて事を進めてくれた。美紅が痛みを感じないよう、あらゆる努力をしてくれた。初めてだから痛みばかりでうまく感じられなかったけど、思い遣りがうれしかった。

それでも、彼がじわじわ抜き差しして、最後の瞬間にはちょっとした気持ちよさを感じつつあった。

「好きだよ……」

ディーターは微《かす》かに身を震《ふる》わせながら、静かに最奥で精を吐き出した。強く抱き締められ、深いキスをしながら射精されるのは、すごく素敵だった。

「私も、大好き」

美紅は今までにない充足感に満ちていた。

◆　◆　◆

「美紅……」

甘々の声が反響し、美紅は気絶しそうになる。

お湯が温かくて、気持ちいい。

あれからディーターはお姫様のように美紅を抱えてバスルームへ連れてきてくれた。

美紅は円形のバスタブに入れられ、うしろから抱えられ、あちこちマッサージされている。ジェットバスの泡が肌に当たって弾《はじ》けて気持ちいい。彼がシャンパンを呑ませてくれ、フルーツを食べさせてくれ、敏感《びんかん》なところにキスを落としてくれる。

私は今、世界一甘やかされている。プリンセスなんかメじゃないほど。

「美紅……」

甘い低音が鼓膜《こまく》から入ってきて脳みそがドロドロに溶けてゆく。

彼がいたわるように臍《へそ》の下を撫《な》でた。世界一大切な宝物に触れるように。

「もう、痛くないか？」

やめて。もうほんとに声を聞いてるだけで死んじゃう……

胡乱《うろん》な意識で美紅はうなずいた。鍛《きた》え上げられた体躯《たいく》が好ましくて、ぐったりと背を預けながら吐息が漏《も》れる。それでも、お尻に当たっている怒張《どちょう》したものが気になる。さっき一度果てたけど、また勃《た》ち上がってる。

「ディーター……あなたは……」

言葉を続けようとしたら、唇に人差し指がそっと当てられた。

「僕のことは気にしないでいい。そんなにガッツしてないよ」

耳元のささやきに、より酩酊《めいてい》が深まる。濃いアルコールのような美声が力を奪ってゆく。

「今夜は君にとって最高の夜にするんだ」

言いながら指先が胸の先端を羽毛《うもう》でくすぐるように愛撫《あいぶ》する。美紅は顎《あご》を仰《の》け反《ぞ》らせ、喘《あえ》いだ。凛々《りり》しい唇が、首筋や耳の裏をそっと挟《はさ》み込む。顔を少し捻《ひね》ったところ、白い肩に舌を這《は》わせている横顔が視界に入った。彼は視線に気づくと、唇を重ねてきた。

くらり、とめまいがする。

くちゅ、ちゅ。

あ……ああ……こんなキス……こんなキスされたら、イッちゃう……

舌先を甘く絡ませ、こしょこしょつつかれ、ねぶられる。その間も、乳首をくすぐられ、傷を癒《いや》すみたく下腹部に触れられた。胸の先端から下腹部へ絶え間なく流れる刺激。舌を深くもつれさせられると、気持ちよすぎて酩酊《めいてい》してしまう。

唇を離すと、唾液《だえき》が糸を引いた。それが彼の唇に垂れる。赤い舌がぺろりと舐《な》め取る。夢うつつで視線を合わせると、これまで見たことがないほど優しい瞳をしていた。大切なもの、愛するものにしか向けない、熱い視線。

体が火照《ほて》り、臍《へそ》の下が疼《うず》く。

それから彼は美紅の髪を丁寧に洗い、体もソフトに泡立てた。時折、たまらないエロティックな刺激を送り込みながら。いつものふざけた調子は消え、王女に従う下僕《げぼく》の如《ごと》く、甲斐甲斐《かいがい》しく世話を焼いた。美紅は赤ん坊のようにあやされながら、体をタオルで拭《ふ》いてもらい、ドライヤーで髪を乾かしてもらった。

信じられなかった。あのプライドが高くて傲慢《ごうまん》なCEOが、こんな風になるなんて！　なにかするたびに甘いキスをされ、あちこちを舐《な》められ、ふたたびベッドに戻ってきたときはもう、快感で全身が震えていた。目を閉じると、ステフの能天気な台詞《せりふ》を思い出す。

——プレイボーイの誉《ほま》れ高い、イケメンエリート大富豪！　相手にとって不足なし！一流テクニックも期待できそうよ。

ああ、ステフ。一流テクニックなんてレベルじゃないわ！　この夜を思い出しては、向こう五十年は赤面しそうよ!!

テクニックだけじゃない。大切にしたい、守りたいという強い思い……そういう感情が、視線や指先からダイレクトに伝わってきて、途方《とほう》もない快感を生む。彼のすべての行為には、怖いぐらい、心が入っている。

ベッドに二人で横たわる。向かい合うように抱きかかえられ、体のラインがぴたりと隙間《すきま》なく密着する。聞こえるのは激しく屋根を叩く雨の音だけ。淡い暗闇に包まれている。

彼の肌はいつ触れても、気持ちいい。すごくいい香りがする。美紅は頑強《がんきょう》な胸筋に鼻をつけ、男らしい香りを吸い込んだ。

「少し眠るといい」

声が、温かい胸板から響いてくる。

「美紅、なにか欲しいものはある?」

大きな手が髪をそっと撫《な》でてくれる。今の彼なら頼めばきっと星でも取ってきてくれそう。けど、美紅の全神経は下腹部をつついている怒張《どちょう》したものに集中していた。それは硬く、熱を持って、肌に吸い着く。美紅の秘所はびっしょり濡《ぬ》れそぼり、渇望《かつぼう》は高まっていた。

欲しいもの……

「お願い……あなたを……あなたの……」

美紅はそこまで言って、苦しくなり息を吐いた。

ディーターは親指でそっと頬《ほお》を撫《な》で、唇の上で手を止めた。

「僕は大丈夫だ。情欲に流されて、君を傷つけたくない。痛かっただろう?」

彼はとろけるほどハンサムに微笑《ほほえ》んだ。

「違うの。大丈夫。私は傷つかないから」

美紅は懸命《けんめい》に首を横に振り、言葉を続けた。

「あなたの心配をしてるんじゃないの。私が、欲しいの。お願い」

彼は本当に? という目をする。

「お願い。欲しいの」

すると彼はわかった、と唇に軽くキスをする。彼が視線を少し落とすと、美しい睫毛《まつげ》の影ができた。たまに彼は恐怖を覚えるほど綺麗《きれい》に見える。

「……次は、ものすごくよくなるよ」

ディーターは言った。

緑の瞳をよぎる、暗い炎。

それを見たとき、美紅の背筋はゾクリと粟立《あわだ》った。

◆　◆　◆

明け方近くになって、雷鳴《らいめい》は遠ざかっていった。

時折、思い出したように遠くの閃光《せんこう》が室内を銀色に照らす。

美紅は向かい合ってディーターの膝に載り、腰を揺らしながら艶《なま》めかしく上下する。

二人は濃厚に口づけ、はぁ、はぁ、と荒い息を漏《も》らす。ここ数日でよく日に焼けた褐色《かっしょく》の大きな手は、白い小さな尻を鷲掴《わしづか》み、動きをいざなう。美紅の両腕はディーターの背中に回されている。左手は褐色《かっしょく》の髪をくしゃくしゃに乱し、右手はディーターの隆起《りゅうき》した肩甲骨《けんこうこつ》を這《は》う。美紅はポールダンスを踊るように、官能的に腰をくねらせる。快感に顎《あご》を仰《の》け反《ぞ》らせると、長い髪が背中に垂れ落ちてさらさら揺れる。

美紅は膝に力を入れ、ずるずると怒張《どちょう》したものを引き抜く。熱い楔《くさび》は愛液を引きずりながら赤黒い表面を外気に晒《さら》す。白い粘液がまとわりつき、ぬらりと微《かす》かに光る。

美紅はもう一度、腰を深く落としてゆく……。凹凸《おうとつ》のある硬いものが、内側のじゅくじゅくした襞を擦《こす》り上げる感触に、腰が小刻みに震えた。

「あ……あぁぁ……いいっ……」

頭がおかしくなりそうな快感に支配される。先端がぐりりっと最奥を穿《うが》った瞬間、あまりのよさに背筋が凍った。

「いい子だ……上手だよ」

ディーターはささやきながら、たくましい腰に力を入れ、下から突き上げた。奥の敏《びん》感《かん》な部分をずるりと擦《こす》られ、たまらず美紅は嬌声《きょうせい》を上げる。

「あ……あ……すごい。大きくて……」

美紅は上ずった声を漏《も》らした。

「もう痛くない？」

美紅は、ぼんやりしたままうなずく。

「中であなたが脈打ってるの……」

美紅はうっとりつぶやく。ああ、もうこのまま目茶苦茶にされたい……

「もっと激しくして」

情欲に瞳を潤《うる》ませながら美紅は懇願《こんがん》した。それを見たディーターは切なげに顔を歪《ゆが》め、こうつぶやいた。

「悪い。もう余裕がない」

ディーターは美紅をうしろに押し倒し、両腿《りょうもも》を極限まで押し開くと、激しく突き入れた。そのまま何度も何度も抜き差しを繰り返す。腰を打ちつけるたびに、ベッドのスプリングがぎしぎし軋《きし》む。

「あっ……あっ……あんっ……んっ」

美紅は荒々しく揺さぶられながら、喘《あえ》いだ。

あっ……すごっ……深い……ああんっキモチイイよぉ……！

硬いものが奥まで滑《すべ》り込んできて、深いところを穿《うが》つ。そのたびに甘い火花が飛び散る。引き抜かれるとき愛液が溢《あふ》れてこぼれた。

「ここ？」

ディーターが突き入れながら聞く。

「そ、そこ……あっ……ああっ！」

そんなに突かれたら、イッちゃう……！

ディーターは狙い澄ましたように容赦《ようしゃ》なく突っ込んでくる。鍛《きた》え上げられた腰に筋を浮き上がらせ、勢いよく前後させる。ベッドマットはいよいよ激しく軋《きし》み、シーツがずれて枕が床に落ちる。チェストに載《の》っていた目覚まし時計も落ち、けたたましい音を立てた。クールな彼が眉根《まゆね》を寄せ、野犬のように息を荒らげる姿に興奮が高まる。

あ……目が……ギラギラしてる……すごく素敵。呑み込まれそう……

双眸《そうぼう》には暗い情欲の炎が渦巻《うずま》く。褐色《かっしょく》の髪が額《ひたい》に落ちてかかり、艶《つや》っぽさが増していた。美紅は貫かれながらも、見惚《みと》れてしまう。お互いの瞳の中を深く覗《のぞ》き込むと、熱い視線に心も縛られてゆく……

もう、ダメ………おかしくなっちゃう……

次々と一番敏感《びんかん》な最奥を攻めまくられ、美紅はふたたび絶頂を迎えた。全身を引きつらせているうちに意識は遠のき、乳白色の悦楽《えつらく》の海を漂《ただよ》う。

その間もディーターは動き続ける。熱い汗が褐色《かっしょく》の肌を滑《すべ》り、雨みたくパラパラ降ってくる。薄青い暗闇の中、振動に合わせて濡《ぬ》れた乳房がゆさゆさ揺れる。乱れた息遣いと、接合部から漏《も》れる汁の音が響く……。

ディーターは、ぐったりと人形みたく脱力した美紅を抱え上げた。

「気持ち、いい？」

興奮で上ずった声で彼が聞く。

「あっ……ああっ……んっ」

強く揺さぶられながら、美紅の意識は朦朧《もうろう》としていた。

彼の日焼けした肌のしなやかさが好きだ。

「セックスしよう、美紅」

ゾクリとするほどセクシーな声で彼がささやく。

「もっとずっと……すごく、気持ちよくしてあげるから……」

いやらしく腰をくねらせながら、じわじわ首筋を舐《な》め上げ、耳元で繰り返される。

「残りの休みは全部……くっ…………僕と……セックスしよう。飽《あ》きるまで、何回も……」

是《ぜ》とも非《ひ》とも言えないまま、ただ瞳に彼の姿を映していた。

「くっ……君の中が、締まって……ぎゅうぎゅうで……」

彼は苦しげに息を吐いた。

「僕は、もう…………」

「ディーター……」

二人は繋がり合ったまま、腕を背中に回し、抱きしめ合う。

絶頂の直前、彼は痙攣《けいれん》したように激しい勢いで突き上げた。怒涛《どとう》のような快感に美紅は唇を強く噛《か》む。

あうっ……私も、また……！

「あっ……中はダメ！」

彼の腹筋が硬く引き締まるのを感じた。膨《ふく》らんだ彼自身が奥へ滑《すべ》り込んでくる。彼が腰を震《ふる》わせながら、最奥に精を放った。

「きゃっ……！」

熱いのが、いっぱい溢《あふ》れてくる……

子宮の奥が生温かい、とろとろした液体で浸《ひた》されていく。彼は苦しげに眉《まゆ》をひそめ、堪《こら》えきれずに微《かす》かに喘《あえ》ぐ。その色っぽい表情にぐっときた。

「美紅……」

中に精液を吐き尽くしながら、深いキスをされる。甘やかな舌に、猫みたく喉《のど》が鳴った。

痺《しび》れるような、恍惚境《こうこつきょう》。

深い充足感と完璧《かんぺき》な一体感。

……たぶん、これ以上満たされることなんてないかも……

美紅は人生のピークを感じていた。

◆◆◆

昨晩は最高の夜だった。

情熱は途切れることなく豪雨《ごうう》のように降り続け、二人で一晩中愛し合った。ディーターは野獣みたいにタフで、何度も美紅の中で果てた。そのため美紅は、何度も意識を手放さなければならなかった。

……なんかちょっと、恥《は》ずかしいかも。

それでも体は充実し、爪先《つまさき》から髪の毛一本一本まで生まれ変わった気分だ。サラサラした清潔《せいけつ》なシーツに包まれた美紅はうっとり目を閉じ、ディーターの頑丈な上腕に頬《ほお》を寄せる。

昨日の雷雨《らいう》が嘘みたいに、本日は快晴だ。まるで新しい美紅を祝福するように、窓から陽光が惜《お》しみなく差し込んでいる。

美紅は小さな子供のように「うーん」と伸びをした。いろんな体位をさせられて、思い出すだけでどうにかなりそう。結局、私たちはセックスはなしという契約を破ってしまった。けど、契約なんてあってなかったようなものね。

「あっ……」

股《また》の間から愛液の残滓《ざんし》がこぽりと流れ出た。乳房や内腿《うちもも》にはキスの跡が赤い花弁みたいに散っている。深い満足感とともに体の節々がうっすら痛む。

もう！　少しは手加減してよ。

美紅は頭を起こし、枕に顔を埋《うず》めてすやすや眠るディーターに見入った。まばゆい白光が、彫りの深い顔を縁取《ふちど》っている。まったく、満足そうね。寝顔は無垢《むく》な少年だわ。

彼の鼻先をつつくと、口をむにゃむにゃさせて可愛《かわい》かった。

指を伸ばし、褐色《かっしょく》の短い髪にそっと触れる。普段は嫌味なほど丁寧に梳《と》かされているそれは乱れてボサボサになっていた。しなやかな筋肉に包まれた体を伸ばして眠る姿は、ネコ科の大型獣を想起《そうき》させる。

ずば抜けて頭がよくて、繊細《せんさい》で優しくて、アスリート級の肉体を持ち、芸術的にセクシーで……か。人間って、とっても美しいのね。

ぱちりとディーターが目を開けた。

美紅は、あ、と思った。

彼は枕に顔を埋《うず》めたまま、眩《まぶ》しそうに美紅を見る。二人は無言で見つめ合った。長い睫毛《まつげ》に縁取《ふちど》られたグレーの瞳は神秘的な鉱石《こうせき》みたいだ。中心に向かうほど色が薄くなり、黒目の周縁にはゴールドが混じる。

ディーターってとっても可愛《かわい》い。こんなに愛のこもった目をするのね。思わず、美紅は笑みを漏《も》らす。それを見たディーターも、失神しそうなほど素敵に微笑《ほほえ》んだ。なぜか胸が苦しくなり、美紅は視線を逸らした。

「シャワー浴びてくるね」

体中舐《な》め回され、精液があちこちについている。

立ち上がった瞬間、足がもつれて床に倒れ込んだ。

「きゃっ!」

「大丈夫か?」

「腰が……」

何度立ち上がろうとしても、ダメだ。腰が抜けて足に力が入らない。慌てふためく美紅を見て、ディーターが頬杖をつき意地悪そうにニヤリと笑う。

「すぐ歩けるような抱き方はしてないからな」

「っ!?」

ディーターに抱き上げられ、ふたたびベッドに戻された。頑強《がんきょう》な体に似合わぬ繊細《せんさい》な指で髪を梳《と》かれる。

「僕がバスルームまで運び、洗ってあげよう」

そのまま抱え上げられ、白い光が反射するリビングを通り抜け、バスルームまで連れていかれた。

美紅はお姫様抱っこされたまま、目を輝《かがや》かせた。

「すごい！　綺麗《きれい》!!」

全面ガラス張りの窓から、ターコイズブルーのエーゲ海が遥《はる》か遠くまで見渡せた。真っ青な空が遠くへいくほど白っぽいグラーデションになり、水平線は緩《ゆる》やかなカーブを描いていた。地球は丸いんだ、と実感させるほどに。

そっか。よくよく考えたら、日の出ている時間にバスルームに入るのは初めてね、と美紅は眩《まぶ》しさを感じながらまばたきした。陽光を浴びながら、裸のまま二人で寄り添う。そうやって素晴らしい景色を見るのは、開放感に溢《あふ》れていた。

ディーターは美紅をそっと下ろし、こめかみにキスを落とすと、シャワーのレバーを捻《ひね》った。

温かいシャワーをかけられ、お湯が肌を伝っていく。うしろから抱きしめられ、デイーターの太腿《ふともも》の上にのせられる。彼は手で石鹸《せっけん》を泡立てると美紅の白い肌に滑《すべ》らせた。大きな手が太腿《ふともも》から腰、腹から胸へ、円を描くようにぬるぬる滑《すべ》っていく。触れ方はソフトなのに、指先や手のひらの動きは舐《な》めるようでいやらしい。手の温度と泡の柔らかさに、美紅は一瞬で淫《みだ》らな心地になった。昨晩、攻められ過ぎた乳頭はすぐに硬く立ち上がる。異議を申したいのに甘い吐息しかでてこない。

「ここ、敏感《びんかん》になってる」

耳元で低くディーターがささやく。乳房を揉むように泡立てながら、先端の蕾《つぼみ》をチロチロつつく。手が乳首の周りを何度も行き来すると、泡がヒリヒリしみて美紅は小さく声を上げた。お尻の辺りに彼の怒張《どちょう》したものが当たる。

嘘……。もう、硬くなってる……

昨晩あんなに愛し合ったのに。彼の内側には尽きぬ欲動が渦巻《うずま》いている。彼も全身泡だらけになりながら、丹念に美紅の体を洗っていく。ぶるんとたわんだ硬いものが肌をかすめるたびにゾクゾクした。

「好きだ……」

靄《もや》のかかった空気に、彼のつぶやきがにじんでいく。単にこの体が好きなのか、それとも中身も好きなのか、美紅にはわからない。けど、それでも構わなかった。今のこの瞬間だけは。

美紅はただ甘く身悶《みもだ》えた。体の丸い輪郭《りんかく》を手がなぞってゆき、内腿《うちもも》の秘裂に到達《とうたつ》する。手のひらで包むように泡立て、中指だけぬるりと挿入される。美紅は脱力したまま喘《あえ》ぐ。昨晩の愛液の残りがとろとろ溢《あふ》れ出す。

「待って……」

ディーターはうっすら笑うと、指をくちゅくちゅ動かした。花弁を柔らかく広げられ、そろりと花芯を撫《な》でられると、美紅は小さくうめく。

腰に当たったものに、ぐっと力がこもった気がした。ディーターは色っぽい流し目で美紅を一瞥《いちべつ》し、こうささやいた。

「ねぇ。僕をこんな風にさせて、満足？」

指がもたらす快感に意識が遠のきながら、美紅はただ呼吸を繰り返した。

なすがままの美紅は柔らかいマットの上に横たえられた。ディーターは覆《おお》い被《かぶ》さって自《みずか》らの全身をゆっくりと滑《すべ》らせた。乳頭が肌を滑《すべ》る感触を楽しんでいる。硬く高ぶったものが肌を擦《こす》るたび、ディーターは小さく息を漏《も》らした。

「髪も洗ってあげよう」

見下ろす緑の瞳に情欲の炎がゆらめく。その妖《あや》しい美しさに魅《み》せられ、目が離せなくなった。

常温でアイスが溶けてゆくみたいに、甘い時間はゆっくり流れはじめる。

美紅は仰向《あおむ》けに寝そべりながら四肢《しし》を弛緩《しかん》させた。ディーターは従者《じゅうしゃ》の如《ごと》くすぐ横に跪《ひざまず》く。

骨ばった指がシャンプーで丁寧に髪を洗う。その間も、腿《もも》の間から愛液がにじんでゆく。赤黒く充血した興奮の証《あかし》は、しなやかなカーブを描いて完全に勃起《ぼっき》していた。つるりとした先端の割れ目には白濁した液が溜まっている。それを無視して、無言で見つめ合いながら髪を洗う行為がひどく淫猥《いんわい》だった。

ディーターは時折、語りかけるようにじっと覗《のぞ》き込んでくる。その慈《いつく》しむような瞳に、ただ胸がいっぱいで見返すことしかできない。

整った唇が近づいてきて口づけされた。愛してる、という彼の気持ちが流れ込んでくる。甘く、いたわるように舌を絡ませる。もう何度もキスをしたのに、初めてのキスみたいに心が揺さぶられる。

彼に惹《ひ》かれ過ぎていて、二人で過ごした時間を思い出にするのはきっと辛いだろうと想像する。

不意に美紅は涙がこぼれそうになって、手を伸ばし彼の頬《ほお》に触れた。

ディーターは耳のうしろまで慎重《しんちょう》に指を這《は》わせた。シャワーの温度を確かめ、繊細《せんさい》な陶器を扱うように髪を洗い流していく。流している間、色っぽい瞳で見つめられ、何度も深くキスされた。

「君の唇がキスしてって誘ってるから、なかなか洗い終わらない」

ディーターは舌舐《な》めずりしながら、薔薇色《ばらいろ》の唇を指でなぞる。何度も吸われた美紅の唇はぽってりと艶《つや》やかだ。

「誘ってないし」

美紅はひと睨《にら》みしてから言葉を続ける。

「ありがとう。一人じゃとてもお風呂に入るのは無理だった」

「どういたしまして。僕のせいだからね。けど、こんな風に動けない君の世話をするのも悪くない。いつも強気な君が僕のなすがままだ」

美紅はぐっと黙り込む。頬《ほお》に血が上《のぼ》るのが自分でわかった。彼はクスリと口角を上げ、唇を耳に寄せた。

「ねえ。セックスのときは、ピュアモードなの？」

低音が鼓膜《こまく》をくすぐる。

「ち、違うってば！」

「拗《す》ねた顔もそそる」

唇でそっと耳たぶを挟《はさ》まれ、うなじがゾクッとした。

温かいシャワーで全身を流された。それからバスマットを敷いた床に美紅を仰向《あおむ》けにして両足を開かせると、ディーターは腰を進めた。柔らかい先端が膣口にぴとりと触れる。

「もうやめて。あんなにしたのに……」

声がうわずってしまう。

「まだまだ本番はこれからだよ。言っただろ？　残りの休みは飽《あ》きるまでしようって」

ディーターは天使のような悪魔の笑みを浮かべた。

もう体がもたないかも。

「ダメ……。ちょっと待って、私……」

言い終わらないうちに一気に貫かれた。熟《う》れた肉襞を巨大な男根がずるりと滑《すべ》ってゆき、背骨を電流が這《は》い上がった。自分のものとは思えない甘い悲鳴《ひめい》が口から出る。挿入した状態のまま、感覚を研《と》ぎ澄《す》ませるようにディーターはじっと動かない。ごくっと唾《つば》を呑み込む音までクリアに聞こえた。

「君の中……、くっ……温かいんだ。すごく……淫《みだ》らで……」

ディーターはわざとのろのろ動きはじめた。強く、深く、突きはじめる。

ずちゅっ、ぶちょっ。

卑猥《ひわい》な音がバスルームに反響する。巨大なものが引きずり出されるたびに、愛液が飛び散った。美紅は上下に揺さぶられながら、快感を堪《こら》えるために眉《まゆ》をひそめる。

あっ、あっ、あぁっ、ふ、深いよっ……

「……んっ、君が、僕の形に合わせて……」

甘い吐息の合間に、彼がささやく。

「少しずつ、変わっていくのが……くっ……たまらないんだ」

その間も引き締まった腰は、鋭《するど》いストロークを繰り返す。水音の間隔《かんかく》が徐々に短くなり、スピードが上がってゆく。

もう何度も愛し合ったのに、彼は飽くことを知らない。美紅の下肢《かし》はふたたびディーターの熱い高ぶりで隙間《すきま》なく満たされ、うねりに支配される。そのまま上体を抱え起こされ、向かい合った格好《かっこう》のまま繰り返し最奥を突かれた。両腿《りょうもも》で屈強な腰を挟《はさ》むと、激しく揺さぶられる。敏感《びんかん》になった膣は彼を根元まで呑み込み、何度も擦《こす》られてあっという間に追い立てられてゆく。

もうもうとした湯気《ゆげ》で視界が白く霞《かす》む。

獣のような息遣いと甘い吐息が湯気《ゆげ》を震《ふる》わせる。

繋がった二人の影はリズミカルに揺れ続けた。周りを包む白い湯気《ゆげ》が乱れる。豊かな乳房がいやらしく揺れ、充血して腫《は》れた乳首がゆらゆら上下した。

「いい眺《なが》めだ。ああ、まずい、これは……。なんでこんなに……くそっ」

美紅はぐったりと背中から着地し、お互いの舌を伸ばして絡め合う。ディーターは両手でむっちりした乳房を鷲掴《わしづか》みにし、口腔《こうこう》を蹂躙《じゅうりん》していく。突き上げは乱暴《らんぼう》なのに、舌だけは愛されているみたいに優しい。乳房を弄《もてあそ》ばれながら、心までとろかされてゆく。

こんなにきもちよくて……ああ、死にそう……。

褐色《かっしょく》の精悍《せいかん》な筋肉に玉の汗が浮かぶ。美紅は圧倒的な快楽と同時に恐怖も感じていた。彼の強靱《きょうじん》な体力に尽きぬ情欲。このまま休む間も惜《お》しんで犯され続けたらどうなっちゃうの……。けど、そんな風に扱われているのに、不思議と満たされていた。

「好きだ……。美紅、好きなんだ」

彼は腰を荒々しく打ちつけながら、苦しげな表情で告白した。

私も好き。大好き。愛してるの。

今、この瞬間だけでも受け入れて包んであげたい。あなたの優しさも激しさも欲望もなにもかも。愛情なのか欲望なのか区別のつかないエネルギーが下半身に集まり、とぐろを巻く。そこへ膨張《ぼうちょう》した彼自身がずるりと突っ込んでくる。

美紅はふたたび、強烈な快楽に全身を貫かれた。

腰がビクビクと痙攣《けいれん》する。

ああ……もう………。

血液が体中を巡るように、甘い痺《しび》れがすみずみまで行き渡ってゆく……。壊れた人形みたく揺さぶられながら、甘い余韻《よいん》に浸る。

突然、ズチュリと楔《くさび》が引き抜かれ、背筋が粟立《あわだ》った。たまらず、吐息が漏《も》れる。

「そのままうつぶせに……そう。両手をついて」

言われるがままに四つん這《ば》いの格好《かっこう》をする。愛液で濡《ぬ》れそぼった男根がお尻の間にぬるりと密着し、むっちりした臀部《でんぶ》を撫《な》で回す。

「肌触りがすごくいい……すべすべしてて。形も好きなんだ、可愛《かわい》くて」

彼の声は興奮で上ずっていた。息を荒らげながらささやきは続く。

「君のビキニ姿を見たときから、我慢できなかった」

「あん……ダメ。うしろからは」

ダメだと言ったのにディーターはうしろから入ってきた。挿入したまま動きを止め、ふたたび感触を味わっている。

もう……エッチなんだから！　美紅は四つん這《ば》いになったまま、密かに毒づいた。

「……もう我慢できない」

爪《つめ》を立てて尻を握《にぎ》られ、野獣みたいに突きまくられる。あまりの激しさに美紅は悲鳴《ひめい》を上げた。鋭《するど》く前後に揺さぶられ、バストがぶるんぶるん揺れる。突き上げが強すぎて、お腹の形が変わりそうだ。不安に駆られ、左手で自分のお腹を触ってみた。薄い皮膚一枚を通して、暴れているディーターの凹凸《おうとつ》が生々しく浮き出る。

「あっ……あっ……ちょっ……とっ！」

「大丈夫……。……くっ……くそっ……」

ディーターは噛《か》みつくように言うと、長い両腕を回して柔らかい乳房を掴《つか》んだ。その間もバックからの突き上げは止まらない。まるで獰猛《どうもう》な肉食動物に捕えられた獲物《えもの》になったみたい。胸は乱暴《らんぼう》に揉みしだかれ、うしろから欲望のままに蹂躙《じゅうりん》される。熱い塊《かたまり》が膣襞を割り広げ、押し進む。最深部の絶妙なポイントを鋭《するど》く抉《えぐ》られ、美紅はうめく。そのまま肉襞を擦《こす》りながら引き抜かれる快感に、腰が抜ける。

こんなに……ガンガン突かれたら、んんっ……またイッちゃうよ………

一撃一撃にあっという間に追い立てられ、ふたたび美紅は達した。美紅の立てた爪《つめ》がバスマットに食い込む。その間も容赦《ようしゃ》ない攻めは続く。

ズチュ、ヌチュ、ヌチュ。接合部からは恥ずかしいぐらい愛液が飛び散る。

……やばい、死んじゃう……

「ああ、美紅。うっ……き……君が……」

ディーターは荒い息の間に恍惚《こうこつ》とつぶやいた。美紅は腰に力が入らず、尻だけ高く上げたままで突きまくられる。荒々しい動きと同調するように、体の芯《しん》の快感がふたたび高まっていく。射精に導こうと、膣襞が勝手に蠕動《ぜんどう》する。ディーターの食いしばった歯の間から息が漏《も》れた。熱く淀《よど》んだ空気の中、意識が途切れはじめる。

「ああ、美紅！　ああ……いい」

ディーターはうわごとみたいに美紅の名前を繰り返す。彼はもう喘《あえ》ぎ声を隠そうともしない。本能から絞《しぼ》り出されるその声は、たまらなく淫靡《いんび》だった。次第に喘《あえ》ぎ声の間隔《かんかく》が短くなってゆく。それと同時に腰の動きもどんどん速まる。快感の波が次々と押し寄せる。美紅はうしろから貫かれながら、唇を強く噛《か》んだ。

もうダメっ！　また、イッちゃう……!!

欲情は完全燃焼し、圧倒的なエクスタシーで理性も思考も奪われる。さまざまな感情が陰部に集まり、暴れる彼に絡みつき、甘く締めつけた。

美紅は上体を反《そ》らして喜悦《きえつ》の声を上げた。

同時にディーターは力強く美紅を引き寄せた。中で彼自身がびくびく脈打つのがわかった。

「あっダメっ！　中に出しちゃ、ダメだってば！」

「どうして？　君は僕の婚約者だろう？」

「婚約者って、それはお芝居《しばい》で……あぁっ……」

彼は寒気がするようにぶるぶるっと微《かす》かに痙攣《けいれん》し、熟《う》れた子宮口に熱い飛沫《ひまつ》を放った。

「……くっ……」

彼が切なげに声を漏《も》らす。汗で光る発達した胸筋が激しく上下している。

……すごい、勢いよく……出てる……

お腹の奥に、どっと熱いものが溢《あふ》れ、枯《か》れ井戸に水が注《そそ》がれるように満たされてゆく……。それが嫌じゃなくて、堪《たま》らない至福の瞬間で、美紅はうっとり目を閉じた。

こんなの……癖になっちゃう……。

心も体も満たされ、美紅は上半身を捩《よじ》って、吐息を漏《も》らした。

◆◆◆

「ディメンション・アカウント構想？」

美紅はベッドの上で気怠《けだる》い体をうつぶせに横たえながら言った。

「そう。僕が今、進めているプロジェクトだ」

ディーターは美紅に腕枕しながら、その頬《ほお》にキスをした。

美紅は今、説明されたことをじっくり考えてみる。顎《あご》を枕に着地させると、真っ白なカバーから微《かす》かにラベンダーの香りがした。

「この現実の世界をインターネットの世界にコピーするってこと？」

美紅はこれまでの説明を要約して言った。

あれから二人は昼過ぎまで愛し合い、さらに熟睡《じゅくすい》した。目覚めたときにはひどく空腹で、お互いのお腹が鳴って笑い合った。スタッフにルームサービスを頼み、すぐに食べられるオードブルやフルーツを運んでもらった。二人でじゃれながら、素肌にガウンのまま食べるのは新鮮で楽しかった。ふたたびベッドに戻り、お互いのこれまでの生《お》い立ちや、夢、仕事などについてあれこれ語り合っていたのである。

うっとりする甘いセックス、充分《じゅうぶん》に満たされたお腹、美紅はこの上なく幸福な気分だった。豪奢《ごうしゃ》なベッドで温かい光に包まれ、二人に足りないものはなに一つない。世界は完璧《かんぺき》に満ち足りていた。太陽は西の水平線にゆっくりと近づきつつある。

「空想は必ず現実化する」

仰向《あおむ》けに寝そべったディーターは、空を掴《つか》もうとするみたいに天井に向かって腕をすっと伸ばした。筋肉質な腕のラインが綺麗《きれい》だと、美紅は思う。

「あらゆるアカウントを一元化するんだ。ＳＮＳやメールやインターネット通信、振込みや引き落としといった金融取り引き、商品の売買、エンタメや各種サービスから公的なものまで。これまでは各企業や行政が個別管理するアカウントを消費者がいちいち取得して取り引きしていた。だが、これからは生活の中で発生するすべてのやり取りを一元化したアカウントで行い、カネの流れや商品の受発注、配送指示や人材派遣、公的な手続きなんかをすべてネット上で行う。さまざまな企業や行政が連携《れんけい》してね」

「アカウントの一元化……そんなこと、可能なのかしら？」

美紅は首を傾《かし》げた。

「似たようなモデルはすでに存在するんだ。たとえばグループ企業単位で言えば商品の受発注、在庫管理、入出荷、人材管理、仕入売上計上から会計処理まで、企業内の一連の流れをパッケージ化したものがある。公的サービスで言えばSSN――社会保障番号だ。ディメンション・アカウントはそれを個人の生活、もっと言えば世界規模に拡大させたものだ。個人の消費生活、企業活動、公的サービスの整合性を保ちながらリンクさせる。基本構造は企業のリソース・プランニングと変わらない」

「なんだかよくわかんないけど」

「そんなに難しくない。簡単に言えば……」

ディーターは肘《ひじ》を立ててそこに頭を載《の》せ、チャーミングに微笑《ほほえ》む。

「君が朝起きて顔を洗って朝食を食べる。定期券で地下鉄に乗って仕事へ行く。その間に動画を視聴するかもしれない。会社で仕事をし、ランチを食べ、週末の旅行のチケットを取り、残業する。給料が振り込まれる。今言った流れの中で君はすでにさまざまなアカウントを使っている」

「そうねぇ。動画を見たり、グルメサイトを調べたり、トラベルサイトで予約を取ったり、給料の振り込みを確認したりするかしら。SNSも更新するかも」

美紅は実際に想像してから意見を述べた。

「そう。歯磨き粉の在庫がなかったらネットで注文するかもしれない。そういったあらゆる消費活動のアカウントを一元化するってことだよ」

言っている意味はなんとなくわかる、と美紅は思う。恐らく、詳細はもっと複雑なんだろうけど、ディーターはとても簡単な言葉でわかりやすく説明してくれる。もしかして頭のよさって、難しい言葉を知ってるかどうかじゃなく、難しいことを小学生にもわかるレベルで説明できるかどうかなのかも。

「でも、それって怖くない？　なんて言うか、セキュリティが。私の給料とか買ったものとか視聴したものが、そのアカウントですべてバレるってことでしょ？」

「君が思いつくようなウィークポイントはすべて対策済みだ。それを上回るメリットが山ほどある。個人にも企業にもね。多重管理の煩《わずら》わしさが減る。君の家の歯磨き粉の在庫が減ったら、そろそろ歯磨き粉を買いませんか？　とメールが来るようになる。自動更新にしておけば勝手に歯磨き粉が送られてきて代金が引き落とされる」

「私の家の歯磨き粉の在庫を企業側が把握《はあく》するってこと？」

「うん。現実世界がサイバースペースに展開されるわけだからね」

美紅は目を大きく開き「なにそれ、すごすぎ」とつぶやいた。

「かなり長い年月をかけて綿密《めんみつ》に準備してきた。業務提携する企業はかなりの規模になる。NPOや郡政府といった非営利組織や公的組織も含めてね。根回しするだけで十年近くかかった」

「あなたがなりふり構わず企業買収してきたのは、そのためだったの？」

「そう。言いなりにならない企業は、力でねじ伏《ふ》せるしかないからね」

ディーターは少年みたいに微笑《ほほえ》み、言葉を続ける。

「構想自体は十三歳のときに思いついたんだ。世界中で似たようなことをやろうとして失敗した奴がゴマンといる。思いつきだけで行動してもダメだ。緻密《ちみつ》な計画と、地道な努力と、周囲の協力が不可欠だ。まずはマサチューセッツ州内で試験的にスタートさせ、軌道《きどう》に乗ったら合衆国内から世界規模に拡大する。そのための手も、すでに打ってある」

「な、なんだか途方《とほう》もない話ね……」

美紅は肝を潰《つぶ》した。そりゃＩＴ業界の革命児なんて噂は聞いてたけど、本当にとんでもないことをやってのけようとしているんだわ、この人。

「発案者は僕だが、このプロジェクトはすでに僕の手を離れつつある。僕は全体設計をしただけなんだ。後はそれぞれの分野のエキスパートが世界中から集まってきて、個別のモジュールを設計した」

「実現したら、ものすごく面白そうね!!」

「君ならそう言うと思った！」

ディーターはワクワクした様子で目を輝《かがや》かせた。そんな彼は可愛《かわい》く、幼く見える。

「時々感じる。僕はきっとこれをやるために生まれてきたんだって。大きな軌道《きどう》があって、それに自分が乗っている感じがする。この先にはきっと、すごいものがあるぞって。君が予感の話をしたとき、僕にも思い当たることがあった」

「そっかぁ。それがあなたの夢なんだ」

美紅は、くすぐったい心地で言った。

「夢なんて生易《なまやさ》しいものじゃないよ」

ディーターは苦笑して言う。

「この構想のためにはらった犠牲《ぎせい》はあまりにも大きい。僕もさんざん辛酸《しんさん》を舐《な》めたし、煮え湯を飲まされた奴なんて星の数ほどいるからね。それを思うと、夢なんて言葉は綺《き》麗《れい》過ぎる」

「じゃあ、今すぐマンハッタンに帰りたくて仕方ないんじゃない？」

「まさか。今はこの休暇を満喫《まんきつ》するさ。言っただろう？　飽《あ》きるまで、何回も……って」

ディーターは美紅の真似《まね》をして枕に頬《ほお》を載《の》せ、とびきり艶《あで》やかに微笑《ほほえ》んだ。

その笑顔に美紅はドキッとし、それを隠すため大きな枕に顔を埋《うず》める。やっぱり彼の笑顔は魅力的過ぎる。目にするたび、愛しくて大好きで息苦しささえ覚える。もう何度も見ているのに。

マンハッタンに帰る、か……。

当たり前だった。この完璧《かんぺき》に満ち足りた世界は、ずっと続くわけじゃない。この婚約パーティーを兼《か》ねた旅が終わったら、二人はマンハッタンに戻ってそれぞれの人生を送ることになる。私は貧乏女優、彼は世界的企業のＣＥＯとして。いわば、このエーゲ海のゴージャスなリゾートは儚《はかな》い夢だ。

ディーターはこの後、どうするつもりなの？　マンハッタンに戻った後も、私をガールフレンドの一人として扱うつもり？　それとも、私たちはこの夢のリゾートでセックスしてそれで終わり？

「……ロマンス小説のテンプレなら、この後どうなるのかしら？」

美紅は枕に顔半分を埋《うず》めたまま、ポツリとつぶやいた。

「この間から、なんなんだ？　そのロマンスのなんとかってのは……」

ディーターが怪訝《けげん》そうな顔で尋ねる。

「ああ、それはね……あなたって、ロマンス小説とか恋愛小説は読まないの？」

「ロマンス小説ねぇ。読めば面白いんだろうけど、あいにく読んだことはないな」

「テンプレってのは、よくある展開って言えばいいのかな。いくつかの雛型《テンプレート》があるのよ。この時代の女の子が理想とする恋愛の集大成、って言うか」

「ふーん。なるほどね」

「『ギリシャ神話からいまも続く美女と野獣のロマンスが、四十二丁目と五番街との交差点に立って、信号待ちをしている……』」

美紅はステファニーから教わった学者の言葉を引用した。

「なんだ？　それは」

「これはとある学者さんが遺《のこ》した言葉の引用なの。親友のステファニーが教えてくれたんだけど。ステフはその人のファンなのよ」

「詩的だな。信号待ちをしてるんだ？　ロマンスが」

「そうよ。すごく素敵でしょ？　人間の恋と死だけは、太古《たいこ》からずっと変わらないのよ。

マンハッタンの夜景を見たときに感じた……あのワクワクするときめきを、この言葉がすごく正確に表してるなぁって、とっても共感したの」

美紅はディーターの腕枕を解き、そのまま腕を抱きしめて頑丈な肩に鼻を寄せた。

「ふーん」

「四十二丁目の交差点に立つたびにドキドキするの。ロマンス小説って素敵なのよ。いっぱい愛があって、心があったかくなって、優しい気持ちになれるから。もうとっくに諦《あきら》めて、どうせダメだと思ったことを、もう一度信じてみたくなるの」

「信じてるんだ？　ロマンスを」

「そうよ。信じてるの」

ディーターは唇の端《はし》を上げ、目を閉じた。美紅は微《かす》かな不安を覚え、その青白いまぶたを見つめる。

過去と未来には、どちらにも魔物が潜《ひそ》むと言う。人は〝今〟のことだけ考えていれば、健《すこ》やかに生きてゆける。しかし、ひとたび過去を振り返れば、過去の魔物に足首を掴《つか》まれ身動きが取れなくなってしまう。忘れられない恨《うら》みや怒り、憎悪《ぞうお》や悲しみで胸が潰《つぶ》されてしまう。一方、未来を想像しても、やはりそこには茫漠《ぼうばく》たる虚無《きょむ》が横たわっている。こんなことしてもなんの意味もないんじゃないか、きっとなにもかもうまくいかないんじゃないか……未来の魔物は不安という罠《わな》を仕掛けて待ち構えている。人がバランスを保つには〝今〟に集中するしかない。

けど、それができないのが人間の性《さが》だ。

私の未来、ディーターの未来……。私たち、これからどうなるの？

不意に北山宗一郎の冷酷な横顔が脳裏をよぎり、慌てて振り払った。心の中の黒い染みが少し大きくなる。

宗一郎との約束のとき——満月の夜は三日後に迫っていた。

◆
◆
◆

七日目の夕方。

二人は早めの夕食を済ませてから、外へぶらぶら散歩に出た。ビーチからのサンセットを見たいと美紅が言ったから。

日没が近づくと陽射しが柔らかく穏やかになる。ディーターは上機嫌だった。契約婚約は成功したし、近頃は不眠に悩まされることもないし、なにより美紅と過ごす休暇があと一週間もある。予想以上に体の相性は素晴らしかったし、しかも彼女は自分のことが大好きなのだ。妙に浮かれた気分が抑えきれず、目に映る夕焼けも海も砂浜も、いつも以上に輝《かがや》いて見えた。

隣を歩く美紅の細い肩は剥《む》きだしで、バストから首に掛けてぐるりと布地が回ったホルターネックの白いワンピースを着ている。太腿《ふともも》が露《あら》わになるほど丈は短く、すらりと締まった足が伸びていた。髪はアップにされ、ほっそりした首筋が眩《まぶ》しい。そこに赤いキスマークを見つけ、自分がつけたものながらどぎまぎしてしまった。愛し合ったときの彼女の唇や吐息を思い出し、ついニヤけそうになる。そのときしか見られない彼女のピュアモードに、ディーターの頭は完全にやられていた。

美紅は黙ってディーターの手を握《にぎ》り、砂浜に落ちた影法師《かげぼうし》を見つめている。その横顔はやけに儚《はかな》げに見えた。

……なにを考えている？

また、彼女の存在が少し遠のく。あんなに冗談を言い合って、喧嘩《けんか》もして、体も重ねたのに、彼女は不意にディーターの知らない他人の顔をする。美紅はこれまでつき合ってきた女とタイプが全然違う。しなだれかかったりベタベタしたりしないし、ディーターと一緒のときは子供っぽくもなるが、独りのときはどこか超然《ちょうぜん》としている。その横顔を見るたびに、胸がざわつく。自分には決して見せてくれない、その内に秘めたものに、強く心惹《ひ》かれていた。

セックスしたからと言って、なにもかも知り得たわけじゃない。

彼女がよくいるタイプの女ならよかったのに、と思う。他の女にベタベタされたら鬱《うっ》陶《とう》しいだけだが、美紅なら大歓迎だ。むしろもっとベタベタして欲しい。得てしてディーターがそう望む女の子ほど、ベタベタしてくれない。世の中は寂しくなるようできている。

「あっちに戻ったら、どこか行きたいところはある？」

ディーターは聞いてみた。

「あなたと一緒に行きたいところ？」

美紅は少し首を傾《かし》げてこちらを見た。

化粧を落とした彼女の鼻は、そばかすが露《あら》わになっていた。ディーターはそれを可愛《かわい》いと思いながら「そう」と答えた。

「そうだなぁ。グランド・セントラル・ターミナルの近くに、よく行くお店があるの。毎週木曜日に、親友のステフと一緒に。そこへ是非《ぜひ》あなたもお連れしたいわ」

グランド・セントラル・ターミナルか。ロックフェラー・センターの真南、四十二丁目とパークアベニューの交差点に位置する、マンハッタン最大のターミナルだ。あの界隈《わいかい》はすべて頭に入っているつもりだが、美紅が常連である店とはどれのことだろう？

「お店って、レストランかなにか？」

　興味を覚え、聞いてみた。

「それは行ってみてのお楽しみ」

「なんだろう？　秘密にされると、余計興味が湧《わ》く」

「ねぇ。あとさ、初心に帰ってエンパイア・ステート・ビルにも上《のぼ》ってみない？　夜景を見に行こうよ」

　美紅は大きな瞳を子供みたいにキラキラさせた。

「初めてニューヨークに来た観光客みたいだな」

「いいじゃない！　意外といいものよ？　私も初めてニューヨークに来たときに上《のぼ》って以来、一度も上《のぼ》ってないし」

「そういや僕は一度も上《のぼ》ったことがない」

「本当!?　信じらんない……」

「意外と多いんじゃないか？　そういう人」

「じゃ、約束ね？　絶対だよ？」

「……わかった」

彼女と二人ならどこへ行っても、きっと楽しいに違いない。たとえ刑務所の中だって、彼女はまた面白いゲームを思いつき、ディーターにこっそり打ち明けるだろう。そして自分は彼女の後をついて回りながら、あれこれ心配したり大笑いしたりするんだ……そんなことを想像するだけでワクワクした。

「あとは、できれば日本にも行きたいな」

美紅は、うれしそうにはしゃぐ。

「東京か。しばらく行ってないな。君のお祖母さんが住んでるんだっけ？」

「よく覚えてるわね。そうよ。杉並区に住んでるの。あなたは北山のお家《うち》があるの？」

「ああ。北山の本宅が港区にある。今は伯父《おじ》夫婦が住んでいる」

「意外と私たちのルーツって近いのね」

「そうだな」

「ちょっとうれしいかも？」

美紅が照れ臭そうに微笑《ほほえ》んで、ディーターはそれ以上に照れ臭くなった。

「あなたはどこか行きたいところ、ある？」

「山ほどあるよ。パリとか、カイロとか、イスタンブールとか。スキューバが好きなら、バミューダと紅海《こうかい》にも連れて行きたい。イエローナイフでオーロラも見たいし、中国の万里《ばんり》の長城《ちょうじょう》もいいな」

　ディーターはもっと彼女に触れたくなって、細い腰に腕を回した。

「連れて行ってくれるの？」

「もちろん」

「じゃあ、それも約束」

　このときの美紅の笑顔が大人びて見え、ディーターは訳もなくドキドキした。

「OK。約束リストに入れておこう」

「じゃー、まずどれから行く？」

　美紅はキュートに上目遣いをする。

「じゃー、手始めにパリに行こうか？」

「えーっ！　まずはエンパイア・ステート・ビルでしょ？」

「ニューヨークに住んでいてパリよりエンパイア・ステート・ビルが先だなんて言う女は、君ぐらいなもんだよ」

　そう言ったら美紅はおかしそうに笑った。ディーターも釣られて笑った。二人は語り合った約束を振り返り、未来に期待を膨《ふく》らませた。

　遥《はる》か昔に通り過ぎ、もう二度と戻れないと思っていた青春が、ディーターの眼前に広がっている。微《かす》かなときめきや、ほろ苦さや、くすぐったい気持ちを、もう一度味わっている。

こういう瞬間を大切にしたいと思った。

彼女が引き出してくれた、ディーターの中に残された優しさや、温かい感情や、彼女を守りたいという気持ちを、大切にしたいと思った。それらは、知らないうちに失い、失ったことさえも忘れていたものだから。

「あなたと、できるだけ一緒にいたいの。あなたの体も心も全部……大好きだから」

遠い夕焼けに目を遣《や》りながら、美紅は小さくそう言った。

ディーターは答えの代わりに彼女を抱き寄せ、ふわふわした栗色の髪に唇をつける。

純情だからと油断していたら、たまに美紅はドキリとすることを言う。ナチュラルな彼女も、ピュアな彼女も、エレガントな彼女も、小悪魔な彼女も……ビッグバンでぶっ壊す彼女も全部好きだった。これらは彼女の演技ではない。そのどれもが、彼女の真の姿だ。そして彼女はまだディーターに見せていない一面を隠し持っていて、それは服を剥《は》いだだけではわからなかった。

――僕はずっと待っている。

見えそうで見えないそれがなんなのか、明らかになる瞬間を。

第四章　灼熱《しゃくねつ》のプライベートビーチ

八日目。

ボートで四十分ほどのところにあるその島には、高い崖《がけ》に抱えられた小さな入り江があり、真っ白なビーチが広がっていた。

鮮やかなサファイアブルーの海原《うなばら》と純白の砂のコントラストが眩《まぶ》しい。まさに楽園の名にふさわしい、プライベートビーチだ。ディーターが予告したとおり、完全な貸し切り状態だった。二人を乗せてきたボートは午後三時に迎えに来る約束をして、泡を飛ばしながら水平線に消えていった。

聞こえてくるのは波の音だけ。

ディーターは洒落《しゃれ》たサングラスを鼻に引っ掛け、スウィムウェアだけ身に着けて、その筋骨隆々《きんこつりゅうりゅう》とした体を惜《お》しみなく日光に晒《さら》していた。

ビーチの似合うイケメンの世界選手権があったら、ぶっちぎりで優勝ね。美紅はそう思いつつ、彼のよく日焼けした肉体美を横目で見た。

美紅も少し日焼けしたいと思い、サンオイルのボトルを開ける。太腿《ふともも》に塗っていると、音もなく忍び寄ったディーターがすっとボトルを取り上げた。

「塗ってあげるよ」

ディーターは美紅を見下ろしながら言った。美紅は彼の膨《ふく》らんだふくらはぎ、発達した太腿《ふともも》、臍《へそ》から胸筋へと順番に視線を滑《すべ》らせる。

「大丈夫。一人でできるから」

美紅は眩《まぶ》しさに片目をつむって言った。

「自分で塗るとムラになる。まだらに日焼けしたら、醜《みにく》いぞ」

それもそうかと思い「じゃ、お願いするわ」と美紅は言った。

「じゃ、うつぶせで横になって」

言われたとおり美紅はお腹をビーチマットにつけた。マットを通して感じる砂が温かい。オイルの撥《は》ねるたぷん、という音が聞こえ、ココナッツの芳香《ほうこう》が広がる。大きな手が背中を滑《すべ》る感触は心地よかった。

「水着の紐《ひも》、解《と》くよ?」

「うん。いいよ」

するすると背中の結び目が解かれる。彼の手のひらは背中や肩の凝《こ》りをほぐすように、滑《すべ》ってゆく。美紅は目を閉じて力を抜いた。

彼はマッサージが上手だった。美紅は少しずつ癒《いや》されていく気がした。意外と凝《こ》ってたんだな、と自覚する。肩から肩甲骨《けんこうこつ》へ、背中から腰へと弧《こ》を描きながら彼の手が下りてゆく。ディーターは腰骨の上にあるボトムスの紐《ひも》をつついた。

「これも、解《と》いていい？」

「え。でも……」

それを外したらお尻が露《あら》わになってしまう。

「大丈夫。ここには僕たち以外、誰もいないから」

甘い声が耳に降ってくる。

「でも、ちょっと……恥《は》ずかしいんだけど」

許可もしていないのに腰骨の紐《ひも》が解かれたのを感じた。三角の布地が剥《は》がされてしまう。

美紅は不信感が募《つの》り、首だけ捻《ひね》ってディーターを見上げた。

「……なにか、エッチなこと考えてない？」

ディーターは少し首を傾《かし》げ、悩殺スマイルで「もちろん。考えてるよ」と言った。

お尻を撫《な》で回されながら、胸がドキドキした。

わざとなのか時折、指先がお尻の割れ目に入り込んで秘所まで滑《すべ》り、花弁をくすぐる。

そのたびに美紅の腰はぴくんと反応した。

……ちょ、ちょっと……なんかエロいんだけど……

手は太腿《ふともも》まで下りてゆくと、ぴたりと動きを止めた。指先が肛門をなぞって陰部に到達《とうたつ》する。そっと花弁が割り広げられ、ぬるっと指が中に入ってきた。

「あう……」

くちゅくちゅと中を掻《か》き回される。肉襞から蜜がにじんで、繊細《せんさい》な指に垂れた。

「中……すごく、濡《ぬ》れてる」

美紅は甘い吐息を漏《も》らした。

ずるり、と長い指が引き抜かれると、マッサージは再開された。膝からふくらはぎ、くるぶしから爪先《つまさき》までまんべんなくオイルが塗り込められる。美紅はうとうとしながら、潮風《しおかぜ》が背中を渡るのを感じていた。

「美紅、仰向《あおむ》けになって」

「え？　このまま？」

「安心して。僕たちしか、いないから」

美紅はドキドキしながら体を捻《ひね》り、白い乳房を青空に向けた。こちらを見下ろすディーターの瞳は、情欲で煙《けぶ》っている。

あっ……。

見ると、ディーターはいつの間にかスウィムウェアを脱ぎ、生まれたままの姿になっていた。強靭《きょうじん》な太腿《ふともも》の間から、雄々《おお》しいものが天を貫くほど隆起《りゅうき》している。彼が膝立《ひざだ》ちになると、それがぶるんとたわんだ。

その芸術的な美しさに、一瞬、意識が遠のいた。

明るい光に晒《さら》されたそれは、野性的で淫靡《いんび》な美しさがあった。精悍《せいかん》な肉体と、猛々《たけだけ》しいものが放つ強烈な魔力に、骨の髄《ずい》まで魅了《みりょう》される。竿《さお》の部分は赤黒く充血し、血管の太い筋がぴくぴく脈打っている。先端はつるりと丸く、矢尻みたく三角になっていた。想像よりずっと長く、緩《ゆる》やかに弧《こ》を描いているのが卑猥《ひわい》だった。先端の割れ目から透明の液が垂れている。それを見た瞬間、美紅の鼓動は速くなり、下腹部の奥は妖《あや》しく引きつった。

明るい場所で見るのは初めてだけど、こ、こんなに太いのがいつも入ってるの……!?

ディーターは手のひらにたっぷりオイルを垂らすと、美紅のお腹にぴたりと載《の》せ、バストから鎖骨《さこつ》まで一気に滑《すべ》らせた。ふくらんだ乳房の周りに円を描くようにぬるぬる触れる。恥骨《ちこつ》に触れている怒張《どちょう》したものが気になって仕方ない。美紅の膣は疼《うず》いて渇望《かつぼう》し、ますます潤《うるお》っていく。

ディーターの美しいまぶたは伏《ふ》せられ、その視線は乳房に落ちている。にゅるにゅると乳房を揉みしだかれ、尖《とが》った乳首をきゅっと摘《つま》まれる。美紅は思わず息を吸い込んだ。男根から漏《も》れ出た液が臍《へそ》の下辺りにポタリと落ちた。

やば……。私、すごく濡《ぬ》れちゃって、やばい……

ぬるぬるの手でさんざん乳房を蹂躙《じゅうりん》された。乱暴《らんぼう》に揉まれ、こねられた。ディーターの薄い唇から荒い息が漏《も》れる。

「ここも……」

彼は小さくつぶやくと体を下へずらし、首を下げて唇を秘所に落とした。

「あっ……ちょっちょっと待っ……きゃっ！」

生温かい息がかかり、熱い舌が秘裂を這《は》う。花弁は根元から先まで丁寧に舐《な》められ、充血した花芯を執拗《しつよう》に攻められた。舌先に力を入れ、円を描くようにこね回される。快感から逃れようと何度もびくんと跳ねた。ディーターは薄く唇の端《はし》を上げたまま、暴れる腰を抑えつけ、舌を小刻みに動かしながら皮を剥《む》き、指でくりくり押し回した。美紅の息が荒くなる。

「はぁっ……はっ……もう……っ」

死んじゃうよ……！

ディーターは凛々《りり》しい目を細め、美紅の様子をじっくり眺《なが》めている。視線が圧力を持って這《は》っていき、秘所がひくつく。

「君のここ……ものすごく可愛《かわい》いんだ。小さな貝みたいで。花弁もピンク色だし、ここも」

舌先が膨《ふく》らんだ花芯をつつく。

「つやつやしてて、すごく綺麗《きれい》だ……」

愛液が流れ落ちてビーチマットに水たまりができる。ディーターは、ぬるぬるした膣口の愛液を丁寧に舐《な》め取った。蜜はとめどなく溢《あふ》れてくる。

「ほら……すごい。こんなに、ぱっくり割れてきた。奥がぴくぴくしてる」

舌がずるりと奥へ挿入され、美紅は嬌声《きょうせい》を上げた。

「すごくいやらしい。早く挿《い》れてって言ってる」

「あぅっ………」

ディーターはうっとり見入りながら「食べたい」と小さくつぶやいた。

ささやき声が虫みたいに鼓膜《こまく》から入り込んで、脳髄を溶かしていく。地獄の舌の愛撫《あいぶ》は再開される。長い舌が膣口に挿し込まれ、粘膜《ねんまく》を擦《こす》りながら出し入れを繰り返す……。

焦《じ》らされて焦《じ》らされて、美紅はそろそろ限界だった。切なくて、空隙《くうげき》が虚《むな》しくて、舌をきゅうきゅう締めつけてしまう。

「淫《みだ》らな……。すごく締まってくる」

ずるっ、べちょ。舌で愛液を掻《か》き出しながら彼は言う。

「君のここが……僕しか知らないんだと思うと、むちゃくちゃ興奮する」

美紅はたまらず腰を上下に揺すりながら叫《さけ》んだ。

「もう、ダメッ！　……早くっ………！」

広げた両腿《りょうもも》の間で、彼は意地悪く微笑《びしょう》した。

「早く、なに？」

「あっ……」

「欲しいなら、ちゃんとおねだりしてごらん」

「あぁっ……そんな……」

美紅の目尻を涙が伝う。もう、こんなに切ないぐらい疼《うず》いているのに。

「言ってごらん」

ディーターは言いながらまた濡《ぬ》れた舌で膣口の縁をなぞる。

「は、早く……お願い……」

「お願い？　なにを？」

美紅は羞恥《しゅうち》で耳まで熱くなった。下腹部の奥は渇望《かつぼう》し、ズキズキしている。

「なにが欲しいのか言ってごらん」

腹が立つほど冷静な声が言う。

「はっ……早く、あなたのアレを私のあそこに入れて！」

もうっ……なんでこんなに意地悪なのっ⁉　美紅は悔《くや》しくて切なくて、ぎゅっと目を閉じた。

ディーターは物憂《ものう》げに体を起こすと、満足そうに微笑《ほほえ》む。彼はサンオイルの瓶《びん》の蓋《ふた》を開け、ボトルを逆さまにして美紅の胸の辺りにどぼどぼと垂らした。

「あっ……………」

とろとろした温かいオイルが乳房の下から、あばらを通って、マットにこぼれ落ちる。

ディーターはたくましい体を仰向《あおむ》けに横たえると、上半身だけ起こし、砂浜に左手をついた。右手で勃起《ぼっき》したものの根元を握《にぎ》り、ぐっと立てる。それはさっきよりも膨張《ぼうちょう》し、猛《たけ》りきっていた。先端から溢《あふ》れた液が、太い血管を伝って流れ落ちている。それを見て、美紅の膣の奥はひりついた。

「さあ、ここにおいで」

妖艶《ようえん》なセックスの男神は、クスリと口角を上げた。

「欲しいなら、自分で入れるんだ」

甘い声が四肢《しし》を捉《とら》え、美紅は操《あやつ》り人形になった。引っ張られるように彼のもとへ這《は》ってゆき、筋肉質な太腿《ふともも》を跨ぎ、向かい合って膝立《ひざだ》ちになる。

「いい子だ」

低い声は催眠術《さいみんじゅつ》のように意思を奪う。

「自分で挿《い》れてごらん。そしてそのオイルを僕の肌に塗るんだ」

美紅は両腕を彼の首のうしろに回した。つるりとした鈴口に花弁を密着させる。それだけであそこが甘く疼《うず》く。愛液がとろとろ流れ落ち、雄々《おお》しいものを伝って睾丸《こうがん》に垂れた。

「おいで」

彼の声によって支配される。お互いの瞳をよぎるものをじっと見つめ合いながら、美紅は腰を落としていった。熱い男根が膣襞をぐいぐい割り広げ、侵入してくる。空隙《くうげき》がみっちり埋められてゆく充溢感《じゅういつかん》に、美紅は唇を小さく開いた。腰を落とし切って根元まで呑み込むと、彼は堪《こら》えるように、セクシーな吐息を漏《も》らした。

根元まで入った状態でさらに彼がぐんっと突き上げ、もっと最奥を穿《うが》たれて、美紅は小さく叫《さけ》ぶ。

「……塗って」

彼はささやく。

見ると、滑《なめ》らかに盛り上がった胸筋の下にチョコレートみたいに割れた腹筋が待っている。うしろに片手をついて上体を少し倒した彼は、スウィムウェアのモデルみたいだった。それとも、サンオイルのモデル？

しっかり繋がり合ったまま、美紅は上体を前にスライドさせ、乳房にべっとりついたオイルを彼の筋肉に擦《こす》りつけた。硬くなった乳首がぬるぬると肌を滑《すべ》ると、彼はうめき声を上げた。彼は上体を垂直に起こし、二人の胸とお腹が密着するようにしっかり抱きしめた。美紅はゆっくり腰を上下に動かしはじめる。膝に力を入れ、ずるずると引き抜く。熱い男根が中を擦《こす》り、甘く痙攣《けいれん》した。

うわ……すごっ。硬くて大きくて……。

またゆっくり腰を落とすと、空隙《くうげき》が満ちてゆく。硬い先端が奥を突き、快感で痺《しび》れた。

オイルまみれの乳房とお腹が、硬い筋肉を滑《すべ》る感触も好きだ。彼は顎《あご》を下げると、喉《のど》の奥からくっという音を漏《も》らした。

「気持ちいい？」

美紅は聞いた。

彼は切なげにうなずくと「君のおっぱいが……こ、これ……すっごい、エロくて」と上ずった声で言った。

もっとぴったりくっつけると、彼は声を上げた。にゅるにゅると擦《こす》れ、尖《とが》った乳首が褐色《かっしょく》の肌を刺激する。

「美紅……」

彼がキスを求めてきたので、舌を伸ばし、深く口づけた。

二人は舌を絡ませながら、結合部の甘い刺激と、お互いの肌が擦《こす》れる刺激を味わった。

砂浜に伸びた二人の影は、ゆっくりと上下に揺れている。荒い息遣いはさざなみの音に掻《か》き消された。

むせかえるような、ココナッツの香り。

これからココナッツの匂いを嗅《か》ぐたびに、このセックスを絶対思い出しそう、と美紅はチラリと思う。

「ずっとこうしたいと思ってたんだ……」

興奮で掠《かす》れた声で耳元にささやかれる。

圧倒的な快感で、美紅の頭は朦朧《もうろう》としている。彼の言葉が胡乱《うろん》な意識を浸食する……。

「どこか人のいないビーチで、君と二人で生まれたままの姿になって……」

ディーターは美紅の耳を舐《な》め、ささやき続ける。

「二人で体中オイルまみれになって、なにも着けずに、生のまま君の中に入り込んで……おかしくなるほどセックスしたかった……むちゃくちゃ濃厚で、激しいのを」

その言葉だけで美紅は首まで熱くなった。

下からズンズン突き上げられ、絶え間ない快感が背骨を這《は》い上がる。美紅は苦しげに顔をしかめた。

んっ……んっ……気持ちよすぎて……もう、イッちゃう……!!

美紅はぶるっと震えながら、絶頂を迎えた。白い快感が稲妻《いなずま》のように芯《しん》を貫く。きゅうっと膣が収縮し、硬くなった男根を奥へ引き込む。彼が鋭《するど》く息を吸い込んだ。

「やっ……やばい……よすぎて……くっ……」

彼は美紅の背中に腕を回し、密着を深めながら激しく腰を上下に動かす……。オイルで弾《はじ》かれて浮いている汗が、発達した三角筋を次々と滑《すべ》り落ちる。熱い塊《かたまり》が内側の粘膜《ねんまく》を擦《こす》り、最奥を抉《えぐ》っては火花が散る。引き抜かれては、また素早く奥まで滑《すべ》り込んでくる。

ああぁっ……ふっ深いっ……深いようっ……

二人の影は艶《なま》めかしく上下に弾《はず》む。ズンズン突かれ、肌がぬるりと卑猥《ひわい》に擦《こす》れる。快感の鞭《むち》で全身をむちゃくちゃに叩かれ、二人はあっという間に追い込まれた。

「……っ……もう、出るっ……」

彼の声が小さく漏《も》れる。

彼の腹筋がぎゅっと硬くなった。矢を放つ直前に、弓が引き絞《しぼ》られるように。

「あっ、うわっ……。ダメだったら！」

ディーターはわざと腰を深く引き寄せ、より密着を深めた。

「僕らは婚約者だよ。君は、僕の子供を産むんだ……」

彼は熱に浮かされたように言い、噛《か》みつくようなキスをした。

「んっ……んんっ！」

彼は深く男根をねじ込むと、劣情《れつじょう》を吐き出した。信じられないぐらい大量の精が注《そそ》ぎ込まれる……

……でも、キスしながら射精されるの、すごく好き……

うっとりと舌を絡ませながら、お腹の奥がとろとろと温かいもので満ちていくのを感じる。

美紅の胸にはなぜか、月と潮の満ち引きのイメージが去来《きょらい》した。

◆◆◆

甘いお菓子の食べ過ぎは体に毒か。

ディーターは組み敷いた白い肢体を見下ろした。美紅の瞳は潤《うる》んで、頬《ほお》は薔薇色《ばらいろ》になり、セクシーな唇がわずかに開いている。白い肌はほのかに色づき、あそこはすでにぐちょぐちょで、乳首は赤く膨張《ぼうちょう》し尖《とが》っていた。

甘いショートケーキみたいだ、とディーターはじっくり鑑賞しながら思う。ふわふわの柔らかい生クリームの上に、ジューシーな苺《いちご》が載《の》っている。ディーターはつ、と首を下げ、甘い苺《いちご》をぱくりと咥《くわ》えた。舌でゆっくり舐《な》め転がし、それを味わう。すると美紅が言葉にならない声を漏《も》らした。

ディーターは満足して目を細めた。

まるで自《みずか》ら作り上げた芸術品を眺《なが》めるように。

丁寧に開発していったおかげで、彼女は今、全身が性感帯《せいかんたい》になっている。ちょっと刺激を与えるだけで、敏感《びんかん》に反応し、いい声で啼《な》く。キスしただけであそこはしっとりと潤《うるお》い、僕の興奮の証《あかし》を見ただけで、下腹部を引きつらせているのが、手に取るようにわかった。

ディーターは薄く笑いながら、細い指をそっと美紅の顎先《あごさき》に当てた。そのまま、首筋から鎖骨《さこつ》、乳房の間から臍《へそ》へと指を滑《すべ》らせてゆく……。美紅が微《かす》かに身じろぎ、愛液がまた流れ落ちた。

彼女はどんどん淫乱《いんらん》になっている。

もっと丹念に調律《ちょうりつ》を重ねていけば、素晴らしい官能の音楽を奏でてくれるだろう。

美紅の体がディーターの仕様に合わせてカスタマイズされていくのは、異常に興奮した。

「もう、挿《い》れていい？」

わざと声を落としてささやく。

我ながら底なしだと思う。さっき放ったばかりなのに、もうあそこは硬く勃《た》ち上がって、涎《よだれ》を垂らしている。

「あっ………」

イエスと言うのは恥《は》ずかしく、ノーと言うのは嫌なようで、彼女の頬《ほお》は林檎《りんご》みたいに赤くなる。

このリアクションが堪《たま》らない。普段生意気な彼女を知っているだけに。彼女が恥《は》ずかしがるたびに、胸を掻《か》きむしりたい衝動《しょうどう》に駆られた。

「ほら、こんなに濡《ぬ》れてる」

ディーターは秘所にそっと指を挿入し、さらにささやく。

「中もきゅうきゅうして……すごく僕を欲しがってる」

彼女は泣き出しそうに、恥《は》ずかしそうに唇を噛《か》んだ。

だから、つい言葉攻めをしてしまう。

「あ……あの……きて………」

美紅が聞こえないぐらいの声で言った。

色っぽいおねだりで暴力的な衝動《しょうどう》にかられ、ディーターは先端を膣口に宛《あて》がうと、ひと息に彼女を貫いた。

甘い悲鳴《ひめい》がビーチに響く。

ディーターはゆっくりとピストン運動をはじめた。その得《え》も言われぬ感触に恍惚《こうこつ》となる。

……ああっ、これは、すごく、いい………

美紅の中はバタークリームみたいにとろとろで、すごくあったかい。しっとりした濡《ぬ》れ襞がディーターに吸いついてくる。しかもよく締まっていて、奥へ到達《とうたつ》するたびにきゅうきゅうと甘くしごかれた。擦《こす》るたびに、にちゃっ、ぬちょっと水音が漏《も》れる。ココナッツオイルの甘ったるい芳香《ほうこう》が鼻をくすぐる。

たぶんこの先、ココナッツ・リキュールの入ったカクテルを口にするたびに、この濃厚なセックスを思い出すことになるな、とチラリと思う。

――僕はこの甘いお菓子に夢中だ。

朝から晩までずっとお菓子を貪《むさぼ》っている。

ディーターは両手をマットについて、夢中で腰を振りまくった。敏感《びんかん》なポイントを狙って突くと、彼女は甘やかに反応する。ひたすらそこを何度も穿《うが》った。だんだんスピードが上がっていく。生のまま温かい襞に包まれる感触はたまらない。よく温めた、ぐっちゃぐちゃのヨーグルトの中に突っ込んでいるみたいだ。しかも、そのまま強く握《にぎ》られて、しごかれるような。

ディーターは顎《あご》を仰《の》け反《ぞ》らせ、快感に喘《あえ》いだ。

最初は、軽く味見をするつもりだった。ちょっとだけ生のままで彼女を味わったら、後はゴムを着けるつもりだった。これまで避妊《ひにん》を怠《おこた》ったことはない。なのに、一度、生のまま彼女の味を知ってしまったら、もう後戻りできなくなっていた。凶器みたいな快感に、おかしくなってしまった。

……彼女を孕《はら》ませれば、傍《そば》に置いておける。問答無用で。

そんな打算もあった。ディーターは自分でも引くほど独占欲が強い。この契約婚約を本物にするためなら、手段を選ばないつもりだった。だってそうだろ？　既成事実《きせいじじつ》さえ作ってしまえば、親父《おやじ》も親戚《しんせき》も周りも一切関係なく、彼女とずっと一緒にいられる。子供さえできてしまえば。

「あっ……ディーター……」

たまに彼女が不安そうにする。避妊《ひにん》をしないディーターを心配している。

「大丈夫。安心して、僕に任せて」

微笑《ほほえ》んで、耳元で言う。我ながら悪魔だと思いつつ。

「生でしたほうが……気持ちいいだろ？」

「で、でもっ……ああんっ……」

最奥を貫くと、彼女にきゅうと締めつけられ、危《あや》うく達しそうになった。歯を食いしばり、動きを止めて、どうにかやり過ごす。

これは、やばい……くそっ……とろけそうだ……

襞が、にゅるにゅると男根を擦《こす》ってゆく。時に甘く、時に強く、緩急《かんきゅう》をつけて締め上げながら。ディーターはピストン運動をしながら、腰が抜けそうになった。頭が朦朧《もうろう》とし、息が荒くなる。

これは、甘いお菓子なんてもんじゃない。

性質《たち》の悪い麻薬だ。しかも、中毒性の高い。

どろどろした熱が精管を這《は》い上がってゆく……。暴力的な快楽で、もうなにもかもどうでもよくなってしまう。とにかく、この熱く熟《う》れたぐちゃぐちゃの中に、めちゃくちゃに突っ込んで、全部吐き出したい。もう、すぐそこまで来ている。尻がゾクゾクして限界だった。

「あ……もう、イく……」

「わ、私も、もう……」

ディーターは腰を彼女に叩きつけながら、顔を下げて口づけた。熱く濡《ぬ》れた舌を絡ませ、解放の刹那《せつな》に息を止める。

彼女が四肢《しし》を痙攣《けいれん》させるのと、ディーターが射精したのは同時だった。

「ぐっ……あっ……」

声が漏《も》れてしまう。

膀胱《ぼうこう》の辺りから広がる圧倒的なエクスタシーに、ディーターは打ち震えた。放出の快感で気が遠くなる。彼女も口をだらしなく開け、色っぽく喘《あえ》いでいた。

恋慕《れんぼ》、愛情、性欲、独占欲、破壊の衝動《しょうどう》……あらゆるエネルギーがディーターを支配し、そのすべてを美紅に向かって吐き尽くす。

髪を乱し汗だくになりながら、ディーターは焼けた砂を両手でぎゅっと掴《つか》んだ。

◆◆◆

太陽は天高く昇り、砂浜を焼き焦《こ》がす。

波は穏やかに泡立ち、寄せては返して砂浜を洗う。

「……どう？　こうやって、ゆっくりするのは」

美紅は、麗《うるわ》しいまぶたを伏《ふ》せたディーターに尋ねられた。

「あうっ……ちょっと、んんっ……」

美紅は快感で気が遠くなりながら、彼の成すがままだ。

連日のようにむちゃくちゃに擦《こす》られ、膣の入り口から奥までの細胞の一つ一つが性感《せいかん》帯《たい》になったみたいだ。硬くて大きなものが襞をぐいぐい割り広げ滑《すべ》っていくだけで、もう達しそうだった。

「君のここ、すごく敏感《びんかん》になってるから」

ムカつくほどクールな顔で彼は言う。それでも腰のいやらしい動きは止まらない。

「あっ……ああっ、もう……ダメ……」

その、じわじわやるのはもうやめて……

ディーターは繋がり合ったまま美紅を抱え上げ、ふたたび対面座位の体勢を取った。

「大丈夫？」

声は心配そうなのに、下から容赦《ようしゃ》なく突き上げてくる。

「あんっ！」

また深くキスされ、乳房を両手で鷲掴《わしづか》みにされる。胸を揺らされると、快感が泡みたいに弾《はじ》ける。

彼が美紅のウエストを両手でぐっと掴《つか》み、動きを制すると、下からずんと突いた。美紅は息を呑む。

「ここ？」

最奥にずぶりと刺したまま、彼は聞く。

「あ……そこ……」

彼はちょっとだけ腰を引き、膣内でほんの数センチほど空間を作ると、別角度へさらに突き上げた。

「きゃんっ……！」

「ここは？」

彼は、ぐりぐりと圧をかけながら言う。

「そ、そこも……」

膣の中で小刻みに角度を変えながら、ポイントを探している。このやりとりがひどくエロくて、美紅は赤面した。

こ、こんな風にちょっとずつやるなんて……恥《は》ずかしい……

「君のここ、すごくイイんだ……」

上ずった声が鼓膜《こまく》をくすぐる。

「奥のほうが……ほら、狭《せま》くなってて……そこが僕を擦《こす》るんだ」

エロティックな解説に恥《は》ずかしくて言葉が出ない。奥のほうを何度も小さく擦《こす》られ、角度を変えてつつかれ、美紅は恍惚《こうこつ》となった。

「はあっ、もう……」

彼はうわごとみたいに言い、上体を前に倒した。

マットの上に柔らかく押し倒される。美紅の頭の真横に彼は両腕をつき、美しい双眸《そうぼう》でじっと見つめた。

「好きだ」

その熱い視線だけで心まで焼き尽くされそうだった。

「好きだ。好きなんだ……」

何度も甘くささやかれながら、怒涛《どとう》のように貫かれる。だんだんストロークは大きくなり、入り口から最奥まで硬いものが大胆に滑《すべ》ってゆく。美紅は堪《こら》えるために歯を食いしばった。

んんっ……なにこれっ……んっ……ガンガン来てっ……すごっ……！

鋼《はがね》のような腰は荒々しく前後し、美紅の背中はビーチマットの摩擦《まさつ》で火傷《やけど》しそうだ。彼の顎《あご》から汗の滴《しずく》が流れ、美紅の頬《ほお》に落ちる。見ると、彼は汗まみれで、筋肉の間を汗が次々と滑《すべ》り落ちていた。

勢い余って彼が倒れ込んできた。それでも腰は躍動《やくどう》しつづけ、美紅を追い立てる。彼の太い首筋から堪《たま》らない香りがし、美紅は頭がくらくらした。

……………うわっ……

雄のフェロモンに圧倒される。

彼は野獣のように荒々しく腰を振り、ズンズン突き上げる。ぐちゃっぶちょっ、と音を立てながら愛液が飛び散った。彼の汗で美紅の肌が濡《ぬ》れそぼる。息もできないほど嵐のように攻められ、とうとう絶頂に達した。

あああんっ……おかしくなっちゃう……!!

「好きだよ……」

乳白色の靄《もや》を漂《ただよ》いながら、美紅は心地よい声を聞いた。その後、どっと熱い精が注《そそ》ぎ込まれるのを感じた。彼が痛みでも堪《こら》えるように、うめく。

「私も、大好き」

二人は抱き合い、深い口づけを交わす。

すべてを吐きつくした後も、二人は波の音を聞きながらしばらく繋がっていた。

◆　◆　◆

二人は手を繋いで砂浜に並んで座り、ボートを待っていた。

太陽の光は穏やかになり、寄せては返す波の音が耳に心地よい。

遠くで海鳥が小さく鳴いた。

情事の後の気怠《けだる》い満足感に包まれながら、水着姿の二人はただ海を見つめていた。

空も海も砂浜も、こんなに綺麗《きれい》だったっけ……。ぼんやり美紅は思う。

清涼《せいりょう》な潮風《しおかぜ》が肌を乾かしてゆき、日光も大気も海もエネルギーに満ち溢《あふ》れ、地球に生まれたことを思い出させてくれる。やはり人は自然と離れては生きていけないのかも、と美紅は実感する。都会の生活は便利だ。けど、なにかが少しずつ枯渇《こかつ》してゆく。こんなにエネルギーに溢《あふ》れた場所にいると、尚更《なおさら》そう実感できる。

二人は無心で、ただありのままの自然を感じていた。自分たちがその一部であることも。言葉はいらなかった。横たわる沈黙《ちんもく》を、二人はただ愛しく見つめていた。

「……この偽装を本物にしないか」

ややあってディーターは言った。

「うん」

「婚約者になろう。あっちに戻ってからも、ずっと」

ディーターはこちらを振り向いて言った。

彼が少年みたいに幼く見えた。そんな彼もむちゃくちゃ素敵だ。

「……うん」

そう言うと、彼ははにかむように微笑《ほほえ》んだ。美紅は胸がいっぱいになる。

「アーロンが……。たぶん、今回の件はアーロンが仕掛けたんだ」

「え？」

「奴が君と僕を引き合わせ、こうなるように仕組んだんだ、たぶん」

「契約婚約のこと？」

「いや、そうじゃない。そうなんだけど、それだけじゃない。たぶん、君と僕がこうなることをわかっててやったんじゃないか、と僕は思う」

彼は砂を掴《つか》んで、パラパラと落としながら言った。

「そんなことが可能なの？」

美紅は怪訝《けげん》な顔をする。

「君と僕を引き合わせ、君を磨き上げ、僕に嫉妬《しっと》させ、僕らがこうなるようにお膳立《ぜんだ》てしたんだ」

「まさか」

「最初は、アーロンも君が好きなのかと思ってた」

美紅は今言われたことについて考えてみた。アーロンがこれまで話してくれたこと。私の身に起こったこれまでのこと。

「昔からそうなんだ。奴とは女の趣味が必ずと言っていいほどかぶる。ハイスクール時代からずっと取り合ってばかりだ」

ディーターは顔をしかめた。

美紅ははっと顔を上げた。

とある閃《ひらめ》きが、美紅の体を貫いた。

呼吸が止まる。

……まさか、そんな。

「……違うわ」

美紅は呆然とつぶやく。これまで断片的だった情報が次々と集まってきて、すべてがあるべき場所に収まってゆく。やっと、この物語の全貌《ぜんぼう》が見えた気がした。

「アーロンは、私のことが好きなんじゃないわ」

ショックのあまり、声を絞《しぼ》り出すのがやっとだった。

美紅は強張《こわば》った顔で振り向き、ディーターを穴が開くほど見つめた。ディーターは

「え？」という顔で美紅を見返す。

「……アーロンが好きなのは、私じゃない」

彼の理解を促《うなが》すよう、あえて同じ言葉を繰り返した。

美紅のただならぬ様子にディーターは少し呆気《あっけ》にとられてから、にこやかにうなずいた。

「そうだ。アーロンはたぶん君が好きなんじゃない。たぶん、奴は僕に教えようとしたんだ。その……愛情とか、恋心のようなものを」

ディーターは言葉を続ける。

「奴の思惑にまんまとハマったわけだ。ま、でも、これはこれでよかったと思ってる。奴に感謝したいぐらいだ。こんな風に君と一緒にいられるんだから」

ディーターは無邪気《むじゃき》に微笑《ほほえ》んだ。

ディーターはなにも気づいていないんだわ、と美紅は悟《さと》った。いいえ、私も気づけなかった。ヒントはずっと目の前にあったのに。……なんて残酷《ざんこく》なんだろう。私も。ディーターも。

美紅は胸の痛みに襲《おそ》われた。

「君と一緒なら、なにもかもうまくいきそうな気がするんだ。契約婚約も成功したし、例の開発もうまくいきそうだ。たぶん君は幸運の女神なんだ」

「開発がうまくいきそうで、よかったわね」

胸に苦い痛みを堪《こら》えながら、美紅はどうにか言葉を紡《つむ》ぐ。

「ああ。それはもう本当に長い道のりだったんだ。何度も失敗して、暗礁《あんしょう》に乗り上げて、口で簡単に言いたくないぐらいの地道な苦労を重ねてここまで来た。やっと長年の努力が報《むく》われる。僕はこの構想のために人生の大半を費《つい》やしたんだ」

ディーターは少年のような目で言った。

「あなたの夢が叶うよう、祈っているわ」

「君も一緒に見届けて欲しい」

美紅は彼の硬い髪を撫《な》で「うん。もちろん」と言った。

「君をずっと傍《そば》に置いておきたい」

そう言ってディーターは心まで溶かす甘いキスをした。

しっかりしなくちゃ、とキスを受けながら美紅は思う。

明日の夜は満月だ。二十二時に宗一郎が待っている。

はっきり言おう。私はディーターとずっと一緒にいるつもりだと。たとえ、どんなことがあったとしても。誰を傷つけたとしても。

美紅は密かに宗一郎と対決する覚悟を決めた。

◆　◆　◆

九日目の夜。二十二時少し前。

パーティーのときはあんなに華やかだったホールは、不気味な霊廟《れいびょう》みたいに見えた。館内の電気は消えていたが、月が明るいので辺りの様子は見える。美紅は骨より白い床を踏みしめ、ホールを横切ってプールサイドへ向かう。ひょうたん型のプールのライトも消えていて、黒々した水を静かに湛《たた》えている。

満月の下にたたずむその人影が一瞬、ディーターに見えて、美紅はドキリとした。

……やっぱり似ているんだわ。身長は全然違うけど、雰囲気が。

「やあ。来たね」

宗一郎はこちらも見ずに言った。

美紅は少し距離を置いて、足を止めた。

「勘違いしないでください。はっきりお断りしに来たんです。お金もいらないし、帰国もしません」

美紅は開口一番言い切った。

長い沈黙《ちんもく》の後、宗一郎はゆっくり語りはじめた。

「君たちはさ……この世界のどこかにものすごく悪い奴がいて、そいつを倒せば世の中がよくなると信じている。この世界を悪くしているのは、そういう奴だと。世界が不幸なのは、そういう奴がいるからだと」

美紅は話の意図がわからず、じっと続きを待った。

「だが、賢い君なら……もうとっくに気づいているはずだ」

宗一郎は初めて美紅のほうを向いた。その瞳の冷酷な輝《かがや》きに美紅は軽く戦慄《せんりつ》する。

「そんな奴は、どこにもいない。悪人なんて、幻想に過ぎない。正しさの反対は、別の視点の正しさだ。この世界に悪人など存在しない。無数の、自覚のない、偏狭《へんきょう》な正しさに満ちているだけだ。多様性を受け入れない正しさ、と言えばいいのかな」

「なにが言いたいの？」

美紅はなぜか不吉な予感に打たれながら言った。

「この世界をよくしようなんて考えないほうがいい。前よりよくなったことなんて、長い歴史の中で、ただの一度もないんだ。ただ、激変し続けているだけだ。仮に前よりよくなったと感じたとしても、それは視点を変えれば悪くなっているんだよ」

宗一郎は葉巻を取り出して、火を点《つ》けた。

「説教のつもり？　なんの前置きなのよ」

美紅は精一杯虚勢《きょせい》を張った。嫌な感じが膨《ふく》らんでいく。

「息子がまだ人間らしい感情を持ち合わせていると知って、少し安心したよ」

宗一郎は独り言みたくつぶやく。

今すぐこの場を去ってもよかった。この男の話を聞く必要はない。けど、美紅の中のなにかがそれを押し留《とど》めていた。

「君ほどの女性となると、当然、話は聞いているんだろ？」

「話？　なんのことを言ってるの？」

「あれは……彼が十三歳のときだったかな。珍しく、私に夢を語って聞かせてくれてね。普段は私を父親とも思っていないようだったが、そのときは興奮していたんだろうな。自分のアイデアに」

宗一郎は優雅《ゆうが》に煙をくゆらせる。

なにを言おうとしているのかわからない。けど、それはよくないことである気がした。

「私はくだらないからやめろと言ったんだ。だが、彼はやめなかった。夢の実現のために行動を起こそうとしていた」

乗ってはダメよ。彼の誘導に、乗ってはダメ。そう理性が命令しているのに、美紅はつい口を開いてしまう。

「……それで、どうしたの？」

「叩き潰《つぶ》した。労働条件が最悪のアジアの工場に拉致《らち》した」

宗一郎は唇の端《はし》を上げて微《かす》かに笑う。

怒りで喉《のど》の奥が熱くなった。

「なぜ？　なぜそんなことをしたの？」

「犬の躾《しつけ》と同じさ。誰が支配者なのか、わからせるためだ」

「犯罪だわ！」

「だからなんだ？」

こちらをじろりと睨《にら》んだ宗一郎には非人間的な恐ろしさがあった。

「かくして、彼は現実を知った。宗一郎に聞いてみるといい。きっと彼はこう言うだろう。当時は大変だったけど、今は感謝している。あの経験が今の僕を作ってくれた、ってね。君の中の正しさは独り善《よ》がりに過ぎない」

「だからなによ？」

美紅は全力で睨《にら》みつけ、大声でまくし立てる。

「全然オッケーじゃない。独り善《よ》がり上等だわ！　独り善《よ》がり万歳《ばんざい》よ！　こっちは独り善《よ》がりのために生きてんのよ！　文句あんの？」

宗一郎はぷっと噴き出した。

「君を選ぶとは、息子はなかなかいいセンスしてるよ」

「あなたに褒《ほ》められてもうれしくないわ」

美紅はバッサリ切り捨てた。

「かつて息子にしたことを、私はもう一度繰り返そうとしている」

鼓動が強く胸を打つ。話が核心に近づいている。

「例の構想の話を知ってるな？」

宗一郎にそう問われても、美紅はイエスともノーとも答えなかった。けど、それは知っていると言ったも同然だった。

「君が帰国しなければ、私がその構想を叩き潰《つぶ》す」

美紅は息を呑む。

「そのための手はあらかじめ打ってある。息子は立派だよ。十三歳のときに夢を潰《つぶ》されたのに、もう一度這《は》い上がった。大学時代から準備をして、長い年月をかけてやっとここまでこぎつけた。夢の実現まであと一歩というところだ」

宗一郎は肩でも凝《こ》ったように首を傾《かし》げた。

「なんで……なんで、そんな………」

「今、彼のところにいる開発と幹部のメンバーはほとんどが私の配下の者だ。パチンと指を鳴らせば、彼らは私の思い通りに動いてくれる。さて、設計を他社にリークさせるか、それとも幹部と開発をごっそり抜くか、それとも致命的なバグを仕込んで社会的に抹殺《まっさつ》するか、帳簿《ちょうぼ》をいじらせて息子に罪を背負わせるのもいいな」

美紅は血の気が引いた。この人は本気だわ……。これは、はったりじゃない。この人にかかれば、今言ったことも、それ以上に残忍なことも、簡単にできるんだ。

「君がすぐに帰国するなら、もちろんそんなことはしない。もともと、彼の構想と私の間に利害関係はないからね」

「そこまでして、どうして？」

「切り札は常に用意しておくんだよ。もしものときのためにね。君は息子にふさわしくない。息子にふさわしい女性は、他にいる」

宗一郎は気味が悪いほど柔和《にゅうわ》に、にっこり笑う。

支配欲の塊《かたまり》だわ、と美紅は思った。ディーターはとんでもない悪魔にとり憑《つ》かれてる！

「君だってわかっているはずだ。お互いの肉欲を満たして、今は幸せかもしれない。だが、人生は長い。息子は今の会社のＣＥＯであるだけではなく、将来はキタヤマ・グループを背負って立つ身だ。君が彼を支えてやれるのか？　大した家柄も財力も学歴も地位もない、中身もカラッポな君に、なにができる？」

冷たいナイフが、ぴたりと首筋に当たる気がした。

「まあ、そんなことは息子も重々わかっている。遅かれ早かれ、息子は君への興味を失うだろう。君だって飽《あ》きられて捨てられるより、傷つく前に撤退《てったい》したほうが身のためだと思わないか？　息子はただ、獲物《えもの》を捕まえて一時的にのぼせ上がってるだけだ」

一番痛いところを突かれ、美紅はただ体を硬くしてじっとしていた。

「君の存在が、息子の妨《さまた》げになる。現に今、君のせいで長年追いかけてきた夢がまた潰《つぶ》されようとしている。それと同じことがこの先何度も起こるというわけさ。ふさわしくない君が、彼の傍《そば》にいる限りね。君が帰国しないなら、私はすぐにでも今言ったことを実行する」

「………」

「私は君みたいなどこにも属さない、なにもない人間が大嫌いなんだよ」

宗一郎は最大の侮蔑《ぶべつ》の眼差《まなざ》しで美紅を見た。初めてこの男の本性を見た気がした。強烈な選民思想。病的な差別意識。

「私は徹底的にやる。君が目の前をうろちょろしている限り、一切の手加減はしない。君に対してじゃない。息子に対してという意味だ」

この人はちゃんと知ってる。直接攻撃されるより、彼が攻撃されるほうが、私にとって痛手だということを。

「君だって、はっきりわかっているはずだ。自分が彼にふさわしくないということぐらい。知らない振りをするのはやめろ」

宗一郎の握《にぎ》ったナイフが、美紅の生命線を切り裂《さ》いた。

「さあ、どうする？　帰国するのか、しないのか」

美紅は気分が悪くなりながらも、どうにか声を出した。

「本当に、私が帰国したら、彼をそっとしておいてくれるの？　前に言った、従妹《いとこ》のアレクシアとの婚約も……諦《あきら》めてくれるのよね？」

「もちろんだよ。前に言った倍額の小切手もちゃんと渡す」

宗一郎は怖いほど優しい笑みを浮かべた。恐らくこの人は約束を守るだろう、と美紅は察した。

「わかりました。あなたに従います」

美紅は感情を殺して言った。

「……賢明だな」

不思議なことに、このとき美紅は少しホッとしていた。

大きな力に抗《あらが》うより、屈するほうが人は安心するのかもしれない。仮にそれで、莫大《ばくだい》な犠牲《ぎせい》を払うことになるとしても。

美紅は逃げるようにホールを去った。

◆　◆　◆

ホールを出た美紅は、ヴィラに向かって通路を歩く。

前方に人の気配を感じ、美紅は足を止めた。その人は柱に寄り掛かり、腕を組んで俯《うつむ》いていた。長いブロンドを束《たば》ねて背中に垂らし、真っ白なシャツに仕立てのいいスーツを着ている。

美紅は意を決し、その影に近づいていく。

不思議と、このタイミングでこの人に会う気がしていた。

「……決心は固いんですか？」

前を通り過ぎようとしたとき、アーロンは俯《うつむ》いたまま言った。

この人はなにもかも知っている、と美紅は悟《さと》った。私が彼の本心に気づいたことも。宗一郎の申し出も。それを私が受けるつもりであることも。

美紅はどう言えばいいか、しばし逡巡《しゅんじゅん》した。言いたいことは山ほどあるのに、言えることが一つもない。

「あなたは……」

言いかけて美紅は黙り、しばらくしてから言葉を続けた。

「あなたは、ディーターに教えようとしたの？　その、愛情のようなものを？」

月は明るいのに、ちょうど彼の目元が影になって表情はわからない。まるで黒い仮面をつけているように見えた。

「私は、彼に弱点を贈《おく》りたかっただけです」

アーロンは低く言った。

彼は私とディーターを引き合わせた。舞台を用意し、演出した。けど、恋に落ちるかなんて、誰にもわからない。ディーターが私を好きになるかなんて、誰にもわかるはずがない。それとも、この人はそんなことも予測していたの？

「すべて偶然だわ。第三者がそんなことをコントロールするなんて……不可能よ」

「私があなたに会ったのは、あの面接が初めてじゃないんですよ」

「え？」

「二年前。ニュー・グローバル・ステージ。デッド・ヒート」

アーロンはリストでも読み上げるみたいに言った。

「あ、ああ。あれね」

美紅は思わず赤面した。劇場と演目《えんもく》の名前だ。

「あれはたまたまオーディションに補欠で合格して、本当に代打の代打で出演できた奇跡の一本だったのよ。しかも、出演したのは一日だけだし。どヘタクソだったでしょ？」

アーロンは首を横に振って、言葉を続けた。

「応募書類を見たとき、あなただとすぐわかりました。それでこの計画を思いついたんです」

「仮にそうだとして、私を採用したとしても、その後のことは偶然だわ。そもそも彼を好きになるかなんて、私だってわからないのに。それに彼が私を好きになるかどうかも……」

「あなたがそれを言うんですか？　私にはわかるんですよ」

アーロンは俯《うつむ》いたまま冷笑した。

「あ………」

──奴とは女の趣味が必ずと言っていいほどかぶる。

この人は、知り尽くしてるんだわ。ディーターのことを。その内面も、嗜好《しこう》も。

「でも、それでも……やっぱり偶然だわ。今回はたまたまあなたの思い通りに進んだかもしれない。けど、そうじゃない可能性も大いにあったわけだし」

「だからアーロンは悪くない。そう言いたいんですか？　どこまでもお人よしですね」

なにも言えなかった。あまりにも彼の抱えた……苦しみが、闇が、想像を絶するほど深いから。

「……予測できてたのに、力が及ばなかった」

宗一郎の妨害を阻止《そし》する力が及ばなかった、と言いたいらしい。

「あなたの人生だから……あなたが決めたことに、私がとやかく口を出す権利はありません」

美紅はうなずく。

私たちはいわば同志だ。同じ人を好きになり、同じ思いに苦しんでいる。それでも、私たちがお互いを癒《いや》すことはできない。対立はしなくとも、共闘《きょうとう》もできない。お互いを応援することもできない。

「いつから、なの？」

それでも美紅は聞いてみた。

アーロンは薄く笑ったまま、質問には答えなかった。

この人に会うのはこれが最後になるかもしれない、と美紅は予感した。

「その、どう言っていいかわからないけど……。とにかく、ありがとう。元気で」

美紅は、このもどかしい思いをどうにか言葉にした。

「私は、あなたのことが好きだったわ。今回のことがあなたのせいだったとしても、そうじゃなかったとしても、そんなことはどうでもいいのよ。だから……私はあなたに会えてよかった。あなたは私にいろんなことを教えてくれた。それだけじゃなくて、あなたは魅力的でとても素敵だと思うし。人間として」

我ながら支離滅裂《しりめつれつ》でまとまらない。

「とにかく、この先きっと私はあなたのことを何度も思い出すわ。そのたびにきっと、この世界のどこかで、元気にしてればいいなって思うから」

美紅は握手を求め、手を差し出した。

アーロンは数秒、ぼんやり手を見つめ、それから組んでいた腕を解《と》いて美紅の手を握《にぎ》った。

これだけじゃ伝わらないと思い、彼の手を引き寄せ、その背中に腕を回してハグした。爪先立《つまさき》ちになって両腕にぎゅっと力をこめ、自分より背の高い体を包み込む。

切ない思いが溢《あふ》れた。

ありがとう？　ごめんなさい？　こんなとき、なんて言えばいいの？

「……元気で」

美紅は思いを込めて彼の背中をさすった。

そのとき、ピクリと彼の肩が震えた。

微《かす》かな……小さい嗚咽《おえつ》が聞こえた。

驚いて体を離し、彼の顔を見る。整った双眸《そうぼう》から涙がこぼれ落ち、その滑《なめ》らかな頬《ほお》を伝っていた。

美紅は息を呑んだ。

「…………長かったんだ」

アーロンはほとんど聞き取れないほどの小さな声でつぶやいた。

アーロンがまぶたを閉じると、新たな涙がまた頬《ほお》を伝った。

「アーロン……」

鈍感だった。どうして気づかなかったんだろう？　少し気をつけて見れば……この人はこんなにも悲しい顔をしているのに。

美紅はもう一度アーロンを優しく抱きしめた。

そして、彼に救いが訪れることを切に祈った。

「あなたは……思いを伝えてください。彼のもとを去るのだとしても」

私は伝えられなかったから、と聞こえた気がした。

「大丈夫。わかってるわ」

美紅は腕に力をこめ、目を閉じた。

残酷《ざんこく》な満月は二人をじっと見下ろしていた。

◆◆◆

今宵《こよい》の満月は明るい。

二十二時ちょっと前に美紅は「一人で散歩に行ってくる」とふらりと出かけ、小一時間ぐらいで戻ってきた。疲れて見えたのでなにかあったのかとディーターが心配すると「これからのオーディションのことを考えて不安になってただけ」と明るく笑った。

それから、美紅が踊りを見せてくれると言うので、ディーターはリビングに彼女のためのスペースを作ってやった。彼女の真正面に置かれたソファに座り、ゆったり足を組む。

観客はディーター一人だ。

美紅は髪をアップにし、洒落《しゃれ》たスポーツブラに水着のショートパンツという格好《かっこう》に着替えた。引き締まったウエストにそっと彫られたような臍《へそ》が美しい。ディーターはソファに肘《ひじ》を載《の》せ頬杖をつき、その艶《あで》やかな曲線美をじっくり観賞した。彼女との激しいセックスを思い出し、甘い余韻《よいん》に浸る。

「あの……なにか、飲み物とかいる？」

美紅は緊張した面持《おもも》ちで言う。

「結構だ。芸術鑑賞するときに酒を呑む趣味はない」

美紅はわかった、とうなずく。そしてこちらに背を向け、ハイエンドのオーディオに楽曲をセットする。こういう経験は初めてだ。女優が個人的にパフォーマンスを見せてくれる、というのは。

芸術を見る目には自信があった。

芸術鑑賞とは「開く」ことだ。耳を開き、目を開き、心の奥深くまで開く。意識のレベルをより深め、感性の純度を上げてゆく。芸術には知識や観察眼が必要だと思われがちだが、そうではない。言い換えれば、それは子供の心に戻ることだ。知識を捨て、判断も捨て、精神をより無邪気《むじゃき》に戻す。素直に、奥深く、無心で対象を見つめる。そうすれば、こちらが知ろうとしなくても、勝手に対象が話しかけてくる。対象が持つそれ自体の力が働きはじめる。それが絵画であれ、音楽であれ、文学であれ。そのとき初めて魂《たましい》の持つ大きな力を感じることができる。人間の持つ大きな可能性のようなものを、形あるものとして手に取ることができる。

そしてそれに恐怖してはいけない。その力がどんなに圧倒的だとしても。抵抗せずただ通過させればいい。ありのままを受け止めればいい。

ディーターは力を抜き、リラックスした。恐らく、彼女の才能の真贋《しんがん》を知ることになるだろう。——結果がどうであれ、僕は知りたい。今まで生きてきて、自分がここまで他人に深い興味を抱いたことはない。

見せてくれ。君の本当の姿を。

ディーターは怜悧《れいり》な目をすっと細めた。

◆　◆　◆

美紅は深呼吸し、精神を集中させる。

美紅は敬虔《けいけん》な信徒のように床に跪《ひざまず》き、両手を組み合わせた。いつも舞台に上がる前はこうして祈る。なにかの宗教を信じているわけじゃない。演劇の神様に祈るのだ。

それから、欲望の神様に。

――私たち人間は自分をコントロールできているようで、実はなに一つ思い通りにできていない。臓器や体液といった物理的なものも、感情や思考、欲望といった精神的なものでさえも。

これは私だけの秘密だけど、演技をしている間、私は『目に見えぬなにかに動かされている』と確かに感じる。日常の人格が消えてゆき、とても深く強大なものが私に宿《やど》り、すごい力を与えてくれる。私はその大きなものが司《つかさど》る一部に過ぎず、私は演技を通じてのみその存在を感じることができるのだ。

いつの頃からか、それがきっと美紅にとっての神様なんだと信じていた。

ディーターは本物だ。私だって腐ってもアーティストの端《はし》くれだから、それぐらいわかる。演者に本物がいるように、観客にも本物がいる。真贋《しんがん》を見分け、魂《たましい》を覗《のぞ》き見られる者が。

私たちは一見、演者と観客、主体と客体の二つに分かれているように見えるけど、実は一体だ。演じる者も見る者も同じ軌道《きどう》の上にいる。それはとても怖いことだ。自分自身の汚い部分も綺麗《きれい》な部分も、嘘も真実もすべて見透かされてしまうから。

ディーターは少し首を傾け、二本の指をこめかみに当てながらじっと見ている。彼の整った容貌《ようぼう》は冷たい彫像《ちょうぞう》のようだ。きっと彼はこれからも冷酷に誰かを蹴落《けお》とし、過酷《かこく》な競争を勝ち抜いていくんだろう。その優秀過ぎる頭脳と、確固たる信念で。けど、美紅は知ってる。彼の中にある癒《い》えることのない傷と、深い孤独を。

——私は本物じゃない。まだまだ実力は到底及ばない。そのこともわかっていた。けど、すべてを見せることに恐怖しちゃダメだ。ただ、ありのままを晒《さら》せばいい。相手を信じて、自分を信じて。

きっと他の誰でもない、自分にしかできない踊りが、必ずあるはずだから。

いつだって、ヘタクソでもベストを尽くすのよ。

たぶん、これが最後の時間だ。

——あなたに会ってから、ずっと夢を見てた。もしかしてこのまま一緒にいられるんじゃないかって。手を握《にぎ》って街を歩いたり、休日にドライブしたり、冗談を言い合ったり、そういう当たり前のささやかな幸せを分かち合えるんじゃないかって。私、あなたに恋してたの。それはもうむちゃくちゃに、笑っちゃうぐらい、本気で。

本気になり過ぎて、怖かった。

あなたは容姿も精神も頭脳もなにもかも完璧《かんぺき》で……完璧《かんぺき》過ぎて、あなたを前にすると自分がひどく卑小《ひしょう》な人間になった気がした。あなたに惹《ひ》かれれば惹《ひ》かれるほど、ひどいコンプレックスに叩きのめされる。あなたは面白がってくれるけど、私がいつも強がっているのは、弱い部分を必死で隠すため。あなたからずっと逃げ回っていたのは、怖かったから。心を奪われて体まで奪われたら……別れた後にきっと立ち直れないほどボロボロになる。宗一郎に言われるまでもない。私はあなたにふさわしくない。あなたみたいに、自分を信じられない。こんなに自分が臆病《おくびょう》で空っぽだと思い知ったのは、生まれて初めて。

だから、そろそろ覚悟を決めなくちゃ。

最後に、私のすべてを見せるわ。私の未熟なところも、汚いところも、空っぽでなんにもない、本当の姿も。

これまでの人生で、ここまで誰かになにかを伝えたいと思ったことはない。こんなに深い思いを……言葉にできない切望を。

美紅はすっと腕を伸ばした。爪《つめ》の先まで力をこめ、顎《あご》を引き下げ、目を閉じる。

うまく踊れますように。

この先どんなに自分を偽《いつわ》り、嘘を吐くことになっても、演劇に対してだけは正直でいられますように。

馬鹿《ばか》にされ、嘲笑《ちょうしょう》されても、演じ続けられますように。

これが彼と私を繋ぐ最後の糸だ。

だから、お願い。

どうか、届いて。

音楽がはじまる。

◆　◆　◆

美紅がまぶたを開き、顔を上げた。

射抜くような、情熱的な目線。その妖《あや》しい美しさにディーターはドキリとする。

顔つきがガラリと変わった。これまで見たことがないほど、鬼気《きき》迫る鋭《するど》い眼差《まなざ》し。彼女はまるで別人だった。伸ばした手をパッと開き、胸元に引き寄せ、くるりとターンする。

一瞬で別次元へ引きずり込まれた。

雑音も照明も遠のき、周りを囲むあらゆるものがモノクロになり、溶解してゆく。この世界に彼女と自分しか存在しなくなる。空気が熱を持ち、粉を散らしたようにきらめく。こういうことが、以前にもあった。しかしそれがいつだったのか、どこだったのか、思い出せない……。

強い既視感《きしかん》を覚えながら彼女から目が離せない。メリハリのある、セクシーな動き。熱い視線でディーターを捉《とら》えたまま、スローなビートに合わせ、腕を高く掲げてなにかを掴《つか》むように指先を伸ばす。

——はっきり見えた。彼女と僕を繋ぐ、細い糸が。

正体不明の興奮に襲《おそ》われ、脈拍が上がってゆく。なんだ……なんなんだ、これは……。エロティックな視線を送られ、頬《ほお》が熱くなる。馬鹿《ばか》みたいに魅入《みい》られたまま。

それは濃密なセックスよりも官能的な時間だった。精神的に愛撫《あいぶ》され、絶頂に誘われるような。深く繋がり合って、どろどろに溶け合うような。

美紅が目を閉じ、艶《なま》めかしく腰をくねらせる。それは甘いセックスを想起《そうき》させ、気づくと硬く勃起《ぼっき》していた。股間《こかん》を強張《こわば》らせたまま、目は彼女を追い続ける。彼女は仰《の》け反《ぞ》るように体を倒し、うしろへステップを踏む。お互い視線を絡ませたまま、彼女の欲望がその真の姿を現す。それはとんでもなく淫《みだ》らで、強く美しい力を持っていた。ディーターを惹《ひ》きつけてやまないエネルギー。

美紅は切なく求めるようにディーターに向かって両腕を伸ばし、手を広げる。彼女の切望が深く胸に刺さる。同時に痛いほど理解した。彼女はディーターのためだけに踊っている。このパフォーマンスのすべてが、彼女の自分に対する思いそのものなんだと。

これは……芸術鑑賞なんて甘っちょろいもんじゃない。もっと個人的で深いものだ。

やばい。やばすぎる。

こんなに情熱的な方法で思いを伝えられたことは、ない。これからも二度とないだろう。本当に、甘酸っぱくて切なくて、色っぽくてたまらない。もう二度と戻れない思い出の場所に足を踏み入れ、初恋の人に再会するような……一番深いところを揺さぶられる。純粋なのにひどく淫靡《いんび》で、胸が苦しくなる……

——わかったぞ。僕が今、感じているこの切なくて焦《こ》がれる思い。これこそ、彼女が僕に対して抱いている思いなんだ。

どういうことだ？　彼女が表現しているものが、僕の感情を呼び起こし、その感情こそが彼女の感じているものである……まるで鏡みたいだ。彼女が発するものが僕の姿を映しだし、それは彼女自身の姿でもある。

つまり、どういうことだ？

壊れたプログラムのように意味不明なループに入ってゆく。

くそっ。もう少しだ。もう少しでなにか大切なことがわかりそうなのに。それを掴《つか》もうと何度手を伸ばしても、ディーターの手をすり抜けてしまう。

彼女がすらりと右腕を伸ばす。一回、二回、三回……華麗《かれい》なターンを決める。

論理はもはや意味を成さず、ぐるぐる螺旋《らせん》を描きながら、ただ狂熱に呑まれてゆく。

落ち着けよ。たかが、ダンスパフォーマンスだろ。冷静な理性の声がディーターを諌《いさ》める。いや、そうだけど、そうじゃないんだ。これは他の誰でもなく、自分にとって計り知れない価値のあるものだ。彼女の思いであり、存在そのものなんだ。ディーターへの思いが、なぜか彼女の最高パフォーマンスを引き出している。

そうか。そういうことか。流麗《りゅうれい》な動きに見惚《みと》れながら、ディーターはようやく理解した。彼女が輝《かがや》いて見えた理由。彼女に見え隠れしていた、見えそうで見えなかったもの。自分は彼女を通してこの輝《かがや》きを見ていたんだ。

彼女が、予感そのものなんだ。

なにかが起こるかもしれない、なんかすごいものがあるかもしれない。そう信じる力。それが彼女を駆り立て、ディーターを惹《ひ》きつけ、二人を結びあわせる。その目に見えない力を、今、彼女が体現しようとしている。懸命《けんめい》に。

……すごい……

美紅は床にぺたりと開脚して首を深く下げ、ジャンプして立ち上がると信じられないぐらい高く足を振り上げた。真横へサイドウォークしながら、しなやかに体を滑《すべ》らせる。首筋から肩、腰から足の爪先《つまさき》まで、リズムに乗って躍動《やくどう》する肢体。真っ白な肌の残像がディーターの網膜《もうまく》にナイフのように鋭《するど》く刻まれる。

誰が、変な女だって？　面白い女だって？　どこが？　磨かれているのは外見だけじゃない。こんな、とんでもないものを内に秘めていたのか。自分の目はどれだけ節穴《ふしあな》なんだ。

尋常《じんじょう》じゃない興奮に打たれながら、一つだけ確信していた。彼女を手放してはならない。絶対に。どんな手段を使ってでも、傍《そば》に繋ぎとめておくのだ。口腔《こうこう》に溜まった唾《つば》を呑み込んだ。これこそ、金で買えない唯一のものだ。一億ドル積んでも絶対手に入れられないもの。

美紅は痛みを堪《こら》えるように両手を胸に当て、頭を深く下げた。美しい髪が垂れ落ちる。苦しげに両手を髪の根元から先端へ滑《すべ》らせてから、勢いよく振り上げる。その一瞬の表情に胸をつかれた。

彼女の、深い絶望。

なぜ？

得体の知れない不安に駆られる。なぜ、絶望している？　なにに？　彼女が見せてくれたものの中で、これだけがわからなかった。その絶望はどうにもならないのか？　自分の力をもってしても？　嫌な予感が熱い昂《たか》ぶりと背中合わせで加速してゆく……。

急に怖くなった。彼女がいなくなってしまいそうで。

夢のような陶酔《とうすい》の時間は、唐突に終わりを告《つ》げる。

美紅は息を乱しながら、片手を掲げてお辞儀《じぎ》した。

――彼女の真贋《しんがん》なんてどうでもよかった。それをジャッジするのは、僕じゃない。

そんなものよりもっと大切なことがある。

ディーターは完全に彼女にひれ伏《ふ》した。

そして彼は彼女を抱いた。

◆◆◆

翌日の早朝、ディーターになにも告《つ》げず、美紅は一人で帰国の途《と》についた。

アテネからニューヨークへの直行便は一日一便しかなく、アテネ発午後零時半の便に搭乗《とうじょう》した。民間航空会社とはいえ、宗一郎から渡されたチケットはファーストクラスだ。

高級ディナーにシャワー完備、ゆったり眠れるベッドもついて充分《じゅうぶん》に贅沢《ぜいたく》な空の旅だ。

以前の美紅なら写真を撮りまくって大はしゃぎしただろう。

けど、美紅の瞳にはなにもかもがつまらなく映った。上等なはずのディナーも砂を噛《か》むように味気ない。

美紅は広々したシートにもたれながら、心が硬い殻に覆《おお》われていく感覚に襲《おそ》われていた。

シートに付属の大きなモニターはちょうどロマンス映画を流していた。どうやらヨーロッパ小国の王子様がなんの取り柄《とえ》もない女の子に恋するストーリーらしい。美紅は無性《むしょう》にムシャクシャして、リモコンを掴《つか》むと映画を消し、フライト情報の画面に切り替えた。

なぁにがロマンス小説よ！

小説や映画の世界はあくまで理想であり、空想だ。そんなこと知ってる。もう二十二歳だ。でも、わかっていても、そのことにひどく傷つけられるときもある。小説や映画や演劇といった創造物が吐く、綺麗《きれい》事にまみれた嘘に。

実現しないぐらいなら、最初から夢なんて見せないでよ！　と暴力的に叩き潰《つぶ》したくなる。

……こんなことでこの先女優としてやっていけるの？　と、わずかな不安が胸をよぎる。

そのとき、ポーン、とシートベルト着用のランプが点灯する。乱気流に入ったからシートベルトを締め、どうか着席したままでいて欲しい、という趣旨《しゅし》の機内アナウンスが流れた。美紅が腰のうしろにあるシートベルトを探し当て、カチャリとバックルにはめ込んだと同時に、ガタガタと機体が上下に揺れる。機窓から見える雲は暗く、天候が荒れてきたようだ。小刻みの揺れに身を任せながら、美紅はぼんやり思いを巡らせる。

他にどうすればよかったんだろう？　何度もそこを堂々巡りする。もしあそこに美紅が残ったら、宗一郎は本当に徹底的にディーターを潰《つぶ》しにかかった。長年の夢が壊されるだけじゃない。息子相手にそこまでやるのかと、ディーターに知られるのが怖かった。

宗一郎はディーターが思っている以上に息子のことを知悉《ちしつ》しているし、息子に対する支配欲は尽きることがない。ディーターをいいように弄《もてあそ》び、いたぶって快感すら覚えている。

逆にまだディーターは父親に期待している部分がある、と美紅は察知していた。愛情の反対は無関心という言葉どおり、彼の父親に対する深い憎悪《ぞうお》は、やはり「愛されたい」気持ちの裏返しに思えた。いいえ、この世に満ちたすべての憎悪《ぞうお》の正体は「愛されたい」欲求そのものなのかも。愛されたい。けど、素直にそのまま表現できない。愛されたいと叫《さけ》ぶには、自《みずか》らの弱さと臆病《おくびょう》さを受け入れなければならないから。だからこそ、憎悪《ぞうお》という形に衣装を変え、満たされるまでその攻撃の手を止めない。

仮に「父親を憎《にく》むのはやめなさい」「父親に関わらないほうがいい」と説得したところで無駄なんだ。どんなに正論を並べたって、他人の感情は変えられない。自分の感情だってコントロール不能なのに。だからこそ生きることは辛く、苦しい。もうこれ以上、ディーターを傷つけたくなかった。

――それだけじゃない。こんなこと絶対誰にも言えないけど、私はやっぱり怖い。パーフェクトな人間の傍《そば》に居続けるのが。コンプレックスや嫉妬《しっと》で自分が自分じゃなくなっていく姿を、容易に想像できた。きっといつか私はひどいボロを出し、彼に幻滅される。拒絶に脅《おび》えながら、彼に嫌われないよう気の強い女を演じ続ける。媚《こ》びることが人生の中心になってゆく。そんなの到底耐えられない。いずれ別れなければならないなら、早いほうがいい。今ならまだダメージは軽いから。

これが二人にとって正しい選択なのよ、と何度も言い聞かせる。思っていたより平気だった。不思議と悲しみも絶望もない。ピントがボケた寂寥感《せきりょうかん》と、ほんの少しの安堵《あんど》だけ。感情に蓋《ふた》さえすれば、これぐらい訳ないのかもしれない。楽しい、幸せな夢を見ていたんだ。そう思い込めばきっとやっていける。

ただ、目に映る景色がどんどん渇《かわ》いていって、色が流れ出て褪《あ》せていく気がした。

◆　◆　◆

「帰っただと？」

ディーターは片眉を吊り上げ、アーロンを見た。

アーロンは腕を組んだままディーターを見返した。それが肯定の意味だと悟《さと》り、ディーターは動揺する。

「帰った……？　そんな馬鹿《ばか》な。有り得ない。昨晩まで僕らは一緒にいたんだ」

二人は船着き場の桟橋《さんばし》近くにあるレセプションホールに立っていた。朝から美紅の姿が見えず、ディーターは取るものもとりあえず島内を探し回った。携帯電話に掛けても電源が切れていて繋がらない。なにかあったんじゃないかと不安に駆られたところへアーロンが現れたのだ。

ディーターは起き抜けで上半身裸のまま、黒のハーフパンツにビーチサンダルを履《は》いていた。アーロンは長い金髪を下ろし、まるで来客でもあったかのようなきっちりしたワイシャツ姿だ。

灰色の厚い雲が空を覆《おお》い、生ぬるい風がホールを吹き抜けてゆく。昼なのに辺りは薄暗い。オリーブの木が揺れてガサガサと葉擦れの音がした。

「……なぜだ？　理由は？」

ディーターは呆然として言った。まだ休暇は一週間もある。ベッドに美紅のぬくもりが残っているのに。

「引き止めはしたんですが……」

とアーロンは小さく言う。ディーターは、はっと顔を上げた。

「……おまえ、なにを知っている？」

ディーターは眼光鋭《するど》く睨《にら》みつけて言った。アーロンも厳しい顔で視線を受け止める。

二人の間の空気がピンと張りつめる。

「あの女なら、もう諦《あきら》めろ」

二人の緊張を破ったのは、宗一郎の声だった。

ディーターは息を呑んで振り返る。ロビーのエントランスに、黄色いポロシャツにサングラスを掛けた宗一郎が立っていた。その酷薄《こくはく》な笑みが目に入ったとき、ディーターは不吉な予感に打たれた。まるでむごい悪夢の中に放り込まれたような。

………まさか。

「彼女に、なにをした?」

ディーターは喉《のど》から声を絞《しぼ》り出した。その声は自分でも驚くほど弱々しかった。

宗一郎はそんなディーターを見ると、くくっと笑い、ひどく愉快そうにこう言った。

「私が契約を持ちかけたんだ。報酬《ほうしゅう》を渡す代わりに身を引いてくれとね。彼女は取り引きに応じたよ」

胸にどす黒い衝動《しょうどう》が込み上げてきて、ディーターは吐き気をもよおした。女のように両手で口を押さえる。でないと、床に向かって嘔吐《おうと》しそうだった。

「しかし、おまえもまだまだ青いなぁ。あんな中身空っぽの小娘に血道を上げるとは。後始末が厄介《やっかい》にならないよう、火遊びもほどほどにしておけよ」

言いながら宗一郎は歩いてきて、棒立ちのディーターの肩をぽんぽんと叩いた。

「あと、遊ぶなら相手を選ぶことだ。純情な生娘《きむすめ》を弄《もてあそ》ぶのは、一流の男とは言えんな」

ディーターは一言も発せられないまま、ただ立ち尽くした。なにも聞かなくても想像がついた。こいつがどんな方法で美紅を脅《おど》し、なにと引き換えに彼女が身を引いたのか。どれほどの残酷《ざんこく》さで彼女を侮辱《ぶじょく》し、その傷を抉《えぐ》ったのか。

こんなことが、いつまで続くんだ……？

ドッドッドッドッ……と心臓が馬鹿《ばか》みたいなスピードで鼓動する。背中にじっとりとかいた汗は、つるつる背骨を流れ落ちた。

このとき、ディーターは圧倒的な恐怖に呑まれていた。宗一郎が怖いんじゃない。自分の中に湧《わ》いてきた暴力的な衝動《しょうどう》があまりに強大で、その怪物《かいぶつ》に恐れおののいていたのだ。

人はこんなにも誰かを憎《にく》むことができるのか。

この人生において貴重な発見だった。そのエネルギーはあまりにも凶暴で、どう発露《はつろ》させればよいかもわからない。きっと加減を誤ったら、簡単に父親を殺してしまうだろう。

「アレクシアの件はもういい。小賢《こざか》しい策を弄《ろう》している暇があったら、もう少しマシなのを見つけてくるんだな」

宗一郎はサングラスを外し、無感情な目を露《あら》わにすると鼻で笑った。

そういうことか、とディーターはようやく気づいた。

この暴力的な衝動《しょうどう》こそ、ディーターが父親から受け継いだものだ。奴は自分に向かって、ずっとそれを行使し続けてきた。そうすることによって悪しき怪物《かいぶつ》が僕に引き継がれ、僕もまた同じように奴に向かって怪物《かいぶつ》を解き放とうとしている。

この怪物《かいぶつ》の正体はなんだ？

……それはやはり〝恐怖〟ではないのか？

他者に土足で踏み込まれ、自我をめちゃくちゃに蹂躙《じゅうりん》される恐怖。自分自身を保てないほど貶《おとし》められ、おまえは取るに足らないゴミだとレッテルを貼られ、檻《おり》に閉じ込められる恐怖。宗一郎に振るわれた暴力の数々、思春期に経験した苛酷な労働、愛したキャメロンの裏切り、マスコミの自分に対するバッシング……次々とトラウマが蘇《よみがえ》った。この暴力的な衝動《しょうどう》はいわば一種の防衛機制だ。弱い自分を守り抜くための、迎撃ミサイルのようなもの。その奥にあるのは恐怖に脅《おび》える、ディーターの弱さ。

その起点はどこだ？

怪物《かいぶつ》の正体が恐怖なら、やはりこの父親も別の暴力に脅《おび》えてきたということだ。祖父か？　ならば、その祖父は誰から脅威《きょうい》を与えられた？　その前は？　連綿と続くこの呪《のろ》いはどこまで遡《さかのぼ》る？

——僕が本当に戦うべきなのは親父《おやじ》ではないんじゃないか。

この洞察《どうさつ》はディーターを冷静にさせた。

どれだけ欠点があろうとも、誰に否定されようとも、僕は僕だ。どれだけ辱《はずかし》めを受け、罠《わな》に嵌《は》められようとも、揺らぐことはない。

気づくと動悸《どうき》は静まり、背中の汗も乾きつつあった。

「アーロン、帰国の準備だ。このくだらん茶番を幕引きする。天候を見て飛べるかどうか、キプロスのスタッフに連絡を取ってくれ。ＪＦＫに直行する」

ディーターは宗一郎を無視し、きびきび指示を出した。

二人の様子をじっと見ていたアーロンは、満足げにこう返した。

「かしこまりました、ボス」

ディーターは時計を睨《にら》んだ。キプロス島まで取って返し、出国審査も含め離陸できるのは最短でも二時間後。間に合うか？

急いで飛び出していこうとするディーターの腕を、宗一郎ががしっと掴《つか》んだ。

「おい、待て。どこへ行く？」

「あなたには関係ないことです」

ディーターは冷たく答えた。

宗一郎は突然、くっくっと笑いはじめた。おかしくてしょうがないという風に手を叩き、さらにディーターの肩を叩く。

「おまえ、頭がおかしいんじゃないのか？　まさかあの小娘の尻を追いかけるつもりか。こりゃ、傑作《けっさく》だな！　ガキの色気に毒されたか？」

ディーターはやけに醒《さ》めた気持ちで、笑う宗一郎を見つめた。肌に刻まれた無数の皺《しわ》。生え際に交ざる白髪。他者を侮辱《ぶじょく》して嘲笑《あざわら》うその姿は、とても哀しい。

……老いたな。

この人はこれからもあらゆる手段を使い、他人の足を引っ張り続けるだろう。尋常《じんじょう》じゃなく頭の切れる男だ。一人の人間を社会的に抹殺《まっさつ》するなど容易《たやす》い。人心を掌握し、デマを流し、世論を扇動《せんどう》するなど赤子《あかご》の手を捻《ひね》るより簡単なはずだ。時にそれは偉業だと世間が称賛《しょうさん》するかもしれない。だが、自分だけは真相を見つめ続けよう。息子として。

『光あるうち光の中を歩め』

不意にトルストイの一節が頭をよぎる。

闇に落ちるのも一つの選択だ。それもこいつが選んだ人生なんだ。人は他人をどうすることもできないが、自分がどう振る舞って生きるかを、選ぶことができるのだから。

出ていこうとするディーターの背中に向かって、宗一郎はこう声を掛けた。

「あの女は、金を受け取ったぞ。やはりただの金目当てのあばずれだったな。ハイエナ相手に、甘い夢でも見ていたか」

「彼女は本当に金を受け取ったんですか？」

「ああ」

「あなたの提示した額を？　まるまる全額？」

「ああ。耳を揃《そろ》えて全額をな。実に残念だよ」

宗一郎は勝ち誇ったように言った。

　それを聞いたディーターはプッと噴き出した。さらに腹を抱えて大笑いしはじめる。今度は宗一郎がポカンと口を開ける番だった。

「当然でしょう。彼女は石にかじりついてでも金を受け取りますよ、お父さん」

　そりゃそうだろう。美紅はお金大好きと公言して憚《はばか》らないのだから!!　ディーターは涙を拭《ぬぐ》いながら、息も絶《た》え絶《だ》えにこう続けた。

「むしろ、さらに倍額請求しなかったのが不思議なぐらいだ。一応、彼女にも慈悲があったんですかね。資産を丸々脅《おど》し取られなかったことに感謝するんですね」

　宗一郎は訳がわからないという顔で、固まっていた。

「それじゃ失礼します。あまりあなたに構っている暇はないんでね。僕も忙しいんだ」

　唖然《あぜん》とする宗一郎を尻目に、ディーターはレセプションホールの外に出た。

　小さな鎖《くさり》を一つ、断《た》ち切れた気がした。それでも、自分にとっては大きな一歩だ。

「ボス！　キプロスに連絡を取りました。フライトの準備、ＯＫだそうです!!」

　潮風《しおかぜ》に吹かれたアーロンが桟橋《さんばし》の上から叫《さけ》んできた。

「よし。十五分で出るぞ！」

　ディーターも叫《さけ》び返し、全速力でヴィラに向かって走りはじめる。

　美紅が中指を立てながら「あの糞爺《くそじじ》いに倍額請求しなかっただけでも感謝して欲しいわ」と言っている姿が頭に浮かび、ディーターは思わず微笑《ほほえ》んだ。

美紅。

二人きりの夜。ディーターの頬《ほお》を両手で挟《はさ》んで見せる、慈母《じぼ》のような瞳が目の裏にまざまざと蘇《よみがえ》った。彼女は黙ってすべてを捧《ささ》げてくれた。

……美紅。

鈍感ですまない。君はずっと前から親父《おやじ》からの接触を受けてたんだろう。君はきっと僕の弱さを知っていて、これ以上僕を傷つけまいと最善の方法を選んでくれたんだね。

賢い君のことだ。それはきっと「僕のために身を引く」なんて美談じゃなかったはずだ。君が僕の弱さに気づいていたように、僕も君が抱える脆《もろ》さに気づいていた。僕と君は生まれ育った環境が違う。きっと君は自分の弱さと折り合いがつかず、逃げ出したんだろう。

僕ら二人が向かい合わなきゃいけなかったのは、自分自身の弱さだったんだ。僕は、嫌がりながらも親父《おやじ》の支配下にあり続ける幼稚《ようち》な自我と。君は、他人と比較して自《みずか》らを叩き潰《つぶ》すコンプレックスと。

そのすべてを僕に教え示してくれたのは他でもない、君だったんだ。君だけが、その人生を賭《と》して僕に大切なことを伝えてくれた。

正直に言うよ。僕は君が思っているほど、完璧《かんぺき》じゃないんだ。僕は姑息《こそく》だった。どこかで、君が僕に抱いているイメージを壊したくなかった。君の前で僕は完璧《かんぺき》な男を演じ続けたかった。それが君を追いつめることになると、知っていたのに。

君がしてくれたように、僕もすべてをさらけ出そう。僕は臆病《おくびょう》で弱い人間だと告白しよう。君が僕を信じてくれたように、僕も君を信じ、ダサくて情けないありのままの僕をすべて見せたい。

だから、もう一度、チャンスをくれないか。

僕は君の強がるところも脆《もろ》いところも汚いところも、ぜんぶ愛してるんだ。

喉《のど》が熱くなり、涙が一気に溢《あふ》れ出た。目を強くつむり、ぎっと歯を食いしばる。それでも涙が目の端《はし》からこめかみへ次々と流れた。

「……くそっっ!!」

ディーターは子供みたいに泣きじゃくりながら、息を切らして走り続けた。

そういうことなんだ。

ずっと心のどこかで恋だの愛だのはくだらないと馬鹿《ばか》にしてきた。弱く、無力な人間が溺れるものだと。お互いベタベタ依存し、愛だ恋だとささやき合うなど反吐《へど》が出ると。

――けど、違うんだ。

僕は恋とか愛という言葉のまとったイメージに惑《まど》わされていた。僕がこうだと思い込んでいるものの、そのもう一歩奥があったんだ。

そこはとても深く、静かで、寒気がするほど独りぼっちだ。

彼女を愛していると自覚したと同時に、僕はこの広い世界でたった独りなんだと腹の底から理解した。恐らく、彼女が僕に愛をくれたとしても、この深い孤独は生涯《しょうがい》癒《い》えることはない。そのこともなぜかわかった。

きっと人は愛を知った瞬間に、誰もが辿《たど》る哀しい運命を悟《さと》るのだ。

ディーターはヴィラの玄関ホールに駆け込み、白い壁に手をつくと肩で息をした。次々と流れてくる涙を腕で拭《ぬぐ》い、激しく嗚咽《おえつ》した。声を上げてわんわん泣くなんて、いつ以来だろう？　もう思い出せないぐらい遠い昔だ。

ひとしきり泣いてから、ディーターは顔を上げ鼻を啜《すす》った。

だが、孤独のままでいい。喜んでその運命を受け入れよう。血を吐くような孤独だって、きっと耐え抜いてみせる。そのことについて、たとえ誰にも話せなかったとしても。

ディーターは書斎《しょさい》に行ってデスクの引き出しを開け、パスポートとクレジットカードをポケットに入れた。この二つさえあれば、世界中どこにでも行ける。否《いな》、これらがなくても必ずどこへでも行ってみせる。この頭脳と肉体さえあればどこへだって。

やっと自分は、本当に欲しいもののために生きる一歩を踏み出した。物語はこのままじゃ終われない。

美紅に一番伝えたいことを、まだ伝えていないんだ。

第五章　運命の交差点

帰国してからの三か月間、美紅は目の回るような忙しさに見舞われた。
まず、引っ越しをしなければならなかったし、受けなければならないオーディション
も山ほどあった。小切手で蓄《たくわ》えは増えたものの、仕事は探さなければならない。
手に入れたアッパー・イースト・サイドのマンションは貸し出すことにし、ハーレム
の少々グレードの高いフラットを借りることにした。チャイナタウンの外れにあった前
の部屋より遥《はる》かにマシだし、一人暮らしするには充分《じゅうぶん》過ぎる広さだ。情報誌で求人を探
しつつオーディションを受け、ダンスレッスンをこなしているうちに毎日は飛ぶように
過ぎていった。
引っ越し当日はステファニーが手伝いに来てくれた。二人はキッチンとバスルームと
ベッドルームをどうにか片づけ、最低限の生活ができるレベルにした。
例の契約婚約の一件から美紅の顔色はずっと冴《さ》えない。
エーゲ海から帰国した美紅を出迎えたステファニーに、なんの説明もできていない。
どうだった？　と興味津々《きょうみしんしん》に聞いてきたステファニーに、美紅は「全部終わったのよ」

なかった。

とだけ答えた。そのときの美紅のただならぬ様子に、さすがのステファニーもそれ以上なにも聞けなかったらしい。美紅も説明したかったけど、どう言葉にしていいかわから

ディーターからの連絡は、一切ない。

季節は秋になり、例年より気温の低い十月を迎えていた。

「じゃー、明日も早いし、そろそろ帰るかな」

この日も、仕事帰りに遊びにきていたステファニーが立ち上がりながら言った。

「うん。この間は、引っ越しを手伝ってくれてありがとう。今度、なにかおごるから」

美紅は力なく言った。

「別におごってくれなくていいよ。むしろあたしがおごってあげるから、元気出して欲しいわ」

美紅は黙り込んだ。うまく言葉が出てこない。ステフが心配してくれてるのは、痛いほどわかってるんだけど。

「なにがあったか知らないけど……あたしにできることがあれば、力になるから」

ステファニーは心配そうに言った。

「ありがとう。大丈夫だから」

美紅は弱々しく微笑《ほほえ》む。

「まったく。あんたがずっとそんな調子じゃ、あたしがツライわ」

ステファニーは玄関まで歩きかけ、なにか思い出したように立ち止まった。

「あ、そうだ。忘れてた」

ステファニーはごそごそとキャンバス地のバッグを漁《あさ》ると、白い封筒《ふうとう》を取り出した。

「はい、これ。エアメール。あんたの前の家のポストに入ってた」

「ありがとう。これが最後の手紙かな、前の家に届いた」

美紅は封筒《ふうとう》を開けながら言った。

……アーロンからだわ。

便箋《びんせん》を取り出して広げた。品のある文字が並んでいる。

親愛なる美紅へ

元気にしてますか？　私は今、単身で南米のサンパウロにいます。

まずはあなたをエーゲ海の一連の出来事に巻き込んでしまったことを謝りたくて。

それから出国前の車の中で、誘惑じみたことをしてしまったことも。

一緒に過ごした時間は短いけど、美紅とは遠い昔からの親友のような気持ちでいました。

誰も知らない私の本当の気持ちを、この世界で唯一知っている人だから。

ずっとこの気持ちは誰にも知らせず墓場まで持って行こうと思っていました。

だけど、あなたに知ってもらってよかった。新たな一歩を踏み出すきっかけになったから。

あなたが帰国してから間もなく、私はグループを離れました。

時折、自分のしたことが本当に正しかったのか、後悔することがあります。

けど、そのときの私はそうするしかなかった。他に選択肢がなかった。

人生は苦しみの連続で、私たちにはたくさんの選択肢があるように見えますが、実はなに一つ選んでいないのかもしれない。

もともと一つしかなかった選択肢を振り返り、他にもあったかのような錯覚《さっかく》に囚《とら》われて。

でも、きっとそれでいいんですね。

愛さないよりは、心から愛することができてよかった。

それがどんなに辛かったとしても。叶わなかったとしても。

私の気持ちを、彼に話さないでいてくれて、ありがとう。

そのことに私がどれだけ救われたか、言葉ではうまく伝えられません。

きっといつか、すべてが、これでよかったんだと思える日が来ると信じています。

美紅を恋人のように愛することができればよかったのに。

ずっとそんなことを夢見ていました。あなたの飾らない正直さが好きだった。

私は新天地で、心機一転、やり直すつもりです。ひさしぶりに希望のようなものを胸に、これを書きました。

あなたの魂《たましい》がいつまでも自由とともにありますように。

P.S.　いつか美紅が踊る舞台を見にいきます！

「誰から？　……アーロン・スミス。アーロン？　って、ああ、あのブロンドの優男《やさおとこ》か」

ステファニーが封筒《ふうとう》をひっくり返して差出人を見ながら言った。

「そう」

ブロンドの優男《やさおとこ》。出国前はそんな風に呼んでたっけ。美紅は感慨深く言葉を続けた。

「そっか。優男《やさおとこ》って……優しい男って書くのね。本当、当たってる。すごく優しい人だったわ。今まで出会ったことがないぐらい」

「ふーん。あんた、その人のこと好きだったの？」

好きだったよ、と答えようとして不意に胸が詰まった。

急激に涙腺《るいせん》を熱いものが込み上げる。

目を閉じて息を止めた。

どうにか激情を喉《のど》の奥に呑み込んで「友達だったのよ」とやっと言った。

「へえ。そうなんだ。おっと、もうこんな時間。あたし、そろそろ行かなきゃ」

ステファニーは美紅の様子には気づかず腕時計を見ながら言った。

「うん。ありがとう。また遊びに来て」

「オッケー！　週末にまた手伝いにくるわ」

ステファニーはヒラヒラ手を振って、ドアを開けて去っていった。

美紅は部屋に一人残された。

もう一度、便箋《びんせん》を開き、手紙の全文を読み返す。

どうして、こんなにもうまくいかないんだろう？

誰もが、別の誰かを思っても……その思いの大半は、誰にも知られず、報《むく》われず消えていく。

——空想は必ず現実化する。

腕を伸ばして、ディーターはそう言った。

この世界には星の数ほどロマンス小説がある。

私たちは空想を作り出しては、何十年、何百年と長い年月をかけ、それを少しずつ現実に近づけていくのかもしれない。太古《たいこ》からずっと人間は、空想と現実のギャップを埋めるため、大海の水をスプーンですくうが如《ごと》く途方《とほう》もない営みを繰り返しているのかもしれない。だから、今を生きる私たちが、今ある空想が現実化する瞬間を目にすることはない。それが実現するのはもっとずっと先の、自分が死んだ後の未来なのだろうから。

それでも、私たちは空想し続ける。

ときどき、ハッピーエンドのロマンスと、我が身に起こった苛酷な現実の、そのあまりのギャップに打ちのめされる。空想の世界は楽しい。けど、振り返ればすぐそこには、身を切るような現実が冷たく横たわっている。

その事実に、その重荷に、崩れ落ちそうになるのだ。

美紅はため息を吐き、手紙をデスクの上に置いた。寝室の小さな窓から、夜の街を見下ろす。強烈なオレンジ色の街路灯が、道路沿いに並べられた青いポリバケツを照らしていた。車の陰から野良犬《のらいぬ》が出てきて、足を引きずりながら道路を横切っていく。

「キッツイな……」

独り言は薄闇《うすやみ》ににじんで消える。

——愛さないよりは、心から愛することができてよかった。

いつか私もそんな風に思える日が来るの？

本当に？

「はい、じゃー、シーン七からね。妖精《ようせい》たちはちゃんと顔見せて、顔」

演出家のアダム・ジョンソンは目を見開き「いっ」と歯を剝《む》きだしにして言った。

「ここは、そう。〝生きる喜び〟ね？　もう楽しくってしかたな～い、うきゃうきゃっ！　生きててヨカッター！　っていうワクワクとハッピーだから。最高に楽しくね！」

ダンサーたちは所定の位置につき、それぞれのポーズを取る。

◆◆◆

ここはニューヨークのチェルシーにあるダンススタジオ。半年後に迫った公演に向け、メンバーたちはダンスの稽古《けいこ》に余念がない。アンダーグラウンド界隈《かいわい》では実力ナンバー1と目《もく》され、鬼の演出家と異名を取るアダムは、次々と難度の高い要求をメンバーにしてきた。そのおかげでミュージカルは素晴らしいものになりそうだ。

壁一面に貼られた鏡に、汗だくになったメンバーたちの立ち姿が映っている。

束の間の静寂《せいじゃく》の後、リードダンサーのコールがはじまった。

「ワン、ツー、スリー、エンド、アップ、エンド、ターン……」

コールに合わせてメンバーたちは一糸《いっし》乱れぬ動きで踊る。目線から顎《あご》の角度、頭のてっぺんから爪先《つまさき》まで緊張に満ちたパフォーマンスが続く。美紅もタイミングがずれないよう、集中して動きを合わせた。

突然、アダムの「ストップ！」という声がスタジオ中に響き渡った。

「あんた！」

アダムは台本を丸めて美紅を指す。

「あんただよ。ナルセ・ミク！」

「はいっ」

美紅はびくっと体を強張《こわば》らせた。

「もう前からずーっと言ってるよね？　何回も何回も言ったよね？」

アダムは怒りの形相で怒鳴《どな》る。

「はい……」

美紅はおずおずと返事し、肩で息をした。

どうしても、うまく踊れない。

帰国してからずっと調子がおかしかった。踊っていると違和感があり、心と体の歯車がズレたみたいだ。どんなに祈っても、あの高い集中状態を作り出せない。演劇の神様も欲望の神様もそっぽを向いてどこかへ消えてしまった。魔法が使えなくなった魔法使いがただの老婆になるように、神に見放された美紅はただの無力なでくのぼうだった。表現者が、聞いて呆《あき》れるレベルだ。

「いつ直るかいつ直るかってずーっとボク、待ってたのよ」

アダムはパイプ椅子《いす》に座ったまま、偉そうに足を組んでため息を吐いた。

「おかしいわねぇ。オーディションのときのがずっとマシだったわ。この子は磨けば光ると思ったけど、あたしの壮大な勘違いだったわね」

スタジオ内の空気がピリッと張りつめる。

美紅は視線を落とし、よく磨かれたフローリングを眺《なが》めた。自分でもわかっていた。今の美紅は冗談抜きで小学生以下だ。姿勢も悪い。キレもない。覇気《はき》もない。ただ音楽に合わせて体操しているだけ。踊り方を完全に忘れてしまった。スランプどころの騒ぎじゃない。もう二度と前みたいに踊れないかもしれない。

アダムの顔がまともに見られない。怖くて、期待してくれたのに申し訳なくて。

「もうダメね」

アダムは眉《まゆ》を上げて断言した。言い方が軽ければ軽いほど、彼は本気なのだと皆知っている。

美紅は硬い表情のまま、流れ落ちてきたこめかみの汗を拭《ぬぐ》った。

「あんた舐《な》めてんの？　あんたの代わりなんて星の数ほどいるのよ」

「……すみません」

アダムは呆《あき》れた様子で台本を放り投げた。台本は落下し、ページがぐにゃりと折れ曲がる。

「まあ、いいや。もうあんた来なくていいよ」

スタジオ中がシン、と静まり返った。アダムは一度こうと決めたら絶対に決定を覆《くつがえ》さない。そしてキャスティングの全権限は彼にある。

実質上の解雇《かいこ》通告である。

「早く行けよ。邪魔だから」

アダムは吐き捨てるように、追い打ちをかけた。

美紅は青ざめた顔でのろのろ出口に向かう。仲間たちの気の毒そうな目線が痛かった。けど、誰にも美紅を助けることはできない。

この世界は完全なる実力主義だ。経歴も学歴も家柄も一切関係ない。美紅の椅子《いす》を狙っている人間はゴマンといる。舞台で踊れない人間は、即無価値なのだ。

「あ、最後にこれだけ言っとくけど」

アダムはまっすぐ腕を伸ばし、美紅の額《ひたい》の辺りをすっと指差した。

「あんた、顔が死んでるよ」

◆◆◆

美紅がスタジオを出ると、すでに日は落ちて暗くなっていた。

薄手のコートだけでは首筋が寒くて、美紅は軽く身震《みぶる》いして歩き出す。今日は木曜日だ。時計を見ると、ステファニーとの待ち合わせの時間まで後一時間以上あった。

スマートフォンを取り出すとメールが一通きていた。この間、面接を受けた建設会社からだ。未経験でもOKとあったので事務アシスタントに応募した。けれど、残念ながら不採用とのことだった。

自然とため息が出てしまう。

チョイ役だけど、名前のある役をもらえたのに、クビになっちゃった。明後日《あさって》は別の会社の面接。その次の日はオーディション。こうなりゃホワイトカラーは諦《あきら》めるか。それともなにか資格でも取ろうかな。今って、どんな資格が就職に有利なんだろ？　本屋に行って就職本でも買うか。

つらつら生活のことを考えながら歩いた。

引っ越し業者に代金を振り込まなくちゃ。後、早くカーテンを買わないと。インターネットを開通すべきか。けど、料金高いし、ネカフェでいいかな。

マーケットに寄って卵とパンと牛乳を買った。同じモール内にある本屋へ寄って、就職と資格の本もそれぞれ一冊ずつ買う。

なんとなく五番街まで出て、グランド・セントラル・ターミナルへ向かう。時間はちょうどよかった。このままなら待ち合わせ時間ぴったりに着きそう。

夕方のマンハッタンは賑《にぎ》やかだ。五番街は相変わらず渋滞《じゅうたい》し、色とりどりのショップのライトがきらめき、仕事帰りの人々がめいめい買い物を楽しんでいる。こうして通り過ぎる人や街並みを眺《なが》めながら歩くのは好きだった。

けど、以前よりどこか寂しげに映る。

ビルの谷間に、ライトアップされたエンパイア・ステート・ビルの尖端《せんたん》が見えると、少し胸が軋《きし》んだ。

五番街をひたすら北に向かって歩く。左手にニューヨーク市立図書館が見えてくる。四十二丁目の交差点を渡る。信号は青だった。

交差点の真ん中まで来たとき、誰かに呼ばれた気がして、美紅は振り返った。たくさんの人の群れが足早に行き交う。無駄だと知っているのに、彼の顔を探してしまう。

美紅は人ごみの中、独り立ち尽くした。

星一つ見えない空をふり仰ぐ。地上は昼間みたいに明るいのに、それは暗黒の深淵《しんえん》みたいだ。

……あと何回だろう？

あと何回、彼に呼ばれた気がして振り返るんだろう？

あと何回、こうやって彼の姿を探せばいいの？

声にならない切望が、胸を引き裂《さ》く。まぶたの奥に涙が溢《あふ》れた。

もうダメだ。

もう踊れない。

とっくに心は限界を超えて悲鳴《ひめい》を上げてるのに、なにもなかった振りなんてできない。

今ならわかる。私は彼を残して帰国すべきじゃなかった。けど、なにもかも自業自得だ。あのときに戻っていってやり直すことはできない。

きっと誰もがそうなんだ。

ここを通り過ぎていく一人一人が、口にできないような深い傷を抱え、それでも懸命《けんめい》に歩いている。

私たちは暗黒の宇宙に浮かぶ小さな衛星みたいだ。たった独りで、長い年月をかけて、ぐるぐる軌道《きどう》を周っている。とある瞬間に天文学的な確率で、他の衛星と軌道《きどう》が重なり、私たちは接近する。お互い近づいて、お互いを深く知り、関わり合う。その間は、満たされて幸福だと感じる。だけど、やがて軌道《きどう》が進めば、少しずつ離れてゆく。自分の軌《き》道《どう》を修正することもできず、お互い離れたくないと強く願っていても。音もなく距離は離れ、また暗黒へ一人放り出される。出会う前よりさらに深くなった孤独を抱えて。

そしてもう二度と出会うことはない。

美紅は唇を噛《か》み、自《みずか》らの行く方向を見据えた。

それでも、それを受け入れ、生きていくのだ。

——美紅！

耳の中に生々しく彼の声が蘇《よみがえ》った。まるで幻聴みたいに……。

「美紅！」

美紅ははっと顔を上げた。

今、確かに聞こえた気がした。

「美紅!!」

心臓が止まりそうになりながら振り返る。

この瞬間はストップモーションのように網膜《もうまく》に刻まれた。

黒いトレンチコートに身を包んだ長身のビジネスマンが四十二丁目の通りを走ってくる。肩がぶつかった通行人に「失礼」と詫《わ》びながら。人を魅了《みりょう》してやまない、その凛々《りり》しい容貌《ようぼう》は遠くからでもはっきりわかった。褐色《かっしょく》の髪を乱し、長い足を交互に踏み出し、まっすぐ走ってくる。揺るぎない目でこちらを見つめながら交差点の真ん中で立ち止まる。

眩《まぶ》しいオレンジの街路灯をバックに、ひらりと翻《ひるがえ》ったトレンチコートの裾《すそ》が、美紅の脳裏に焼きついた。

信号が赤に変わる。

美紅は引き寄せられるようにディーターに向かって走る。ディーターも信号を無視して走ってきて、二人は交差点の真ん中で固く抱き合った。

歩行者たちは足を止め、車もブレーキを掛けた。

◆　◆　◆

信号は青に変わったのに、二人が交差点の真ん中にいるせいで、車が発進できない。

四か所の歩道で歩行者たちは足止めを食らい、車道のドライバーたちは窓から顔を出した。

「三分くれ!!」

ディーターは群衆に向かって、ニューヨーク市立図書館がひび割れるほどの大声で叫《さけ》んだ。彼の横顔は生き生きして楽しそうだ。

四十二丁目と五番街の交差点は、大ブーイングに包まれた。けたたましいクラクションが響き、「ふざけるな」「邪魔だ」と怒号が飛び交う。中には拍手をしたり、ニヤニヤしたりしながら眺《なが》める人もいた。何人かはこのドラマティックなワンシーンを撮影しようと、スマートフォンを取り出した。

「待たせてごめん。会いに来るのが、予定より遅くなった」

ディーターは息が止まるほどきつく美紅を抱き締めた。

「君に会ったら恨《うら》み言の一つでも言ってやろうと思ってたけど、さっき君の背中を見つけたら、もうそんなのどうでもよくなった」

美紅は胸がいっぱいでうまく言葉が出なかった。愛おしさが溢《あふ》れ彼の頬《ほお》にそっと触れた。彼の顎《あご》はざらざらした無精《ぶしょう》ひげに覆《おお》われている。

「……すごく疲れた顔してる。少し、痩せた？」

美紅はやっとの思いでつぶやく。

「もう五十時間以上寝てない。仕事が忙しかったせいもあるが……」

ディーターは美紅の手に手を重ねて頬《ほお》ずりし、手のひらにキスした。

「あのクソ親父《おやじ》から話は全部聞いた。例の構想は一度、一部を白紙に戻したよ。親父《おやじ》の息のかかった奴らを全員排除し、もう一度人材を掻《か》き集め、開発の布陣《ふじん》を立て直すのに三か月かかった。ここでは言えないぐらい巨額の金が飛んだ。だが、回収できる見込みはある」

ディーターは苦しげに天を仰ぎ、言葉を続ける。

「……違う。そんなことはどうでもいいんだ。僕が言いたいのはそんなことじゃなくて……。ああ、クソッ‼　どう言おうかあんなに考えてきたのに、君を前にしたら全部忘れちまった！」

「ごめんなさい」

美紅は俯《うつむ》き、目を閉じた。

さあ、正直に告白するのよ。追いかけてきてくれた彼にすべてを見せなきゃ。もしそれで幻滅されても、軽蔑《けいべつ》されても、それでいいんだわ。

「……あなたのために身を引いたなんて、綺麗《きれい》なものじゃないの。それもあるけど、それだけじゃない。私………怖かった。臆病《おくびょう》だったの」

ディーターはじっと見守ってくれている。その瞳の優しさに美紅は泣き出しそうになり、ぐっと呑み込んでから、ようやく言葉を続けた。

「私、あなたから逃げ出したの。先のことを考えて……怖くなった。あなたに嫌われたらどうしよう、幻滅されたらどうしようって。あなたが思ってるほど、私は強くないの」

美紅は情けない気持ちでいっぱいになり、自嘲《じちょう》気味に、えへっと笑う。

「ほんとはなにもない、空っぽの人間なの。けど、それをあなたにバレたくなかった。自分のことだけ考えて、保身に走ったのよ。あなたに無様《ぶざま》なところを晒《さら》す前に逃げ出したの」

「知ってたよ」

ディーターは憐《あわ》れむように言った。

それを見た美紅は、顔をくしゃくしゃにし、肩を震《ふる》わせた。死ぬほど情けなかった。もし近くに銃があったら頭を撃ち抜いて死んでしまいたい。見栄っ張りで姑息《こそく》で馬鹿《ばか》な私。格好《かっこう》つけて、逃げ出して、ずっと後悔して、せっかく追いかけてくれた彼にロクなことも言えず、すべてを彼に知られている。どうしてもっと強く、格好《かっこう》よく生きられないんだろう？　ディーターはこんなに素敵なのに。涙腺《るいせん》から熱い涙が溢《あふ》れてくる。美紅は小さな子供みたいに両手を目にあて、しゃくりあげた。

「馬鹿《ばか》な奴」

ディーターは美紅を胸に抱きしめ、髪にキスを落とした。

「君が僕に言ったんじゃないか、自分を貶《おとし》めるなって。侮辱《ぶじょく》された気分になるからって。僕だって同じだ。君が君自身を貶《おとし》めたら、僕が侮辱《ぶじょく》された気分になる。そんなに自分が嫌なら、僕が証明してやるよ。一万人の陪審員《ばいしんいん》を相手にしたって説き伏せる自信がある。君がどんなに素敵か。どんなに可愛《かわい》くてセクシーで憎《にく》たらしくて魅力的かって」

「そ、そ、そんなんじゃ……」

そんなんじゃ、ないってば！　そんなにいいものじゃないんだってば‼　思いは言葉にならず、うめき声になった。溢《あふ》れた涙が彼のトレンチコートの襟《えり》を濡《ぬ》らしてゆく。

すると、ディーターはその声が聞こえたかのように、小さく笑ってこう言った。

「だから、もういいんだ。僕は君のその、強がりでおっちょこちょいで下品で、計算高い癖に弱くて、ごうつくばりなところが大好きなんだ」

それを聞いた美紅はブッと噴き出した。体を少し離し、涙目のままディーターを睨《にら》み上げる。

「ちょっと！　あんまりじゃないの。私、そこまでひどくないと思うけど？」

ディーターはマンハッタン中を魅了《みりょう》する笑顔を見せ、膝を折って高級スーツをアスファルトにつけた。そしてポケットから小さな箱を取り出すと、美紅の前に掲げて箱を開ける。

美紅は驚愕《きょうがく》に眉《まゆ》を上げ、目を見開いた。

中には白く輝《かがや》くダイヤモンドのリングがあった。

周囲の群衆から「おお！」という声が上がり、ざわめきが遠く聞こえた。

「僕が君に告白すべきことは一つだ。僕も君が思っているほど完璧《かんぺき》な人間じゃない。いまだにファザコンの気《け》があるし、無知の癖に傲慢《ごうまん》で上から目線で、君に嫌われないよう格好《かっこう》つけてた。けど、今はそれでいいと思ってる。お互いに嫌われないよう見栄張って格好《かっこう》つけて、たまにそれが露見《ろけん》して恥《は》ずかしい思いして……そうやってずっと二人でやっていかないか。君が君自身のことをどう思おうと、僕のことをどう思おうと関係ない。僕は君がいいんだ。それは誰になにを言われても揺らがない」

そしてディーターは言葉を切り、祈るようにまぶたを伏《ふ》せた。次に彼が視線を上げたとき、美紅は魂《たましい》が揺さぶられるほどドキリとした。

その瞳はまっすぐで、とても澄んでいた。そこには一種、神話的な威容《いよう》が宿《やど》っている。神様みたいだわ、と美紅はチラリと思う。このときいつも舞台に立つ前に祈る、あの神々のことを思い出していた。忽然《こつぜん》と消えた彼らが戻ってきて、目の前に現れたかのような。

ディーターはひと呼吸置いてから、真剣に言った。

「結婚しよう、美紅」

喧騒《けんそう》が遠のいてゆき、他になにも聞こえなくなった。

「僕と一緒にいたら、きっといろいろ大変だと思う。君にも僕にも想像もつかないトラブルが降りかかってくるだろう。けど、君と二人ならそんなトラブルさえも、楽しめる気がするんだ。僕は、君とずっと一緒にいたい。僕は家庭的な男じゃないかもしれないけど、僕は君の後をついて走っていきたいんだ。君と喧嘩《けんか》したり、罵《ののし》り合ったりしながら、君の背中を見守りたい」

美紅は目を真っ赤にしたまま、クスッと笑った。まったく、彼はどこまでパーフェクトにロマンスのテンプレ通りなのかしら？

「私は、一度決めたら、結構しつこいわよ？」

美紅は片眉を上げて言った。ディーターも真似《まね》して片眉を上げ、こう返す。

「のぞむところだ。もっとしつこくして欲しいぐらいだよ。僕のところに帰ってきてくれるね？」

「うん。私もずっと後悔してたの。あなたのもとを離れたことを」

美紅は人差し指と親指でダイヤのリングをそっと摘《つま》んだ。それはずしりと重く、ひんやり冷たい。左手の薬指にするりとはめると、サイズはぴったりですぐ馴染《なじ》んだ。

さすが王子様はサイズも完璧《かんぺき》にリサーチ済みね、と美紅は称賛《しょうさん》する。そしてまっすぐ視線を返し、こう宣言した。

「もう覚悟はとっくに決まってるわ。あなたとずっと一緒にいる。なにがあっても」

ディーターは安堵《あんど》の表情をし、ガクッと両手を地べたについた。美紅はしゃがんで、今にも崩れ落ちそうな彼をしっかり抱きしめる。

「……ここまで格好《かっこう》つけて、断られたらどうしようかと思った」

ディーターはうなだれたまま、情けない声で言った。美紅は思わず笑ってしまった。

「呆《あき》れた。断るわけないじゃない！」

「いや、油断はできない。君のやることだけは予測不能なんだ」

「いつまでもそういう女でありたいな」

「また、僕のためだけに踊ってくれる？」

「もちろん」

二人は微笑《ほほえ》み合い、手を取り合って立ち上がった。

四方八方から、歓声《かんせい》や怒号、拍手が巻き起こる。

美紅は少しの恥《は》ずかしさと憧れの眼差《まなざ》しで、ディーターの美麗《びれい》な横顔を見上げた。

――たぶん、私のコンプレックスが消えることはない。

けど、あなたに追いつきたい。あなたにふさわしい人になれるまで、あなたの背中を追い続けたい。

きっとこの先、私は何度でもコンプレックスに叩きのめされる。誰かと自分を比べては、劣等感《れっとうかん》で身動きが取れなくなる。それでも踊り続けるわ。どんなにヘタクソでも、誰かに拒絶されても、何度でも立ち上がって舞台に出続けてみせる。これまでの私を越えて、こうだと思い込んでいた私自身を追い抜いて、きっとあなたに追いついてみせるから。

クラクションが一斉に鳴り響いた。周りは渋滞《じゅうたい》してとんでもない騒ぎになっている。

遠くからパトカーのサイレンが聞こえてきた。マンハッタンは朝も夜も生き生きとしたエネルギーが渦巻《うずま》いている。

「そろそろ撤収しないと、ニューヨーク市警が来るわよ？」

美紅は悪戯《いたずら》っぽく微笑《ほほえ》んだ。

「同感だ。ロマンスは引き際が肝心だな。さあ、二人でハードな現実へ帰ろう。きっと世界中が僕らの足を引っ張るべく、手ぐすね引いて待ってるぞ」

「のぞむところよ」

「正直、もう限界だ。早く君を抱きしめて、眠りたい」

美紅は思いを込めて彼を抱きしめた。

あなたの夢が叶いますように。

あなたにかかった重圧も、少しは軽くなりますように。

私にはなにもできないし、そのことについて私が直接あなたになにか言うことはできない。究極の部分は、埋められないのかもしれない。けど、祈ってるから。こういう形でしか伝えることはできないけど、ずっとここで祈ってるから。

きっといつか、すべてが、これでよかったんだと思える日が来ることを、信じてるから。

「あなたを愛してるわ」

美紅は、この思いがどうか届きますように、と願いながら言った。

すると、ディーターは生涯《しょうがい》忘れられない優しい笑みを浮かべた。

「僕も愛してる」

待ち焦《こ》がれた言葉は、美紅を幸せで包む。

薬指のリングが光を反射し、静かに輝《かがや》きを放った。

終章

「アーロンが？」

美紅は少し驚いて言った。生まれたままの姿でベッドにうつぶせになりながら。

ディーターは仰向《あおむ》けになり、引き締まった体を外気に晒《さら》しながらうなずく。

「あの後、君のもとに飛んでいく前にやらなきゃいけないことがあると思い直したんだ。がんじがらめになった親父《おやじ》の鎖《くさり》を断《た》ち切るのが先だと思った。途方《とほう》もない会社整理と人員整理を、アーロンが陣頭指揮を執って手伝ってくれた。奴がいなければこんなに早く、ここへ来られなかった」

「そうなんだ……」

美紅はそれ以上言葉が思いつかないまま、頬《ほお》を枕に押しつける。

あれから二人はハーレムにある美紅の新しいフラットに移動した。服を脱いでベッドに入り、なにもせず兄妹みたいに抱き合った。そのままディーターは泥のように眠った。

美紅は彼の寝息で乳房が湿るのを感じながら、そのあどけない寝顔を見つめ、じっと夜が明けるのを待った。

やがて美紅もいつの間にか眠ってしまい、次に目覚めたときは空が白々としていて夜が明けつつあった。朝と夜の境界線のような薄明の中、ディーターはじっと天井を見つめていた。美紅が無精髭《ぶしょうひげ》の生えた頬《ほお》にキスすると、ディーターは音信不通だった三か月の間に起こったことを語りはじめたのだ。

「会社整理をしながら、だんだん自信がなくなってきた。もしかして、僕は君に捨てられたんじゃないか。僕がすべてを終えて君に会いにいっても、君に嘲笑《ちょうしょう》されるだけじゃないかって」

「そんなことするわけないじゃない！」

「うん、ごめん。それはわかってるよ。ただ、ずっと連絡を取ってなかったから、疑心《ぎしん》暗鬼《あんき》になってしまったんだ」

「……わかるわ。私もあなたのこと言えないわね。もうとっくに繋がりは切れたと思っていたから」

ディーターは「うん」と言ってから、ポツリポツリと言葉を続けた。

「アーロンは……あいつはあの後、辞職したんだが、最後に背中を押してくれた。腐って諦《あきら》めてた僕を、殴りつけて君のもとへ行けと言ったんだ。なりふり構わず走っていけって。あの野郎、手加減せずに殴りやがった……」

ディーターは思い出すかのように顔をしかめて頬《ほお》を撫《な》で、言葉を続けた。

「そこから奮起《ふんき》して最後の障害を片っ端から排除して、やっとここまできた」

「いい友達なのね？」

「ああ。唯一無二の親友だ。僕には、あいつしかいない。あいつがどう思ってるかは知らないが」

美紅は思わず笑みを漏《も》らした。現実はとても残酷《ざんこく》だけど、時折、優しい一面を見せる。

ディーターは天井の一点を見つめ、静かにこう告《つ》げた。

「親父《おやじ》とは、もう二度と会うことはないよ」

その美しい横顔には怒りも憎《にく》しみもなかった。悲しみも絶望もなかった。風に吹かれ独り荒野に立つような、深い孤独と覚悟だけがあった。

その風が肌を刺す冷たさが生々しく伝わり、美紅は小さく身震《みぶる》いした。

きっと距離は埋まらないのね、と美紅は気づく。

どんなに愛し合い、どんなに確かめ合っても、埋まらない距離がある。ある程度近づくことはできるかもしれない。けど、やはり限界がある。それが親子であっても、兄弟であっても、恋人であっても。美紅とディーターだって同じだ。

やはり究極的には、人は独りなのだ。

でも、きっとそれでいいんだね。

そう思った瞬間、美紅はふっと体が軽くなった気がした。

「……寂しいね」

美紅はひどく優しい気持ちでつぶやいた。

それを聞いたディーターは顔をくしゃくしゃにすると、隠すように右腕で両目を覆《おお》った。歯を食いしばり、肩を震《ふる》わせる。

「ディーター」

美紅が腕を伸ばすと、彼はすがるように顔を胸に埋《うず》めてきた。彼の鼻がみぞおちに押しつけられ、額《ひたい》が鎖骨《さこつ》の下に当たる。美紅は頭を抱きかかえ、その硬い髪を撫《な》でてやった。

ディーターは息を殺して泣いていた。

温かい涙で肌がしっとり濡《ぬ》れてゆく。

つくづく馬鹿《ばか》だなぁ、私。美紅は子供にするようにディーターをあやしながら呆《あき》れた。この世に完璧《かんぺき》な人間なんているわけないじゃない。なにを勘違いしてたんだろう？　愛してるなんて言いながら、自分のことしか見えてなかったんだわ。

ひとしきり泣いた後、ディーターは小さくこう言った。

「……誰にも理解されないと思ってた。このことは」

「うん」

「けど、きっと君ならわかってくれると思ったんだ」

「……うん」

ディーターは顔をわずかに上げ、祈るように美紅を仰ぎ見た。美紅もそっと顎《あご》を引き、彼の瞳を覗《のぞ》き込む。

二人はどちらからともなく唇を重ねた。

最初は優しく触れ合うように。少しずつ深まってゆき、やがて堰《せき》を切ったように貪《むさぼ》り合う。まるで三か月の空隙《くうげき》を急いで埋めようとするように。

キスの激しさに呼吸がついてゆけず、美紅は合間に息を漏《も》らす。

彼のキスの味を体が覚えていて、秘所が潤《うるお》ってゆく。この後の気が遠くなるような快感を期待し、臍《へそ》の下がひくつく。ツンと尖《とが》った乳首が彼の肌を擦《こす》ると、彼は言葉にならないうめき声を漏《も》らした。

ディーターは少し顔を離し、両手で美紅の頬《ほお》を挟《はさ》むと、慈愛に満ちた瞳で覗《のぞ》き込む。

美紅は懲《こ》りずに胸をドキドキさせた。一番大好きな表情だった。

「君を、愛してる」

真摯《しんし》な言葉が、まっすぐに魂《たましい》を貫いた。

そして、充分《じゅうぶん》に昂《たか》ぶった彼自身がゆっくりと美紅の中に入ってきた。

「あっ………」

硬く膨張《ぼうちょう》しきったものが、熱い襞をずるりと擦《こす》る感触に、美紅は腰を浮かせた。ずっと寂しく、満たされなかった空隙《くうげき》が、隙間《すきま》なく埋められてゆく。美紅は彼の首に両腕を回し、両足を大きく開き、より深く彼を受け入れた。怒張《どちょう》したそれの温度が生々しく感じられ、美紅の膣は自然にきゅっと締まる。まるで彼を咥《くわ》え込んで離すまいとするように。

ディーターがじわじわと腰を引いてゆくと、摩擦《まさつ》の快感に鳥肌が立った。じゅるっと秘所が音を立てると、ディーターがくっと声を漏《も》らす。

引き締まった腰が波打つように抽送《ちゅうそう》をはじめる。美紅は上下に揺さぶられながら、待ち望んでいた充溢感《じゅういつかん》に、恍惚《こうこつ》となった。

ああ……もう、ずっとこのまま……

あっという間に追い立てられてゆく。何度も貫かれながら、彼の右手が頬《ほお》に下りてきて、首筋をつたい、鎖骨《さこつ》を撫《な》で、乳首をくすぐる。そのまま下に滑《すべ》っていってうしろに回り込み、両手で尻を掴《つか》むと深く打ち込んできた。美紅は耐えられず嬌声《きょうせい》を上げる。そのまま野獣のように腰を振られ、美紅は身悶《みもだ》えた。美紅の右手がシーツをぎゅっと掴《つか》み、手の甲が白く変色する。

「……美紅っ……」

ディーターはゾクリと臀部《でんぶ》を痙攣《けいれん》させ、ぐっと密着を深めると、子宮口に食い込むほど深く挿し込んだ。

「愛してる」

告白しながらディーターは深くキスしてきた。舌を絡めながら、最奥に熱い精が注《そそ》がれる。同時に美紅も絶頂を迎えた。薄れそうになる意識の中、お腹の奥に射出されるのを感じた。

二人の距離が完全に埋まり、ぴたりと重なり合う儚《はかな》い刹那《せつな》。美紅はこの瞬間が大好きだった。心も体も温かいもので満ちてゆく。

やがてディーターは力尽き、美紅に覆《おお》いかぶさるようにぐったりした。重なった二人の鼓動が轟《とどろ》く。二人して、ただ呼吸を繰り返す。汗で濡《ぬ》れた肌が少しずつ冷えていく。しばらく、そうやって体を重ねたままでいた。お互いの体温を感じながら。

「私も愛してるわ」

美紅は彼にしか聞こえない小さな声でささやいた。それを聞いたディーターは心から幸せそうに微笑《ほほえ》む。

「ねぇ、僕の子供、たくさん産んでくれる?」

「もちろん。きっとあなたに似てイケメンになるだろうな」

「君を愛するのと同じぐらい、ちゃんと子供も愛したい。愛がなんなのか知りたい。愛せるようになりたい」

ディーターは祈るように言った。

ああ、そういうことか、と美紅はなんとなくわかった気がした。

愛がなんなのか知る必要なんてないんだわ。誰かを本当に愛したい、優しくしたい……そう強く願うことこそが愛であり、優しさの正体なんだ。自分がちっぽけで無力だと知った人間だけが、愛を知りたい、優しくありたいと願うのだから。

美紅は愛しい気持ちでディーターのざらざらした頬《ほお》をそっと撫《な》でた。

けど、きっとこういうことは言葉じゃ伝わらないのね。

だから、これから長い時間を掛けて、あなたにそれを伝えていきたいの。

「大丈夫、私がいるわ。心配しないで」

ディーターは安心したように微笑《ほほえ》む。

「僕もずっと傍《そば》にいる。だから、君も心配しないで」

二人はこれまでの出来事を同時に思い出し、クスッと笑い合った。

とても満たされて、幸福で、解放された瞬間だった。

そして二人はお互いを祝福するようにキスをした。

書き下ろし番外編

待ち焦がれたハネムーン

「ハイ！　美紅！」

懐かしい人の声に、美紅は弾《はじ》かれたように走り出した。

美紅の目指す先では金髪で長身の男が手を振っている。

「アーロン！」

美紅は叫びながら走っていって、アーロンに飛びついた。

アーロンもこぼれるような笑顔で美紅をしっかりと抱き返す。ディーターはそんな二人の姿をうしろから見守っていた。

「少し太った？　なんかすごくたくましくなってる！」

美紅が息を弾《はず》ませて言うと、アーロンはふっと相好《そうごう》を崩す。

「ええ。かなりたくましくなりましたよ！　毎日肉体労働に勤《いそ》しんでますから」

そう言ってアーロンはぐっと腕を曲げ、力こぶを作って見せた。ラフなTシャツの半袖からのぞく上腕筋が丸く盛り上がる。

ひさしぶりに見たアーロンはガラリと雰囲気が変わっていた。マンハッタンにいたときの繊細なたたずまいは消え、日に焼けてエネルギッシュになっている。無造作に束ねられた長髪が、強い日の光を受けて輝いていた。

アーロン、すっごく明るくなったなぁ。ここの土地が持つ力が彼をそうさせているのかも……

彼の笑顔を見上げながら、美紅はそんなことをぼんやり考える。

ここはブラジル最大の都市、サンパウロ。ブラジルの文化と経済の中心地であり、自由でパワフルな人々が集《つど》う大都市だ。

美紅にとっては初めてのブラジル！　昔からこの国には日系移民が多く、街ゆく人々に美紅は懐かしささえ覚えていた。なにより、活気に満ち溢《あふ》れたこの地の騒々しい空気が肌に合う。一方、何度も訪れたことがあるというディーターは、慣れたものだ。

ニューヨーク五番街の交差点で二人が再会してから丸二年経ち、美紅は二十四歳、ディーターは三十歳になっていた。あれから美紅は舞台公演が忙しく、ディーターもビジネスに奔走《ほんそう》する日々で、二人はなかなか結婚できずにいた。しかし、ようやくお互いの調整がつき、このたび晴れてマンハッタンの大聖堂で結婚式を挙げた。

二人は式を終えたあと、プライベートジェットで各国にある別荘を巡る世界一周のハネムーンへと旅立った。その最初の目的地として、アーロンが移住したサンパウロにやってきたのだ。

「ボス、おひさしぶりです。式に参列できなくてすみません」

アーロンが残念そうに言う。

「いや、問題ない。うるさい親族抜きの内輪だけのものだったし、アーロンにとっては家族の看病がなにより大事だろう」

ディーターが腕を組みながら言った。

ひさしぶりの再会なのになんだか素《そ》っ気《け》ないの、と美紅は密かにクスッと笑う。もっとハグしたり喜んだりすればいいのに。まぁ、ディーターらしいかな……

今日のディーターはポロシャツにハーフパンツというバカンス仕様だ。たくましい胸筋の形が布地越しにわかり、パンツからにょきっと突き出たふくらはぎも引き締まっている。赤道直下の力強い太陽に晒《さら》され、彼は非常に開放的な気分でいるらしかった。

「それで、お母さんの容体はどうなんだ？」

ディーターが問うと、アーロンは顔を曇《くも》らせて答える。

「あまりいいとは言えないですね。今からまた病院に戻らないといけないんです。ここからは私の代わりに……」

アーロンは隣に立つ、ひげ面《づら》で屈強なブラジル人を指して言った。

「私の夫《ハズバンド》のエジーニョがご案内します。今、一緒に暮らしていて、ビジネスパートナーでもあります」

「エジーニョ・オルランドです。はじめまして」

エジーニョは陽気な笑顔でディーターと握手し、次に美紅と握手する。年齢はアーロンよりひと回りほど上だろうか。麦わら帽子とシャツにデニムという農夫のような出立ちで、瞳は純真無垢《むく》にきらめき、温厚な人柄がにじみ出ている。

美紅とディーターはそれぞれエジーニョに自己紹介した。

「ああ、あなたがディーター……」

エジーニョは感心したようにディーターを眺《なが》めてから、さらに言う。

「アーロンから聞いてます。あなたほど有能な人間はこの世界で他にいないと」

「ま、妥当《だとう》な評価だと思いますよ」

ディーターはぬけぬけと言い、不敵に微笑《ほほえ》む。

まったく、いつだって自信過剰なんだから……。

美紅は内心苦笑する。そういうオチャメなところが彼の魅力でもあるんだけど。

「今はエジーニョと共同で庶民的なバーを経営しています。サンパウロにいくつか出店していて、おかげさまでそこそこ人気です。カシャーサという地酒の種類がかなり豊富なのが自慢です」

アーロンがにこにこしながら言った。

彼の表情は穏やかで満ち足りて見える。今と比べたら、秘書時代の彼はピリピリしてどこか哀しげな雰囲気をまとっていた。ブラジルの情熱的な空気が、アーロンとエジーニョのカップルに不思議とマッチしている。

そんな彼らをディーターはまぶしそうに見つめた。

「よかった。すごく幸せそうだ」

ディーターの言葉は美紅の思いを代弁している。

「ええ、幸せです。本当に」

アーロンは強い目で言った。

「ここの……サンパウロの空気が予想外に合ったようで、まるで生まれ変わった気分なんです。すべてがとても自由で、広大で力強く、希望に溢《あふ》れてる。なんだか肩の力が抜けて本来の自分に戻れたようで」

そう言うアーロンの腰をエジーニョがいたわるように抱いた。アーロンはエジーニョに護《まも》られているようだ。二人は目を合わせ、幸せそうに微笑《ほほえ》み合った。そのラブラブな様子に美紅は倒れるほどの安堵《あんど》を覚える。

よかった！　アーロン、本当によかった……!!

あれからずっとアーロンのことが気になっていた。

自分の幸せは誰かの不幸である……そんな残酷な真実を突きつけられ、戸惑い、哀しんだ。ディーターが二人いない限り、美紅が幸せになればアーロンが不幸になるのは避けられない。仮に美紅が身を引き、自《みずか》らの気持ちを偽《いつわ》って生きれば美紅自身が損なわれていくことになる。

だから、峻厳《しゅんげん》な現実を受け入れ、美紅はディーターと共に歩むことを決意した。それからの美紅は自分のことをあまり茶化さなくなった。人生の選択肢を決めるとき、アーロンの存在がそれらをより真摯《しんし》なものに変えてくれた。

アーロンからの手紙はずっと大切に持っている。彼の哀しみの中での優しい祈りが、ピンチのときに美紅をいつも奮い立たせてくれた。

「アーロン、本当にありがとう。私、ずっとあなたに御礼が言いたかったの」

真剣な美紅の顔を、アーロンはじっと見つめる。そして、優しく微笑《ほほえ》んで言った。

「結婚おめでとう。心から祝福します。美紅のウェディングドレス姿、見たかったです」

「彼女はすごく伝統的なものを選んだよ。とても美しかった」

そうディーターは言って、熱い眼差《まなざ》しを美紅に注ぐ。美紅は見つめ返しながら結婚式を思い出していた。

長身でスタイル抜群《ばつぐん》の上に美貌《びぼう》を誇るディーターは、惚れ惚れするほどタキシードが似合っていた。

パイプオルガンの荘厳《そうごん》な音色《ねいろ》が鳴り響く中、真紅のヴァージンロードを一歩ずつ彼に近づくたび、胸が高鳴っていったのを覚えている。

なぜなら、ディーターがかつてないほど緊張していたから。とても真摯《しんし》な姿勢で式にのぞんでいるのが見て取れたから。

少し驚いた。かつての彼は世界を手中に収め、神をも超えてやるとのたまう野心家だったのに、結婚式ではその傲慢《ごうまん》さがなりを潜《ひそ》め、敬虔《けいけん》な態度で十字架を前に頭を垂れていた。そんな彼の真剣さが本当にうれしかった。彼は私が思う以上に、私を愛してくれている……そのことが、ひしひしと伝わってきたから。

「あなたも本当に素敵だった！ 今、人生で一番幸せかも……」

美紅が言うと、ディーターは遠くを見るように目を細め、穏やかに微笑《ほほえ》んだ。そんな表情に美紅の胸がうずく。

最近の彼はこんな風に慈《いつく》しむような瞳で見つめてくる。そのたびにうれしいような恥ずかしいような心地になった。時が経つにつれ、彼の愛情がより深く、強いものに変わっていく気がして。

彼はアーロンのかつての想いに気づいたかしら？ と美紅はチラリと思う。気づいたかもしれない。わからない。しかし、エジーニョを紹介されても顔色一つ変えない彼にますます好感が持てた。

「あなたたちが無事にゴールインできて安心しました。これは私からの結婚祝い、第一弾です」

そう言いながらアーロンは、丸い石のようなものを美紅とディーターに握らせる。

「これって……ナザール・ボンジュウ！」

美紅は声を上げ、目玉の形をしたブルーのガラス玉に見入った。

ナザール・ボンジュウとは別名イーブル・アイと呼ばれ、中近東や欧州で広く信じられているお守りだ。目玉が邪悪な視線をはねのけてくれるらしい。ギリシャのあちこちで売られていて、その濃いブルーはギリシャ正教会の丸い屋根と同じ色だった。

三人はしばらくナザール・ボンジュウを見つめながら、エーゲ海での出来事にそれぞれ思いを馳せる。それは楽しくも胸が鈍く痛むような、三人にとっては人生の分岐点といえる思い出だった。

すると、エジーニョがポルトガル語でなにかを叫び、パンパンと陽気に手を叩く。

「さあさあ、せっかくブラジルに来たんですし、観光に出掛けましょう！　結婚祝い第二弾は新郎新婦をイグアスの国立公園にご案内します！　広大な熱帯雨林とダイナミックな瀑布《ばくふ》を見れば、もりもりパワーが湧《わ》いてきますよ！」

「そして今夜のディナーは私たちのお店で用意しているとっておきのブラジル料理です。ボスもたまにはこういう庶民的なのもいいでしょう？　このあとはゴージャスなハネムーンイベントが続くんでしょうから」

アーロンが片目をつぶって言うと、ディーターはうれしそうにうなずいた。

「もちろん、ありがたく頂戴するよ。親友のもてなしに勝る贅沢《ぜいたく》はこの世にないかな」

「どちらかと言えば、美紅のために用意しました。ブラジルが初めてのあなたにどうしてもイグアスの大いなる水を見せたくて」

アーロンの言葉に、美紅は目を輝かせる。

「悪魔の喉笛《のどぶえ》って呼ばれてる、イグアスの滝でしょう？　一度行ってみたかったの！」

そうして、二組のカップルは話しながら歩き出す。美紅はディーターの手を取り、アーロンはエジーニョに肩を抱かれていた。

美紅はナザール・ボンジュウをそっとポケットに忍ばせる。つるつるしたそれに指先で触れながら、小さく祈った。

アーロン、あなたのお母様の具合が早くよくなりますように。

そして、どうかエジーニョと末永くお幸せに。

◆
◆
◆

アーロンからの結婚祝い第三弾は、サンパウロ郊外の農場にある贅沢《ぜいたく》なコテージだった。

広大な敷地内には川が流れ、周りに人家はなく、聞こえてくるのは生《お》い茂った熱帯植物の葉ずれの音だけだ。喧騒《けんそう》から遠く離れたここなら、ゆっくり二人きりの時間が過ごせる。広々したベッドルームにはキングサイズのベッドが置かれ、シーツには薔薇《ばら》の茎《くき》と花びらで『Happy Honeymoon』の文字が描かれている。アーロンらしい気遣いに二人はおおいに喜んだ。

エジーニョは翌朝迎えに来ると約束し、帰っていった。辺りは静かな闇に閉ざされ、ベッドサイドのテーブルに置かれたランプの灯りだけが頼りだ。

ディーターは一糸《いっし》まとわぬ姿でベッドに仰向けになっている。同じく全裸の美紅は彼のたくましい右腕にしがみつき、彼の顔を見上げた。

「イグアスの滝、すごかったね！　本当に迫力満点でダイナミックで、びっくりしちゃった」

美紅が言うと、ディーターは楽しそうに笑う。

「そうだな。最近ずっと忙しくてウォールストリートに引きこもっていたから、いい刺激になった。原初の地球の手つかずの大自然が残されていて、水量が尋常《じんじょう》じゃなかったな……」

「うん、そう。原初って言葉がぴったり！　綺麗《きれい》な虹《にじ》も見られたし、最高のプレゼントだった」

「美紅。僕らも家族になったんだから、郊外に拠点を移そうか？　マンハッタンのペントハウスはそのままにして、週末ゆっくり過ごせるところにさ。ナッソーとかウェストチェスターとか。子育てするなら都会より田舎のほうがいいだろう？」

彼はそう言って、ごろりと美紅のほうを向く。

「ウェストチェスター！　大賛成！　実は私も、子供ができたら女優業は少しお休みしようと思ってた」

すると、彼は驚いたように目を見開く。美紅はさらに補足した。

「もちろん、それまでは全力で女優業を頑張るわよ。けど、私にとっては家族がなにより大切なの。だから、子供が小さい頃は一緒にいられる時間を最優先にしたいなって。教会であなたを見た瞬間、そうしようって思った」

「奇遇だな……。僕もヴァージンロードを歩いてくる君を見ながら、同じようなことを考えてた。僕はもっと仕事の時間を削って君との時間に費やすべきだって」

そう言って、彼は優しく抱きしめてきた。

「もっと？　今でも私、充分すぎるほど幸せよ？」

素肌に触れる彼の体温は高く、心地よい。お腹や胸の先端が彼の肌を擦《こす》るたび、かすかな刺激でひりつく。

彼は顎《あご》を下げ、甘えるように乳房の谷間に鼻先を埋《うず》めてきた。そのまま美紅を見上げ、いたずらっぽく微笑《ほほえ》んで言う。

「じゃあ、つくる？　ハネムーンベイビー」

彼の股間《こかん》のものは既に硬くなっていて、柔らかい美紅のお腹をそっと押していた。美紅のほうも、彼の官能的な肌の香りと、馴染み深い体温のおかげで充分に潤《うるお》っている。

「喜んで」

微笑《ほほえ》んで答えると、彼の長い腕が伸びてきて、指先が股間《こかん》の花びらに触れた。指先が潤《うるお》いをたしかめるように、花びらの付け根をぬるっと滑り、背筋に震えが走る。彼は敏捷《びんしょう》な獣のようにさっと身を起こすと、のし掛かってきた。

熱い眼差《まなざ》しで見つめられながら、ゆっくり彼が挿入《はい》ってくる。彼の熱いものがじわじわと膣道を割り広げる感触に、甘い吐息が漏《も》れた。

「あぁ……」

ひざを曲げて腿《もも》を大きく開き、彼を最奥まで迎え入れる。

彼はついばむようなキスをしながら、優しく突いてきた。それは寄せては返すさざ波のように、少しずつ快感を押し上げていく。雄々《おお》しいものが膣奥まで滑り込むたび、快感の火花が下腹部に弾《はじ》ける。

「んっ、くっ、はっ……」

薄明りの中、彼の押し殺した声が色っぽく響いた。

だんだん腰の動きが激しく、速くなっていく。温かい蜜は絶え間なく分泌され、彼のものに絡みついては、掻《か》き出された。しなやかな腰が紡《つむ》ぎ出す官能の旋律に、意識が遠のく。

あ、あっ、あぅっ……や、やっぱり、すごいっ……

「……美紅っ!!」

切なそうに絞《しぼ》り出された彼の声に、ドキッとした。一瞬、彼の瞳に恐怖のような感情がよぎるのが見える。

不意に「怖い」と語った彼の言葉が思い出された。エーゲ海のヴィラに戻るビーチで、月に照らされながら彼は言った。恐らく僕は親父《おやじ》の二の舞になると。子供からすべてを奪う父親になるかもしれないと。

「大丈夫よ」

安心させるように言い、彼の背中に腕を回し、ぎゅっと抱きしめた。そして、優しい声で何度も繰り返す。大丈夫よ。大丈夫。私がいるから。あなたをそんな風に、私がさせないから。安心して。

すると、彼はゆっくり腰を動かしながら、安堵《あんど》した表情に変わる。ずるりっ、と男根が奥深いところまで潜《もぐ》り込み、甘い痺《しび》れが背骨を走り抜けた。たまらず四肢《しし》を震わせると、彼が唇を重ねてくる。

「ん……んんぅっ……」

彼の硬い臀部《でんぶ》がぶるっと震え、お腹の奥に熱い精が注ぎ込まれた。射精に身を震わせる彼が甘く舌を絡みつかせながら、彼はどんどん精を解放していく。すごく色気があって、雄々《おお》しくて、野性的で。がセクシーで、鼓動が少し速まった。

彼はどんなときも、甘えてくる瞬間でさえも、自立した男だった。彼の男性性を感じるたび、自分は女性なんだと強く意識させられる。男女関係の持つ緊張感が、いつも自分を磨いてくれていた。女性として自分を美しくし、自立させてくれる。こんなこと誰にもできることじゃない、ディーターでなければ。

彼に対する憧れや愛情や、慈《いつく》しみは尽きることがない。こうして下腹部が彼のもので満ちていくのは、とても幸せな気分だった。どこまでも優しく、強くなれる気がする。

心の中で祈る。神さま、どうか私にハネムーンベイビーを授けてください。彼を生涯愛し、守ると誓いますから……

やがて彼はすべてを吐き尽くすと、そっと額にキスしてくれた。こちらをのぞき込み、うっとりするほど優しい眼をする。

「……愛してる」

同じ言葉が同時に二人の口から出て、びっくりして同時に目を見開く。それがなんだかおかしくて、二人でしばらく笑っていた。笑いながら、これから続く世界旅行への期待に胸を膨《ふく》らませる。

明日は二人でどんな素晴らしい景色を見るんだろう?

ハネムーンはまだ始まったばかりだ。

恋愛小説「エタニティブックス」の人気作を漫画化!

Eternity COMICS

待ち焦がれたハッピーエンド

漫画 渋谷百音子 *Moneko Shibuya*
原作 吉桜美貴 *Miki Yoshizakura*

ニューヨークで暮らす貧乏女優の美紅《みく》は、生活費のため、ある大企業の秘書面接を受ける。無事に採用となるのだが、実はこの面接、会社のCEOである日系ドイツ人、ディーターの偽装婚約者を探すためのものだった！　胡散臭い話だと訝《いぶか》しむ美紅だったが、報酬が破格な上、身体の関係もなしと聞き、フリだけなら…とこの話を引き受けることに。それなのに、彼は眩いほどの色気で美紅を魅了してきて――!?

B6判　定価：640円＋税　ISBN 978-4-434-24658-6

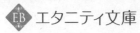

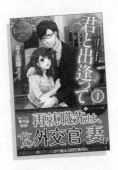

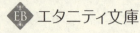

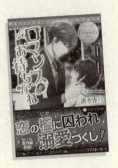

お見合いで超好みの男性・辰季《たつき》と出会い、清い関係のまま彼と結婚した万羽《かずは》。だけど、結婚後も彼は「俺は草食系だから」となかなか手を出してくれない。ところがある日、とあることをきっかけに彼の態度が豹変し、突然押し倒されちゃった!? それからというもの、辰季は前言撤回とばかりに万羽を求めるようになり――!?

B6判　定価：640円+税　ISBN 978-4-434-24662-3

本書は、2016 年 7 月当社より単行本として刊行されたものに書き下ろしを加えて文庫化したものです。

エタニティ文庫

待《ま》ち焦《こ》がれたハッピーエンド

吉桜美貴《よしざくらみき》

2018年 7月 15日初版発行

文庫編集－熊澤菜々子・塙綾子
発行者－梶本雄介
発行所－株式会社アルファポリス
〒150-6005 東京都渋谷区恵比寿4-20-3 恵比寿ｶﾞｰﾃﾞﾝﾌﾟﾚｲｽﾀﾜｰ5階
TEL 03-6277-1601（営業） 03-6277-1602（編集）
URL http://www.alphapolis.co.jp/
発売元－株式会社星雲社
〒112-0005 東京都文京区水道1-3-30
TEL 03-3868-3275
装丁イラスト－虎井シグマ
装丁デザイン－ansyyqdesign
印刷－株式会社暁印刷

価格はカバーに表示されてあります。
落丁乱丁の場合はアルファポリスまでご連絡ください。
送料は小社負担でお取り替えします。

ISBN978-4-434-24807-8 C0193